深川澪通《みおどお》り燈《ひ》ともし頃

北原亞以子

朝日文庫

本書は一九九七年九月、講談社文庫より刊行されたものです。

深川澪通《みおどお》り燈《ひ》ともし頃●目次

第一話　藁《わら》

第二話　たそがれ

深川之内

小名木川ヨリ南之方一圓

『深川澪通り燈ともし頃』関係地図

地図・谷口正孝

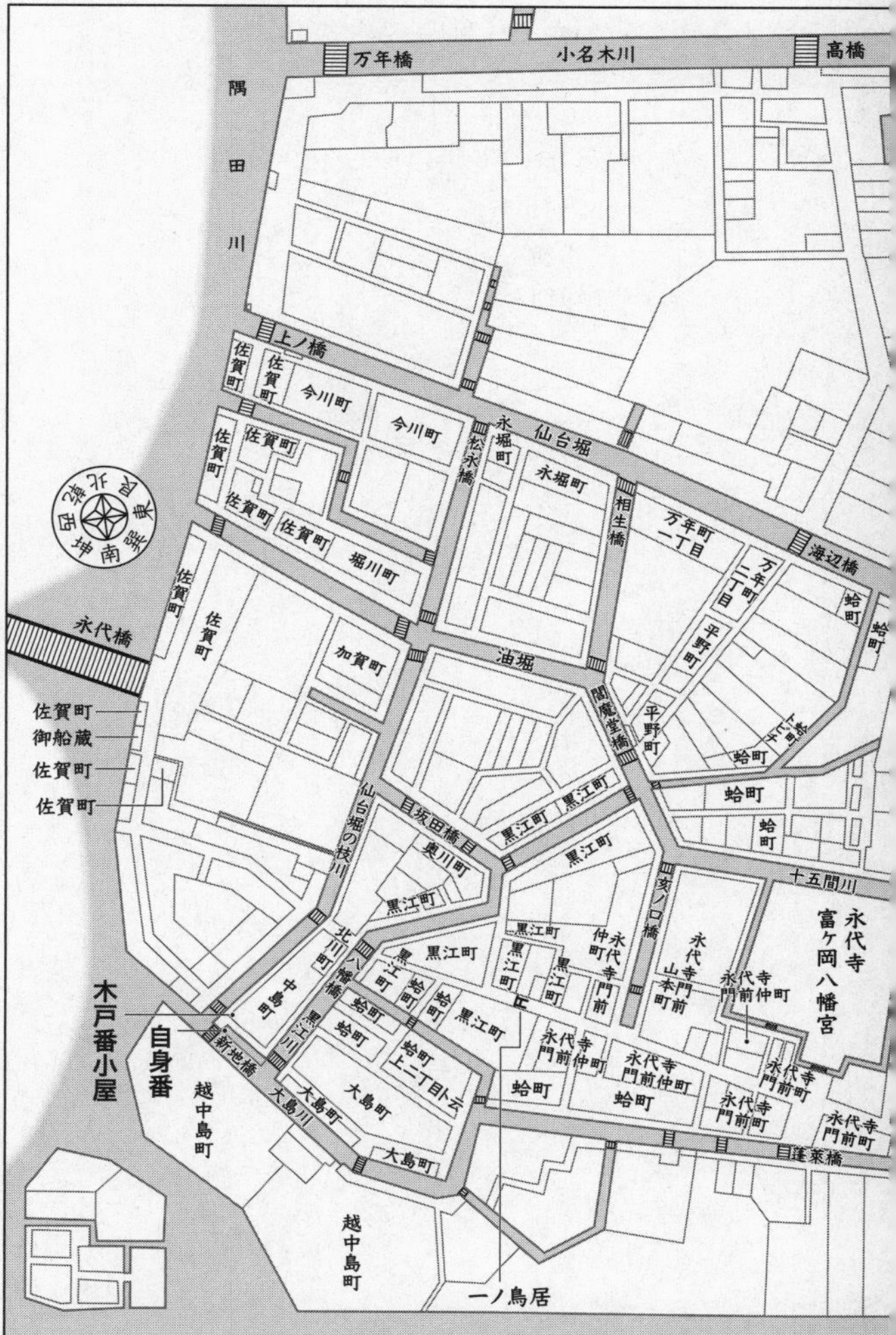

万年橋
小名木川
高橋
隅田川
上ノ橋
佐賀町
今川町
仙台堀
松永橋
永堀町
相生橋
万年町一丁目
万年町二丁目
海辺橋
堀川町
永代橋
加賀町
油堀
平野町
蛤町
閻魔堂橋
御船蔵
仙台堀の枝川
坂田橋
奥川町
黒江町
十五間川
亥ノ口橋
永代寺
富ケ岡八幡宮
永代寺門前仲町
永代寺山本門前
永代寺門前町
北川町
八幡橋
中島町
黒江川
木戸番小屋
自身番
新地橋
越中島町
大島川
大島町
蛤町上二丁目卜云
蓬莱橋
一ノ鳥居
北
東
南
西

深川澪通《みおどお》り燈《ひ》ともし頃

第一話　藁《わら》

一大事

遊女相手の商売をすませた政吉《まさきち》が、煙草《たばこ》の入った小引出しを箱におさめていると、三好屋《みよしや》の女将《おかみ》が、茶を飲んでゆかぬかと内所《ないしょ》から声をかけてきた。

礼は言ったが、すぐに帰るつもりで、政吉は煙草の箱に紐《ひも》をかけた。

江戸深川、越中島町《えっちゅうじまちょう》の突出新地《つきだししんち》と呼ばれる一劃《いっかく》で、その名の通り、隅田川の河口へ突き出した埋立地にある岡場所《おかばしょ》であった。窓の障子も、勝手口の板戸も、潮風に絶え間なく鳴っている。

「さ、こっちへおいでな」

女将がまた呼んでいる。

あまり遠慮をしてもわるいと思い、政吉は、内所へ入った。袖なし羽織を着た亭主が、遊女に肩をもませていた。

女将は、菓子をのせた塗物の皿と熱い茶の入った湯吞みを政吉の前に置き、早速今月の中村座について喋《しゃべ》りはじめた。

相槌《あいづち》を打っているうちに、政吉はまた、あの『一大事』を話したくなってきた。隣りの百歩楼《ひやっぽろう》で茶をすすめられた時も、あやうく口を滑らせるところだったのだ。無論、話しても差支《さしつか》えないことだった。差支えないどころか、女将も亭主も感心してくれるにちがいなかった。

が、政吉は、真先に中島町澪《みおどお》通りの木戸番《きどばん》夫婦へ話すことに決めていた。古武士《こぶし》を思わせる木戸番の笑兵衛《しょうべえ》と、ふっくらと太って品のよい女房、お捨《すて》の喜んでくれる顔が、昨夜から目の前にちらついているのである。

政吉は、茶だけを飲んで、早々に腰を上げた。勝手口に置いてあった煙草の箱を天秤《てんびん》棒《ぼう》にくくりつけ、大声で挨拶《あいさつ》をしながら外へ出た。

潮風に押されるように早足になり、新地橋を渡る時は、とうとう駆足になった。

橋を渡ると、中島町の澪通りだった。

中島町は三方を川でかこまれているが、澪通りは町の南側を流れる大島川沿いの道で、木戸番小屋は、新地橋の下をくぐった大島川が、西側を流れる仙台堀の枝川と一つになるところにある。二つの川は、流れの音をひときわ高くして、隅田川にそそいでいた。

急いできたくせに、政吉は、橋のたもとで足をとめた。

木戸番小屋は、昼のうちは表の戸がはずされている。女房のお捨が内職に売っている雑貨、軒下に吊した草鞋《わらじ》や、ついこの間まで子供達が銭をにぎりしめてのぞきこんでいた焼芋の壺などが丸見えとなっているのだが、人影はない。笑兵衛がそろそろ起き出す頃なので、お捨は、ご飯の仕度《したく》でもしているのかもしれなかった。

「ちょうどいいや」

笑兵衛が起きたところなら、昨日から胸のうちにしまってある『一大事』を、二人揃っているところで聞いてもらえる、そう思った。

政吉は、木戸番小屋へ走った。

煙草の箱が天秤棒《てんびんぼう》の先で揺れ、小引出しの鐶《かん》が気忙《きぜわ》しい音をたてた。

「親爺《おやじ》さん、お捨さん。俺だよ」

薄暗い土間へ駆け込んだが、誰もいない。

拍子抜けがして、四畳半一間の上がり口に腰をおろすと、裏の方からお捨のころがるような笑い声が聞こえてきた。

政吉は、煙草の箱を土間に置いて、もう一度外へ出た。

隣家との間にある路地の突き当りは、裏の炭屋の枝折戸《しおりど》だが、大分以前からこわれている。

中へ入れば炭俵の積まれた庭で、界隈《かいわい》の女達が噂話を持ち寄る井戸もここにあった。が、お捨の笑い声は、頭の上から聞こえてくる。政吉は、西へまわりかけた陽《ひ》のまぶしさに、顔をしかめながら上を向いた。

お捨と笑兵衛は、炭屋の物干場にいた。布団をかかえているところをみると、笑兵衛の寝ていたそれを干しにきたらしい。

木戸番の仕事は夜廻りと、町木戸を閉めてからのやむをえぬ通行人、たとえば、容態が急変した患者の家へ駆けつける医者にくぐり戸を開けてやることで、床に入るのは、陽がのぼってからのことになる。

それでも町内からの手当では満足に米も買えず、どこの木戸番でも女房が昼間、草鞋、手拭い、蠟燭《ろうそく》などの雑貨や駄菓子、焼芋の類を売って、暮らしの足しにしていた。

夜と昼のすれちがいで暮らしているのだが、何が辛《つら》いと言って、昼過ぎに起き出す笑兵衛の布団の干せぬことが一番だと、お捨はいつも笑っていた。

近頃は日がのびたので、午後の物干場を炭屋から借りたのだろう。

お捨は、まだ笑いころげている。どうやら布団をかかえている二人が、物干場で鉢合せをしたらしい。

よく響く声で笑っている妻と、その妻を苦笑しながら眺めている夫の組み合せは、若い政吉が見ても微笑《ほほえ》ましく、政吉は口許《くちもと》を手でかこって、「ご両人」と声をかけた。

「よしてくんな」

笑兵衛はてれくさそうに、かかえていた布団を物干場のてすりへ放り投げたが、お捨は見得《みえ》をきる真似をして笑い出した。五十歳に近いという噂だったが、年若な娘のようなしぐさだった。

　政吉は、あらためて二人を見た。

　中島町の木戸番夫婦は武家の出だとか、京の由緒《ゆいしょ》ある家の生れだとか、或いは日本橋の大店《おおだな》の主人だったとか、さまざまな噂があるのだが、どれがほんとうであっても不思議ではなかった。

　政吉の住んでいるいろは長屋の差配《さはい》、弥太右衛門《やたえもん》などは、世の中にお捨ほど美しい女性はなく、笑兵衛ほど頼りになる男はいないと信じているらしい。はじめのうちはそんな弥太右衛門を嘲《わら》笑っていたものだが、近頃では、政吉もその通りだと思うようになった。

「政吉さん――」

　呼ばれて我に返ると、お捨が物干場のてすりから身をのりだしていた。

「政吉さん。もしかして草鞋の紐を切ってしまわれたのじゃありませんか」

「いいや」

「では、手拭いがお入用《いりよう》なの？　ごめんなさいね、今すぐ降りて行きますから」

「そうじゃねえんだよ」

　政吉は、あわてて言った。

「俺、――俺ね、お捨さん、たったの二首だけど、狂歌が本にのるんだ」

言っちまったと思った。木戸番小屋の中で、茶を飲みながらゆっくりと話すつもりだったのに、こんなところで簡単に喋って、少々もったいなかったような気もした。

「何ですって？」

お捨は、さらに身をのりだした。背伸びをしているようだった。曽祖父《そうそふ》の代からここで商売をしているという炭屋の物干場の、新しいわけがない。政吉は、てすりがふっくらと太ったお捨の重みを支えられるだろうかと心配になった。

政吉は、一里四方に聞えそうなほどの大声になった。

「俺の狂歌が本にのるんだよ。たった二首だけど」

「一大事じゃありませんか」

「おおごとだぜ、そいつは」

日頃は無口な笑兵衛までが、彫《ほり》の深い顔に笑みを浮かべててすりに寄りかかった。

「あぶねえよ。てすりは、腐《くさ》っちゃいねえかえ？」

心配しながら、政吉の口許はゆるんだ。

やはり『一大事』だの『おおごと』だの、政吉が一番言ってもらいたかった言葉で喜んでくれた、そう思った。自分のつくった狂歌が本にのるという大事件を、「そりゃよかった」の一言で片付けてもらいたくないために、政吉は、ここまで喋りたいのを我慢してきたのだった。

「それで、いつ開板《かいはん》されるの？　板元《はんもと》は須原屋さん？　政吉さんの入っている社中《しゃちゅう》は、宵張朝寝《よいはりのあさね》先生のところでしょう？　朝寝先生のお師匠様は宿屋飯盛《やどやのめしもり》先生だから、あの方の狂歌と、政吉さん――丸屋《まるや》三鶴《さんかく》さんの狂歌が並んで本にのるんですよ。ああ、何だか、私までどきどきしてきた」

お捨は、両頬に手を当てた。

ばか――と、笑兵衛が、目と口許《くちもと》だけで笑った。

笑兵衛は、お捨の肩を叩いて、階段の方へあごをしゃくった。早く降りて行けというのだろう。

二人が降りてきてからでも話のつづきはできるのだが、一大事の一つを話してしまったあとは、今すぐすべてを聞いてもらわぬと我慢ができなかった。

「待ってくんな。もう一つあるんだ」

「まあ、どんなこと？」

色の白いふっくらした顔と、浅黒い彫の深い顔がふりかえった。

「店が借りられたんだ。ほら、深川の八幡様の前のさ、永代寺門前仲町《えいたいじもんぜんなかちょう》の煙草屋だよ」

「去年、おかみさんを亡《な》くしなすった源兵衛さんのとこ？」

「ああ。源兵衛さん、娘の嫁ぎ先の近くへ越して行くんだってさ」

政吉は、口許の笑《え》みを顔中にひろげた。

煙草屋の源兵衛は四十の坂を越したばかりで、まだ老《ふ》け込む年齢ではないのだが、女房を亡《な》くしてからは、何もかもが億劫《おっくう》になっていたらしい。人の顔さえ見れば「疲れた」と言い、店も昼過ぎに閉めてしまうことが多くなった。

困る――と言い出したのは、隣りの茶漬屋だった。馴染《なじ》みの参詣客《さんけいきゃく》が山本町か仲町通りで煙草を買うことになり、そのついでに近くの茶漬屋へ入ってしまうのである。浅草の酒屋へ嫁いでいる一人娘も、だるいの疲れたのとばかり言っている父親を気遣《きづか》って、近くへ越してくるようにすすめた。まだ面倒をみてもらわなくともいいと強がったそうだが、茶漬屋の不満を口実に、源兵衛は、引越を決めたということだった。

それを、宵張朝寝が耳にした。

朝寝は、深川富岡八幡宮一の鳥居の近くで料理屋を営んでいる。そのため、社中には周辺の商家の主人が多く集まっていたが、そんな中に煙草屋の地主もいた。

朝寝は、政吉が煙草屋をそのまま借りられるよう、地主と源兵衛に交渉してくれた。地主は、朝寝先生の口ききならとこころよく承諾《しょうだく》し、口先はともかく、内心では娘のそばへ行きたくてたまらない源兵衛にも、否《いな》やのあろう筈がなかった。

「と、こういうわけなんだよ」

「よかったこと――」

お捨は、深い息を吐いた。

「いっぺんにいいお話ばっかりで、何だか夢を見ているよう」

「まったくだ」

おふくろと親父がいたら、あんな顔をするのかもしれないと政吉は思った。

「でも、これからが大変さ」

と、政吉は言った。

「朝寝先生に山ほど金を借りちまったんだ」

店は居抜《いぬ》きで借りられたものの、源兵衛の怠け癖でしけってしまった煙草もある。あの店はだめだという評判を消すために、暖簾《のれん》や看板を書き替えて、主人も煙草も新しくなったのだと客に知らせたかった。

「だから、大変なんだよ」

「それにしても、いっぱいお金を貸していただけるなんて、政吉さんのお人柄ねえ」

「いや、俺はそんな……」

感心したような目で見つめられて、政吉は妙にうろたえた。

「俺の懐《ふところ》が始終《しじゅう》すっからかんだから、朝寝先生が呆《あき》れ返《けえ》って、金を貸してくんなすったんだよ」

「呆れ返ってお金を貸してもらえるなんて、政吉さんだけですよ。前の借金も少しずつ返したって、そう言ってらしたし、政吉さんて、ほんとに真面目なのね」

「とんでもねえ。俺はその、……運がよかっただけなんだよ」

政吉は、自分がどこで生れたのか知らない。親の顔を見たこともなく、物心ついた時には、下谷《したや》山崎町の長屋で、真冬でも袢纏《はんてん》一枚の男と三つ年上の男の子と暮らしていた。かっぱらいを教えてくれたのは、この二人だった。

その後、兄貴と呼んでいた少年と山崎町の長屋を逃げ出して本所《ほんじょ》石原町へ行き、蜆売《しじみう》りなどをして飢《う》えをしのいでいた。が、育ち盛りの腹の虫は、蜆売りで得た銭で食べられるものだけでは満足せず、昼も夜も鳴きっ放しだった。

〝兄貴〟との約束で、かっぱらいは禁じ手だったのだが、しまいには毎日禁じ手を使うようになった。十一、二歳で武家屋敷の中間《ちゆうげん》部屋へ出入りするようになり、毎日のように開かれている賭場《とば》の使い走りをひきうけるようになるまでは、かっぱらいの合間に蜆売りをしていたと言った方がよいかもしれない。

十五歳で旗本の中間となって〝兄貴〟との縁も切れ、十八歳の時に何となく中島町へきて塩売りになった。考えてみると、捨子《すてご》であった自分を袢纏の男が拾ってくれたことといい、何となく中島町へきて木戸番夫婦と知り合ったことといい、運がいいとしか言いようがないのである。

「ね、明日の晩、お祝いをしましょうか」

お捨がまた、てすりから身をのりだした。

「弥太右衛門さんや、お豆腐屋の金兵衛さんもお呼びして」

「うん――」

政吉は、てれくさそうにうなずいた。

祝宴

暮六つの鐘が鳴った。

濘通りはもともと人通りの多いところではないが、闇が濃くなると静けさが増す。川音も、人が小走りに通り過ぎて行く下駄の音も、澄みきって聞こえるようになった。

土間の戸をたてた木戸番小屋の中には、赤飯のにおいがこもっている。

先刻、町の東側を流れる川、黒江川沿いにある魚屋が刺身の皿を届けにきて、豆腐屋の金兵衛は、やっこに切った豆腐を五つも桶に入れて持ってきた。土間の隅では、炭屋が一升徳利の酒をちろりにうつしていて、次第に酒盛のはなやいだ気分になってくる。

濘通りを横切ってくる足音は、弥太右衛門と自身番屋の書役《しょやく》、太九郎《たくろう》だろう。

木戸番小屋の向い、大島川の土手下にある自身番屋には、町内で雇っている書役のほかに、差配《さはい》が交替で詰めることになっているのだが、今日は、昼間の当番がいろは長屋の差配、弥太右衛門だと太九郎が言っていた。

たてつけのわるい土間の戸が、上下の敷居にぶつかりながら開いて、「うう、寒——」

と言いながら弥太右衛門と太九郎が入ってきた。

鼻紙や蠟燭《ろうそく》などの雑貨をのせた台や焼芋の壺など、土間を占領しているものをたくみによけて歩いてくる。

「おめでとうよ、政さん。――それにしても、もうじきお彼岸だってえのに、いつまでも寒いねえ」

「まったくだ」

長火鉢の前に坐って、燗番《かんばん》をひきうけていた金兵衛がうなずいた。

「さ、こっちへきねえ。炭屋さんが、商売物をいっぱい持ってきてくれなすったから、強気《ごうぎ》に火がおこってるぜ」

「お捨さんは？」

「炭屋のおかみさんと、てんぷらを揚げているよ」

「そいつは有難い。お捨さんが揚げてくれたてんぷらが食べられるなんざ、政公、お前もほんとにいいことをしてくれたよ」

「さあてね」

ぎごちない手つきで蠅帳《はいちょう》から小皿や醬油《しょうゆ》さしを出してきた笑兵衛が、めずらしく口をはさんだ。

「うちの婆さんは、あれで結構そそっかしいから、てんぷらのころもから魚の骨が出てきて、のどにひっかかるかもしれないぜ」

「何を言ってるんだい。お捨さんにかぎって……」

「まあまあ、お待たせをいたしました」

お捨の声がした。土間の戸が開いて、てんぷらを山盛りにした皿を持ったお捨と炭屋の女房が入ってきた。

「本日のご馳走は、これでおしまい。朝寝先生は遅れておいでになるそうですから、お先にお祝いをはじめましょう」

猪口《ちょこ》や湯呑みに酒がつがれ、一同が声をそろえて「おめでとう」と言った。

政吉は頬を紅潮《こうちょう》させ、猪口の酒を一気に飲んだ。

男達が政吉の飲みっぷりのよさを囃《はや》したて、両側に坐っているお捨と炭屋の女房が、熱いちろりを帯にはさんだ手拭いでくるんで持つ。

政吉はふと、夜の闇がたまりはじめた土間を見た。

今夜のこの酒席に、朝寝は二人で行くと言ったそうだ。

煙草屋の地主を連れてくるつもりなのだろうかと、笑兵衛は首をかしげていた。女房を連れてくるにちがいないと、お捨は笑兵衛に反論していたが、政吉はことによると——と思っていた。ことによると、煙草屋の地主でも自分の女房でもない者を、朝寝は連れてきてくれるかもしれなかった。

「だが、喧嘩政が狂歌師になるとは思わなかったなあ」

と、太九郎が言っている。

「狂歌師どころか、俺は、喧嘩で大怪我《おおけが》をして、中島町から逃げ出して行くにちげえねえと思っていたよ」

金兵衛が、車座になった向いの席から酌にきて、ついでに小皿へてんぷらもとってくれた。

「とにかく政さんの商売は、塩を売っているのか、喧嘩を売っているのかわからなかったものな」

政吉は、苦笑して小屋の中を見廻した。

部屋は四畳半一間きり、戸棚すらなく、布団も行李《こうり》も壁に押しつけてあるこの部屋で、政吉は幾度、夕飯を食べて帰ったことか。

あれは、中島町へきてからちょうど一年目、十九歳の時だった。

塩のはかりかたがわるいと言った女の言葉に腹を立て、女の手からざるをはたき落としたのだが、塩の入っていたそのざるが、ちょうど通りかかった男にぶつかった。

一見して遊び人とわかるその男が、着物についた塩を黙って払い落とすわけがない。

また、当時の政吉が、素直にあやまる筈もなかった。

「こんなところをのんびり歩いている方がわるいんだ」

唇を曲げて罵《ののし》って、荷をかつぎあげようとしたとたん、政吉は目の前で火花が散ったような気がした。一人だと思っていた遊び人に連《つ》れがいて、後頭部を薪で殴られたのである。

「この野郎――」

遊び人達に向っていったつもりだったが、気がつくと、木戸番小屋にいた。

政吉が血を流して倒れたので遊び人達は逃げてゆき、近所の人達が、戸板にのせて木戸番小屋へはこび込んだのだという。

後になって弥太右衛門から聞いたところでは、怪我人や病人を見ると、中島町の人達は、彼等を医者ではなく木戸番小屋へはこぶのだそうだ。

政吉も、まるで知らぬ間に手当てをうけていた。寝ていた笑兵衛が目を覚まし、すぐに医者を呼びに行ってくれたらしい。

「すまねえな、爺さん」

政吉は、ふらつく頭を押えて立ち上がった。懐から、その日の稼ぎを取り出して放り出したのは、医者を呼んでやったと、あとで恩に着せられたくなかったからだった。

笑兵衛は、黙って銭を拾い集めた。財布に入れ、口をしめて、政吉の手に握らせる。ふりほどこうとしたが、さほど強い力があると思えぬ笑兵衛の手は、財布と政吉の手をしっかりと握りしめていた。

「離してくんな、爺さん。男が一度出したものを、また懐へ戻せるかよ」

「戻せる」

笑兵衛は財布を取って、政吉の懐へ押し込んだ。

「その傷だ。二、三日は、商売を休め」

「大きなお世話だ」

「痛むなら、泊ってゆけ。夜廻りの合間に、薬ぐらいは塗ってやる」

「そうなさいな」

と、お捨も口を添《そ》えた。

ばかが――。

と、政吉は胸の中で言った。

喧嘩政と異名のある塩売りを小屋に泊めて、何の心配もせずに亭主は夜廻りに行き、女房は床に入って眠るつもりなのだろうか。

政吉がかつてかっぱらいで飢えをしのいでいたことを、木戸番夫婦の知らぬわけがない。女房の内職でためた金を、政吉に盗まれるとは考えないのだろうか。

俺が金を盗んで逃げても、わるいのは俺じゃねえからな。かっぱらいで生きてきた男と知っていながら俺を泊めたお前達《めえ》がわるいんだからな。

「そんなに泊めたけりゃ、泊ってやらあ」

木戸番小屋で夕飯を食べたのは、その時がはじめてだった。

そしてその翌日、政吉は、太九郎に文字を教えている笑兵衛を見た。

「うめえじゃねえか、爺さん」

と、政吉は言った。

政吉も仮名文字は書けるし、多少の漢字も読めた。貧乏旗本の中間となった時に、その屋敷の用人に安酒をおごり、かわりに文字を教えてもらったのである。「いろはも読めねえのか」と嘲笑《わら》われたくない一心からだった。

が、笑兵衛の書いたそれは、見たこともない文字だった。

「爺さん、俺にも文字を教えてくんなよ。どうせ、昼間は暇なんだろう?」

断られるだろうと思った。武家の出だの、京の由緒ある家の出だのと噂されて、妙に威厳のある男が、喧嘩政などを相手にしてくれるわけがなかった。

笑兵衛は、不愛想《ぶあいそ》に答えた。

「頭の傷が痛まなければ、いつでもおいで」

一瞬、聞き違いではないかと思った。

聞き直そうかと思ったが、笑兵衛は、何事もなかったような顔で火鉢の火を掘りおこしていた。

「今日から頼まあ」

笑兵衛はちらりと政吉を見たが、何も言わずに手本を書いてくれた。政吉は、俯《うつむ》けば痛む頭に顔をしかめながら、それでも痛いとは一言も言わずに手本の文字を写しつづけた。

なぜあんなに意地を張ったのか、自分でもよくわからない。が、どうしてもむずかしい文字を覚えるつもりで、商売を早めに切り上げて塩屋へ戻り、毎日の精算をすませて木戸番小屋へ行った。

笑兵衛は、八百屋からもらったという木箱の上へ硯箱《すずりばこ》をのせて待っていた。笑兵衛ばかりではない。お捨も、商売のあとではお腹《なか》が空《す》くだろうからと、大福やかき餅を用意して政吉がくるのを待っていた。

政吉は大福を食べ、茶を飲んでから木箱の机に向った。「今日はここまで」と笑兵衛が言った時には、いつもご飯と味噌汁が湯気をたてていた。雨の日も風の日も、政吉は木戸番小屋へ通った。しまいには、自分が文字を覚えたいのか、お捨達と夕飯を食べたいのかわからなくなった。

お捨と、笑兵衛と、三人で夕飯を食べているうちに天秤棒がふりまわせなくなったと、政吉は思う。お捨のころがるような笑い声を聞き、熱い味噌汁を飲んで、次第に溶けていったものは何だったのだろう。商家で働きたくても相手にしてもらえなかった口惜しさか、それともいつも一人でつめたいめしを食べていた淋しさか。

いずれにせよ、胸を塞《ふさ》いでいたものが溶けていったあとには、数少ない愉快な記憶が浮かび上がった。旗本の用人が狂歌を詠《よ》み、政吉の感想まで聞きたがったことも、その一つだった。

政吉は、覚えた文字で五七五七七の言葉を書いてみた。

狂歌と呼べるようなものが書けているのかどうかわからなかったが、教わった文字を繰返し書いているよりも面白かった。政吉は、できるだけ五七五七七の言葉にして、覚えた文字をさらうことにした。

それが、近所の揉《も》め事をおさめに行ったという笑兵衛を待っている間の稽古にも出た。ふと頭に浮かんできた五七五七七を、政吉は、箱の上の紙に書きつけた。

　しお売りの　しおしお帰る日暮れ時　しおばい（商売）替えは今がしお時

「お上手ねえ」

政吉の湯呑みに新しい茶をついでいたお捨が、感心したように言った。

「この間、弥太右衛門さんに誘われて、うちの笑兵衛も宵張朝寝先生の会に顔を出したのですけれど、こんなに上手じゃありませんでしたよ」

「まさか」

「ほんと。笑兵衛のは、かたっくるしい和歌になっちまうんですもの」

お捨は、笑靨《えくぼ》のできるふっくらとした手を口許にあてて、ころがるような声で笑った。

「政吉さん、来月の会にお出になってみればいいのに」

「そんな。俺なんざ……」

顔を出せるわけがねえと笑い飛ばしたものの、ふと行ってみようかと思った。

酒を飲ませれば饒舌《じようぜつ》になった用人の話は、今でも頭の隅に残っている。彼によれば、四方赤良《よものあから》や朱楽菅江《あけらかんこう》が活躍していた天明寛政の頃に比べると、文政も八年になった今の狂歌は、格段に質が落ちているという。

が、江戸の人達の狂歌熱は、さめるどころではなかった。町ごとに一つずつあるのではないかと思うほど、狂歌の会がつくられているのである。

政吉が塩売りにまわっているところだけでも、朝寝が主宰《しゆさい》する春睡楼《しゆんすいろう》をはじめ、幾つの社中があるだろう。

社中の人達が詠んで差し出す狂歌に評点をつける者を点者《てんじや》、或いは判者《はんじや》というが、例の用人は、わしが判者になった方がよほどましじゃと、いつも愚痴《ぐち》をこぼしていた。歌のよしあしはあまりわからず、依怙《えこ》贔屓《ひいき》で採点をする判者が多いというのである。

一方、判者に言わせると、狂歌を詠む者がふえ過ぎてしまったらしい。月並《つきなみ》の会――月例会には武家、町人を問わず、大勢の人が怒濤《どとう》のように押し寄せ、添削《てんさく》を求める狂歌は、家がごみためのようになるほど届けられるという。面白い趣向の狂歌も無論あるが、ほとんどは添削より、はの字やほの字の最後が反対側にまるめられているのを直すことで終ってしまうのだそうだ。

それでも、入花料《にゆうかりよう》と呼ばれる点料《てんりよう》はとる。月並の会の出席者や、添削を求める者がふえたことで、かつては必ず別の仕事を持っていた判者も、入花料だけで暮らせるようになった。一の鳥居近くの料理屋、明石《あかし》屋の主人で暮らしに困らず、入花料をたっぷり払ってくれる者を依怙贔屓することのない、宵張朝寝のような判者の方が、むしろめずらしくなっているのかもしれなかった。

そんな中へ俺が入ってゆくのも――と、政吉は思った。

面白えじゃねえか――。

月並の会へ顔を出しても、五七五七七がうまくできるかどうかはわからない。わからないが、政吉の詠んだ狂歌が判者達をうならせて、ついには政吉の社中ができないともかぎらぬのである。

親なしっ子の俺が、狂歌の判者か。

政吉は、胸のうちで笑った。

あれがかっぱらいをする子だとわかっていたせいか、蜆《しじみ》を売り歩いている時には、手習いへ通う悪童達によく石をぶつけられたものだ。

そんな男が、かつての悪童達が詠んだ狂歌に点をつけてやる。

これ以上愉快なことがあるだろうか。

「決めた」

と、政吉は、お捨の前で手を叩いた。

俺は、必ず狂歌の点者になってやる。

決心はしたものの、懐にあるのは、まだ塩屋での精算をすませてない金だった。塩も天秤棒も、いわば塩屋からの借り物で、売り上げから仕入れの代金を差し引いたものが、その日の稼ぎになる。精算をすませると、残るのはいつも、その夜の湯銭《ゆせん》と明日の米代だけだった。

政吉は、その日、手習いをすませてから明石屋へ行った。

今になってみれば、ずいぶん思い切ったことをしたものだと思う。

政吉は、月並の会へ一度どうしても出席したいのだが金がない、入花料を借金として、毎月少しずつ払わせてくれぬかと頼みに行ったのである。

朝寝と面識があったわけではない。朝寝もまた、つぎはぎだらけの着物にすりきれた草鞋というでたちの政吉に、よく会う気になったものだった。

しかも、政吉の頼みを面白がった。即座に承知して、入花料のほかに古着代として二枚の二朱銀を貸してくれた上、利息もいらぬという。

ずいぶん気前のよい男だと思ったが、あとで人づてに聞いたところによると、朝寝は、澪通りの木戸番小屋へ文字を習いに行っているという一言が気に入ったようだった。

その日から、政吉は、毎日の稼ぎの中から必ず五文の銭《ぜに》を竹筒へ投げ込んだ。雨で商売に出られない日が月に十日あるとして、竹筒の中には百文から九十五文がたまる。そのうちの五十文を毎月の返済にあて、残りを月並の会や添削を頼む時の入花料にしたのである。

月並の会に顔を出せるのは、年に二、三度だったが、それでも政吉は満足だった。朝寝は、政吉の狂歌には苦《にが》みがあると言った。朝寝の師である宿屋飯盛も、かっぱらいをしなければ生きてこられなかった昔が、今は狂歌の味になっていると言ったらしい。それまでは話しかけてもろくな返事をしてくれなかった人達が、先方から話しかけてくるようになった。

月並の会の常連には、煙草屋周辺の地主のほか、仙台堀の岸辺に三つの蔵を並べている干鰯《ほしか》問屋などがいたが、そんな大旦那達が政吉の昔話を聞きたがり、しぶしぶ話してやると、「とてもかないませんなあ」などと、奇妙な感想を述べたりするのである。かっぱらいをしていたことで好意をもたれるなど、政吉にとっては生れてはじめての経験であった。

商売替えをせぬかと朝寝が言い出したのは、当時の銭相場で三朱あまりをようやく返した時だった。

突出新地をまわる煙草売りなら、塩売りよりはるかに儲《もう》けが大きい。煙草売りは、なぜか軀《からだ》を売るのを商売にしていた男が多いのだが、ついこの間まで新地をまわっていた煙草売りは、政吉と同じように、若い頃は賭場《とば》の使い走りや中間をしていたという。その上、狂歌もうまかったそうだ。

「二代目ですよ」と言われて、政吉はすぐさま商売替えをした。

朝寝の言う通り、遊女達は馴染《なじ》み客が好んで吸う煙草を二、三種類も買ってくれる。気前のよいところを見せたい客が、かなりの金をくれて、釣銭はいらぬと言うこともあった。

竹筒へ放り込む銭が五文から十文にふえ、朝寝からの借金は、それから間もなく完済した。月並の会へ顔を出す回数もふえ、政吉の狂歌に点がつくことも多くなった。

高価な紬《つむぎ》の着物が似合うようになったのは、その頃からだった。

煙草売りとなった時に、朝寝が自分には派手になったという紬をくれたのだが、よほどその着物と政吉の釣り合いがとれなかったのだろう。

「馬子《まご》にも衣装って言うけどねえ」

と、それを着た政吉を見て、長屋の女は笑いころげたものだ。

が、先日、同じ紬を着ていた政吉に、料理屋の女中が、「若旦那」と声をかけた。少々こそばゆい気がしたが、居合わせた朝寝も地主も、干鰯問屋の主人も笑わなかった。

「かっぱらいから若旦那か」

夢を見ているようだとは、その時の政吉の気持をいうのだろう。

「それにしてもさ」

と太九郎が言っていた。

「政さんから煙草を買いはじめて、もうずいぶんになるぜ。が、俺あ、朝寝先生んとこの会に政さんが通っているなんざ、これっぽっちも知らなかった」

「お前さんだけじゃないよ」

弥太右衛門が、酔いのまわったしぐさで政吉の前へ這《は》ってきた。

「だいたい水くさいんだよ、この男は」

「俺もそう言いてえ」

金兵衛の声だった。

「そう思うだろう？　が、金兵衛さんとこは、豆腐好きな政公がお得意様ってえだけのことだ」

「お得意様ってえだけたあ、何てえ言い草だよ」

「ま、お聞きよ。はばかりながら、わたしはこの政公が住んでいる長屋の差配だよ。家《や》守《もり》だよ。家守といえば親も同然、店子《たなこ》といえば子も同然。店子から有名な狂歌師が出たとなれば、親の差配の鼻も高くなろうってものじゃないか」

「なるほどね」

「とすれば、煙草売りの政吉とは仮の姿、実は狂歌師の丸屋三鶴でございと、誰に話さなくとも、わたしにだけは打ち明けてくれるのが親孝行ってものだ。な、笑さん？」

親不孝者だと叱言《こごと》を言われるのかと思ったが、弥太右衛門は、坐ったまますするりとまわって笑兵衛と向いあった。

政吉の狂歌は筋がよいのかと尋ねているところをみると、言葉通り、狂歌師の伜《せがれ》をもったような気分になっているのだろう。

笑兵衛は、笑って弥太右衛門の湯呑みに酒をついだ。

「わたしも二、三首読ませてもらっただけだが、なかなかのものだったよ」

「そうかい。そりゃよかった」

弥太右衛門が、笑兵衛に酌《しゃく》をする。

「わたしは差配という義理の親だが、笑さんは、いわば育ての親だ。これからもよろしく頼むよ」

政吉の目頭《めがしら》が熱くなった。いっぺんにこれほど幸せになってもよいものだろうかと思った。

「政さん、おめでとうよ」

目をしばたたいている政吉の前へ、金兵衛と炭屋が酌にきた。

「今から言っておくが、偉くなっても俺達とつきあっておくれよ」

こぼれそうなほどにつがれた猪口へ口の方をはこんでゆきながら、政吉は、とうとう涙の粒を頰に落とした。

自分の狂歌が本にのって、煙草屋の店がもてるようになって、義理の親ができて育ての親ができて、一生つきあってくれという友達もできたのだ。数年前には、夢にも考えられなかったことだった。

が、朝寝はまだこない。

政吉は、薄暗い土間へ目をやった。

耳をすましても川の流れと風の音が聞えるだけで、木戸番小屋へ近づいてくる足音はない。

少々遅過ぎると思った。朝寝の都合がわるくなったのか、それとも、朝寝に連れられてくる筈の人が、今になって行きたくないと言い出したのか。

座敷では、のど自慢の太九郎が、手拍子をとりながらうたいはじめた。

「からかさの　骨になるまで通わにゃならぬ――」

ドウシタドウシタと一同が囃《はや》す。金兵衛が空になった皿を鼻紙で拭《ふ》いているのは、皿を傘に見立てて踊るつもりなのだろう。

その騒ぎを横目に、政吉は腰を浮かせた。案内を乞《こ》う声が聞えたのだった。お捨にも、その声が聞えたらしい。唇に右手の人差指を当て、左手で土間の戸を指さした。

「朝寝先生がおみえになったようですよ」

大変だ——と、弥太右衛門が言った。太九郎と金兵衛があわてて居ずまいをただし、炭屋の夫婦は、ちらかっている小皿や箸を集めて、朝寝の坐る席をつくった。

笑兵衛が土間へ降りて行った。政吉がそのあとを追い、さらにそのあとを行燈《あんどん》の火を手燭《てしょく》へうつしたお捨が追った。

たてつけのわるい木戸番小屋の戸が、朝寝の手におえるわけがなく、笑兵衛が苦笑しながら開けている。

お捨の手燭が、戸の外にいる人の姿を照らし出した。一人だった。

「ほんとによくおいで下さいました。有難うございます」

「いや、こちらこそお招きにあずかりまして有難うございます」

お捨の声が聞え、朝寝が挨拶《あいさつ》を返して、川風が土間を吹き抜けていった。いそがしい最中に出かけてきてくれた礼を朝寝に言いながら、政吉は、その風が胸の中を通り過ぎていったような気がした。

「さ、入らせてもらおうぜ」

政吉は朝寝を見た。朝寝は、戸の陰へ手招きをしていた。

「何をしているんだよ。はにかむ柄《がら》かい」

朝寝がからかった相手の返事は聞えなかったが、軒下の闇が揺れた。政吉にはそう見えた。

「お邪魔いたします——」

戸の陰から色白の小粋《こいき》な女があらわれて、ちょっとはにかみながらお捨と笑兵衛に挨拶をした。おきくだった。

「連れてきたよ、三鶴さん」

政吉は肩を並べるようになる。

商売物をのせた台やら焼芋の壺やらで、土間には、人がすれちがうくらいの隙間しかない。その隙間を通って朝寝が部屋へ近づいてゆけば、つづいて入ってきたおきくと、政吉は肩を並べるようになる。

長年、明石屋の女中をしていたおきくは、人の扱いに慣れているせいか、木戸番小屋にきていた人達の視線が集まっても首をすくめるだけで、口許に微笑を浮かべたが、政吉の背や胸には大粒の汗が噴《ふ》き出した。

「三鶴さんが赤くなっているのかえ?」

朝寝がからかうように言った。

「しようがないね。では、わたしから皆さんにおひきあわせするか」

朝寝は、商売物の台に背をつけて通り道をつくり、おきくを前に押し出した。

「わたしの店で働いてもらっている人でしてね、きくといいます。江戸の生れで、十六の時にわたしの店へきてくれて、ええと、それから——え？　七年になる？　それじゃお前さんはもう二十三かえ？　早いものだねえ」

あとの方は、ひとりごとになった。

「実は先日、三鶴さんから、このおきくを女房にしたいと打ち明けられましてね」

「先生、もうそこまでにしておくんなさい」

たまりかねて、政吉は口をはさんだ。

そこまではっきり言わなくとも、皆おおよその見当はついた筈だと政吉は思ったが、「何を言ってるんだい」と、朝寝は笑った。

お捨も、手を口許にあてて笑っている。その視線を追ってゆくと、弥太右衛門も太九郎も、炭屋の夫婦も上がり口まで膝をすすめていた。誰もが、この話は最後まで聞かずにいられぬと言いたげな顔をしていた。

「二人の間で話を決めてさ、それからわたしのところへきたのかと思ったら」

と、朝寝が言った。

「何のことはない、わたしにおきくの気持を聞いてくれと言うじゃないか」

ひえかけていた政吉の背に、また汗が噴き出した。

「お前さんの頼みにはうなずいたけどね、もし、おきくがいやだと答えたら、お前さんに合わせる顔がない。わたしは自分がおきくを口説《くど》くつもりになって、そのせりふの稽古までしたんだよ」

朝寝が言葉をきると、そこで笑いがおこった。あいかわらず、朝寝の話は巧《たく》みだった。

「武者ぶるいをして、おきくを口説きにかかったが、何のことはない、お前さんがそう言ってくれるのを、おきくは今か今かと待っていたんだそうだ」

こいつはいいや――と言ったのは金兵衛だろうか弥太右衛門だろうか。一同は手を叩いて笑った。

「とんだ三枚目だったよ、わたしは」

朝寝が政吉をにらんだ。ばかばかしい役目をひきうけたものだと思っていたところへ、笑兵衛がたずねて行ったのだという。

「聞けば、お前さんのお祝いをするというじゃないか。それならば、三枚目をひきうけさせられた腹癒《はらい》せに、ここで何もかも喋ってやろうと思っていたのさ」

「そのこと、そのこと」

我が意をえたというように、弥太右衛門が上がり口から身をのりだした。

「こうなったら、あらいざらい喋っておくんなさい。この男ときたひには、わたしが何を言っても、うるせえなの一言ですませちまうんですから」

「では……」

朝寝は、からかうような目つきで政吉とおきくを見たが、そのうしろにいたお捨が、正面の席を指した。

「ともかくそちらへお上がり下さいまして」

正面は、酔いがまわってきた時に壁へ寄りかかれる一番上等の席だった。

あらためて酒がつがれた。

猪口を口許へはこべばすぐにちろりが差し出され、そのたびに酒を飲み干していた朝寝の顔は、たちまち赤くなった。

「ええ、わたしがこの男の親がわりでございますが」

と、こちらもろれつがまわらなくなった弥太右衛門が言う。

「祝言はいつ頃にするか、おきくさんのご両親ともご相談をしたいと思いまして」

ちらと、おきくが政吉を見た。

おきくも両親の顔を知らない。物心つく頃には親戚中を盥《たらい》まわしにされていたと、政吉に話したことがある。

もともとおきくの垢《あか》ぬけた容姿や、こまめによく働くところには好意を抱いていたのだが、この女も親の味を知らずに育ったのだと思ったとたんに、それが重苦しいような気持に変わった。はじめて知る恋心だった。

朝寝が、おきくの親がわりは自分だと答えていた。

おきくが、政吉を見て口許をほころばせた。これで幼い頃からの願いがかなうと思ったのかもしれなかった。おきくの願いとは、やさしい亭主と大勢の子供にかこまれて、賑《にぎ》やかに暮らすことであった。

朝帰り

一の鳥居をくぐると、宵張朝寝《よいはりのあさね》こと明石屋平左衛門が、けだるそうに左手を曲げて、すぐにおろした。ここで別れるという合図だった。

「どうも……」

お世話になりましたと口の中で言って、政吉は頭を下げた。朝寝に劣らず、政吉の動作も、けだるそうに見えたことだろう。

地本《じほん》問屋の招きで吉原の大籬《おおまがき》に三日間の流連《いつづけ》をして、遊女と睦言《むつごと》をかわし、その合間には、芸者や幇間《ほうかん》らと夜も昼もない大騒ぎをしてきたあとであった。

遊んだことがないとは言わないが、大籬に上がるのははじめてだった。地本問屋の招きをうけるのもはじめてだったし、春睡楼《しゅんすいろう》の判者となったばかりで、先生と呼ばれている自分が他人のような気がしている時でもあった。

酒の席では、緊張していることを悟《さと》られまいと始終気を遣っていた上に、野暮《やぼ》な先生と遊女に嘲笑《わら》われまいとして、床に入ってからも神経を遣った。

ようやく一息ついたのは帰りの大門を出てからの駕籠《かご》の中で、それやこれやの疲れがいっぺんに出たのだろう、いつの間にか眠っていた。

家の前で駕籠《かご》をおりるのはいやだと、朝寝が黒江町の角《かど》でおろしてくれと頼んでいたのだが、そこへ着いたのも知らなかった。

もう一度だるそうに手を振った朝寝が、横手のくぐり戸から中へ入って行った。

くぐり戸の向うは贅《ぜい》をこらした庭で、縁側から上がれば、帳場の前を通らずに居間へ行くことができる。店の者と顔を合わせるのを避けたつもりなのだろうが、女中が庭の植木に水をやっていたらしい。「お帰りなさいまし」という声につづいて、「旦那様がお戻りになりました」と、朝寝の女房を呼ぶ大声が聞えてきた。

政吉は、苦笑して歩き出した。

ほんの一、二丁歩いただけなのだが、小千谷縮《おじやちぢみ》の衿《えり》は、汗でぬれはじめている。

政吉は、袂《たもと》から手拭いを出した。

六月はじめ、梅雨があけて夏も盛りとなった真昼時であった。富岡八幡宮へ向う仲町通りもさすがに人影が絶えていて、ここ五日ほど、雨の降らなかった道が白く光っている。

陽射《ひざ》しも道も、道の両側にならぶ料理屋や菓子屋の縁台も薬屋の日除《ひよ》けも、皆まぶしくて、政吉は汗をふいた手拭いで陽射しを遮《さえぎ》りながら軒下へ入った。

そよとも吹かぬ風に暖簾が重たく垂れ下がっている料理屋の出入口からは、女中達のお喋りが聞えてくる。八幡宮の別当、永代寺から、読経の鐘がかすかに響いてきた。

　軒下の日陰を選《よ》って歩き、団子屋《だんごや》の角を左に曲がると、八幡宮の裏門が見えた。

　裏門への道の両側にも、料理屋や菓子屋がならび、政吉が主人となって四年目の煙草屋も、その真中あたりに煙管《きせる》の看板を出している。

　その看板の陰から飛び出してきたのは、向いの玩具屋の息子だった。客のいない時をみはからって、煙草を買いにきたのだろう。

　女房のおきくと、煙草の葉をきざむ賃粉《ちんこ》切《ぎ》りの勘太《かんた》は、あまり風通しのよくない店で、一昨日も昨日もいそがしく働いていたにちがいなかった。

　政吉の足が、隣りの軒下で止まった。

　今年の正月に開板《かいはん》された狂歌本の売れゆきがよく、喜んだ地本問屋が朝寝と政吉の二人を招いてくれたと、おきくも知ってはいた。それに、朝寝の女房ほど、狂歌や絵草紙が嫌いでもなかった。

　が、宿泊先が吉原である。流連《いつづけ》をするだろうとは思っていたのだが、出かける時からそうとは言いにくく、多分、翌日の昼には帰ると言って出かけたのだった。

　四日目の昼頃になって、「今、帰った」と涼しい顔では入って行きにくい。店の敷居が一尺ほども高く見え、横手のくぐり戸から入って行った朝寝の気持がわかるような気がした。

それにしても、ずっと隣りの軒下に立ってはいられない。

あらためて道の真中へ出て、店へ入って行こうとすると、中から飛び出してきたおきくと鉢合せをしそうになった。

「あら——」

おきくは、めずらしい人でも見るように目を見張った。

「お帰りなさい。おひさしぶりね」

からかわれても仕方がないのだが、政吉は、不機嫌な顔になって横を向いた。

「てやんでえ。ちょいと留守にしただけじゃねえか」

「そりゃ行先はわかってたし、心配はしていませんでしたけど」

一言もない。

「ちょうど西瓜《すいか》を切ったとこ。お腹は空《す》いてないでしょうけど」

「いちいち突っかかるんじゃねえや」

「突っかかってやしませんよ。ここで喧嘩してたらお隣りへ差し上げるのがあったかくなっちまう」

言われて気がつくと、おきくは、布巾《ふきん》をかけた盆を持っていた。布巾には、うっすらと西瓜の汁がにじんでいる。

「顔と手と足をよう く洗って、それから上がっておくんなさいよ」

言い捨てて、おきくは、隣りの茶漬屋へ駆けて行った。

いれかわりに、政吉は店の中へ入った。

出入り口での声を聞きつけたのだろう。長身の勘太が、鴨居に頭をぶつけぬよう、背をかがめて台所から出てきた。食べやすいように西瓜を切っていたらしく、手をふいている手拭いが、先刻の布巾と同じような淡い紅に染まっている。

政吉は、汗のしみた着物を脱ぎ捨てた。

履物も雪踏《せった》から下駄にはきかえて店の土間を通り抜け、近くの六軒が共同で使っている井戸へ行く。

隣りから帰ってきたらしいおきくの声が聞えて、勘太が政吉を追いかけてきた。

八幡宮の木立の中で、蟬《せみ》がしきりに鳴いている。

政吉は生温《なまあたた》かくなっていたつるべの水を捨てて、流し場に立った。つめたい水をたっぷり汲んで、足にかける。

その目の前へ、勘太が桶と手拭いを差し出した。おきくの声は、それを持って行ってやれと言いつけたものかもしれなかった。

政吉は、桶を足許《あしもと》へ置かせ、手拭いを首にかけた。あいかわらず、気のきく女房だと思った。

が、薄煙のような疑問が、ふっと頭の隅をよぎった。

以前のおきくなら、自分が桶と手拭いを持ってきたのではあるまいか。

無論、鼻歌をうたいながら持ってきはしない。桶を流し場へ叩きつけるように置き、手拭いを政吉の手へ放り投げて、「一晩で帰ってくると言ったのに」と、頰をふくらませたにちがいない。そして、汚いものでも洗い流すように、政吉の足へ幾度もつるべの水をかけたことだろう。

いつの頃から——と考えそうになったのを、勘太の声で遮《さえぎ》られた。

「昨日、目上瘤《めのうえのこぶ》成ってお人がみえまして」

と、勘太は言っていた。

「至急、旦那にお目にかかりたいってんで、行先をしつこく聞かれましたよ」

「まさか朝寝先生や須原屋の旦那と出かけているなんざ、言わなかっただろうな」

「そりゃもう。おかみさんが、うまくごまかしなすったようで」

「で、用件を言っていったかえ」

「へえ。それが、この間のことだと言えばわかるってだけなんで」

わかりますか？　——と言いながら、勘太はつるべで水を汲んだ。

「ああ」

曖昧《あいまい》に返事をして、政吉は、勘太の汲んでくれた水で顔を洗った。

駕籠の中でのけだるさはとれたが、今度は瘤成の用件が、気持の隅にひっかかった。

目上瘤成は、佐賀町にある煙管細工所の主人、大和屋桝蔵《ますぞう》の狂名であった。

政吉と同じ年齢であることと、商売が煙草屋と煙管細工所で、かかわりの深いものであったことから親しくなった。

もっとも、瘤成こと桝蔵が春睡楼《しゅんすいろう》社中に入ってきたのは、政吉よりはるかに遅かった。

が、瘤成こと桝蔵が春睡楼社中に入ってきたのは、政吉よりはるかに遅かった。朝寝の話では、桝蔵がまだ大和屋本店の次男坊だった頃に、同じ年頃の若者とさかんに狂歌の会を開いていたという。

「それが、我々にとっては、ちょいとばかり剣呑《けんのん》な会でね」

と、朝寝は苦笑して言ったものだ。

「宿屋飯盛、鹿津部真顔《しかつべのまがお》ごとき老人にまかせていては、天明の頃のような生きのいい狂歌などできるわけがないと言うんだよ。で、飯盛先生も真顔先生も、とるにたりないこのわたしまで、片端から死んだことにされちまったのさ」

飯盛を死んだことにする会では飯盛へのくやみを、真顔が他界したとする会では真顔へのくやみを、それぞれ狂歌にしていたのだそうだ。

生きのよい狂歌が見当らぬというのは満更《まんざら》はずれていない上、生きている人へのくやみを狂歌にするという趣向がうけて、一時はかなりの若者が桝蔵の狂歌の会に集まった。どこの社中でもその話が出て、「いやだね、どうも」と、飯盛が顔をしかめるような一幕もあったらしい。

が、日本橋通町《とおりちょう》にある地本問屋が開板した瘤成一派の狂歌集は、まるで売れなかった。はじめから終《おわり》まで、くやみめいた狂歌ばかりが並んでいては、さすがに誰も読む気にならなかったのだろう。

一人、また一人と、若者達は桝蔵の社中から離れていった。

最後には船宿むらきの倅、富五郎と二人きりになったというが、月並の会だけは開いていたらしい。二人で一晩に百首ずつの狂歌をつくっていたと、いつのことだったか、桝蔵が話していた。

それも、当時すでに妻帯者だった富五郎に子供が生れるまでだった。子供が生れて、富五郎は狂歌への興味を失い、桝蔵も暖簾分けをしてもらって女房を迎えたのを機に、狂歌からしばらく離れることにしたという。

「それから五年さ」

と、桝蔵は言った。

「商売もうまくいっているし、そろそろ生きのいい狂歌を、のんびりした顔で月並の会へ出てくる連中に見せてやりたくなってね」

そんな桝蔵の用件が、穏《おだ》やかなものであるわけがなかった。

「今日、おいでになる筈ですがね」

と、勘太が言っている。桝蔵は、またくると言いおいていったらしい。

政吉は、つめたい水ですすいだ手拭いをかたくしぼり、月代《さかやき》に当てた。桝蔵に会う前に、朝寝に言訳をしておいた方がよいかもしれないと思った。

政吉は、足早に家へ戻った。

おきくは、日盛りの中に立っていた政吉の目には薄暗く見える奥の部屋にいて、うちわで西瓜に寄ってくる蠅《はえ》を追っていた。

「おい」

声をかけると、おきくの目が返事をした。こちらを向いて、大きな目をさらに大きく見張るのだ。

「出かける」

「また？」

当然な言葉が返ってきた。

「仕事だよ。仕事を思い出したんだ」

「煙草屋の寄り合いでもあるんですか」

「いや、そうじゃねえのだが……」

おきくは、唇を尖《とが》らせた。

「また、狂歌の方のお仕事ですか」

政吉は、曖昧にうなずいて言った。

「すぐ帰ってくるさ。朝寝先生に、大事なことを言うのを忘れていたんだ」

「四日も一緒にいたってのに、ずっと忘れていなすったんですか?」

おきくは、からかうように言って立ち上がった。

「勘ちゃん、お前、先に食べておいで」

おきくの声にふりかえると、いつの間にか勘太がうしろに立っていた。

勘太はおきくが差し出したうちわを受け取って、奥の部屋へ行った。首にかけた手拭いで汗をふきながら、もう一方の手に持ったうちわで、蠅を追っている。

二階へ上がっていったおきくは、簞笥《たんす》から政吉の着替えを出しているらしい。おきくも勘太も、政吉が出かけたあとで、いい加減なまぬるくなった西瓜を食べることになるだろう。

おきくが、階段を降りてきた。

今年は普段着にしようと言っていた麻の着物をかかえている。裁縫が好きで、暇さえあれば針を持っているおきくだったが、先日買った紺地の麻は、まだ縫い上がっていないようだった。

政吉のうしろから着物を着せかけて、鼻紙でも取りに行くのか、脇を通り過ぎたおきくの軀から、ふと煙草のかおりが漂った。勘太の刻んだ煙草をはかりにかけ、紙にくるんでいるうちにしみついたものにちがいなかった。

「お金は二朱も入っていればいい？」

財布を開けてみながら、おきくが言う。

「ほんとにすぐ、帰ってきなさるんでしょう？」

「ああ」

視線が合って、思わず政吉は、「すまねえな」と言った。おきくは、今更——という
ような表情を見せて笑った。

「で、瘤成さんがみえたらどうします？　待ってもらう？」

「いや、明日、俺の方から出向くと言ってくんな」

「またお出かけね。おいそがしいこと」

おきくは、鼻紙を受け取った政吉の手を軽く叩いた。

苦笑して、政吉は土間へ降りた。

強い陽の照りつけている道には、あいかわらず人影がない。政吉は軒下を歩きながら、朝寝への言訳を考えた。

桝蔵は、政吉に春睡楼社中を飛び出せと言っている。

判者となったばかりだが、政吉の点のつけ方にはかなりの信頼がある。添削《てんさく》を求めて寄せられる狂歌の数も、社中の判者の中では多い方だろう。飛び出せば大勢の者がつい

てくるとは、桝蔵に言われぬうちに、政吉がちらと思ったことだった。

しかも、近頃の朝寝は、社中の判者や古参の者達にきわめて評判がわるかった。あれほど公平だった朝寝の点が、年若な者にかたよるようになったのである。

「あれではだめだ」

と、政吉は言ったことがある。たしか、朝寝が営む料理屋、明石屋の二階で催された狂歌の会の帰り道だった。

その日も朝寝は、女を猫に見立てただけの狂歌に点をいれて、これまでにない新しい感じがすると褒めちぎった。作者は、二十歳《はたち》になるという扇問屋の息子で、十八の頃からあちこちの社中に首を突っ込んではいたものの、あまり点の入ったことがないという若者だった。

「どこの社中も、代わりばえのしない狂歌をつくっているという先生のご意見ももっともだが」

と、政吉はその時、腹立たしさを抑えきれずに言った。連れ立って歩いていたのは、桝蔵のほか、醬油問屋の若主人や大工、寺子屋の師匠など、七、八人がいただろう。

「女を猫に見立てただけの狂歌の方が、よほど代わりばえしないじゃないか。あんなのを褒めるようじゃ、朝寝先生もおしまいになっちまうぜ」

だが、政吉にしてみれば、それは腹立ちまぎれに出た言葉だった。

飯盛、真顔が老いた今、江戸の狂歌は朝寝が支えていると言ってもいい。

武家から長屋住まいの独り者まで、およそ狂歌を詠《よ》まぬ者はないと言われているほどの大流行で、判者も激増、ほとんどが判者となのるさえおこがましいと嘆く声すらある。

その声を、かろうじて抑えていたのが朝寝であり、朝寝の春睡楼社中だったのである。

その朝寝が、若者に媚《こ》びるようになった。確かに、若者が多く出席する狂歌の会は活気がある。

その活気を長つづきさせ、狂歌なら朝寝、狂歌を詠むなら春睡楼社中でという評判を、いつまでもとっていたい気持もわからないではない。わからないではなかったが、若者におもねったために失うものも、また大きいのである。

「三鶴さんが怒るのは当り前さ」

と、あの夜、桝蔵は妙に重苦しい口調で言った。

「今夜、みんながなぜ三鶴さんと一緒に出てきたか、わかるかえ?」

政吉は、口をつぐんで桝蔵を見た。桝蔵は、口許に薄い笑《え》みを浮かべて月の光を浴びていた。

まさか――と、政吉は笑った。桝蔵の笑みも濃くなったが、醤油問屋の息子も若い大工も、寺子屋の師匠も皆、真剣な表情で政吉を見つめていた。

「その、まさかさ」

と、桝蔵は言った。

「実はこの間、ちょいと一杯やってね。その時に、三鶴さんに鶴亀社とでもいうのをつくらせようかってえ話が出たんだよ」

煽《あお》りたてたな、と政吉は思った。

醤油問屋の息子と大工、それに寺子屋の師匠は、扇問屋の息子より半年ほど早く春睡楼社中となった。春睡楼での点のつけ方は、五点が最高で、以下四、三、二、一と、五段階にわかれるのだが、当時は三人の狂歌を朝寝が激賞し、それにつられてか、社中の判者も三人に高い点をつけていた。

三人が有頂天になったのも無理はない。おそらく、今の扇問屋の息子がそうであるように、三人も、自分達こそ狂歌の世界へ新風を吹き込む者だと自負していただろう。

ところが、近頃の朝寝は、三人の狂歌を取り上げなくなった。朝寝と足並を揃えるように、ほかの判者達も、三人の狂歌に高い点をつけなくなった。先々月の月並の会で、大工の狂歌に点を入れたのは、判者となったばかりの政吉だけだった。皆、扇問屋の息子を贔屓《ひいき》しはじめたのである。

三人にとって、ここ数ヵ月の間に開かれた会は、不満だらけのものであったにちがいない。

桝蔵は、三人と同じような不満を持つ者を呼び集めた。呼びかけに応じて集まった者は、一も二もなく桝蔵の社中になってくれると考えていたのだろう。ところが案に相違して、丸屋三鶴の名前が出た。一同は、桝蔵と親しい政吉も行動をともにしていると思っていたらしい。

桝蔵の口惜しさは、容易に想像がつく。が、桝蔵は、内心で舌打ちをしながらも、三鶴ならわたしが口説いてみせると胸を叩いてみせた。

「いやだよ」

と政吉は言った。桝蔵は確かに仲のよい友達だが、踊らされたくはない。

醬油問屋の息子はじめ、政吉を見つめていた顔が、はっきりと落胆の色を浮かべた。

政吉は、あわてて言葉を継ぎ足した。

「鶴亀だなんてえ野暮な名前の社中は、真《ま》っ平《ぴら》ご免こうむるよ」

では何という名前がよいのかとは、誰も尋ねなかった。醬油問屋の息子も大工も、寺子屋の師匠も、それぞれ足許へ目をやって歩き出した。政吉は、自分に春睡楼から抜ける気持のないことは、それでわかったものと思っていた。

が、先日、桝蔵から二十人くらいの社中ができたという連絡があった。何人集まろうが俺は春睡楼から抜けないと、この時は政吉も、はっきりとした返事を出した。

それでけりがついた筈であったが、桝蔵は、まだ諦《あきら》めていなかったようだ。

冗談じゃねえや――と、政吉は呟いた。

書物問屋の須原屋が、何の魂胆《こんたん》もなしに政吉まで吉原へ招くわけがない。そう思って出かけたのだが、案の定、須原屋は、政吉と今売り出しの浮世絵師、歌川国貞とを組ませた狂歌本を開板したいと言い出した。正月に開板した狂歌本の好評に、気をよくしての計画であったらしい。

「お話を持ち込むのが、すっかり遅れてしまいまして申訳ないのですが、実はこれも、来年の正月に開板したいのですよ」

お年玉がわりに使われるのを見込んでのことなのだという。大流行の狂歌に、人気者の国貞が絵をつけるとなれば、今年以上に売れることは、まず間違いないだろう。

政吉は、夢見心地だった。妓楼《ぎろう》へあがる前の引手茶屋でのことで、須原屋佐助の顔にも、酒をすすめる茶屋の女将の白い手にも、行燈《あんどん》の明りが揺れていた。

「ずいぶんと忙しい話で、ご迷惑かとも存じましたが、朝寝先生が、三鶴先生なら大丈夫だと仰言《おつしや》って下さったものですから」

迷惑どころではなかった。

飯盛側の狂歌本には幾度も名をつらねているものの、政吉は、自分一人の名前で本を出したことがない。こちらから頼んででも引き受けたい話であった。

大喜びをして、これで俺も一人前だと床の中でまで気を遣って、疲れきって帰ってきたところへ、桝蔵がきたと知らされたのである。

集まった二十人から、政吉はどうしたのかと突つかれたのだろうが、それこそ迷惑な話だった。

二十人もの人間が集まれば、相談の内容はどこからか洩《も》れる。洩れて噂となれば、どこでどんな風にその内容が変わるか知れたものではない。政吉が朝寝に不満のある者達を呼び集め、春睡楼から抜けるようにそそのかしたと伝わりかねないのである。

それが朝寝に伝わったらどうなるか。

まず確実に、須原屋の話はなかったものとなるだろう。社中での人気はともかく、政吉はまだ、朝寝に対抗できるような狂歌師ではない。一言、三鶴はだめだと朝寝が言えば、須原屋はためらわずに別の狂歌師を起用するにちがいないのだ――。

我に返って、政吉は足をとめた。明石屋の前を通り過ぎるところだった。

額や衿もとににじんだ汗を拭い、先刻、朝寝が入って行ったくぐり戸を押す。

小さな池の周辺に、苔むした岩の面白く置かれた庭があり、枝折戸《しおりど》に隠されて帳場への出入口がある。

案内を乞うと、思いがけず、朝寝の声で返事があった。出入口の三和土《たたき》に降りていたようだった。

政吉は、小さな声で名前を言った。

「どうした。忘れものかえ？」

声と同時に、板戸が内側から開けられた。

朝寝は眼鏡をかけ、帳面を持って立っていた。明石屋の身内やごく親しい者だけが出入りする狭苦しい三和土の隅に、倹飩《けんどん》開きの棚がつくられていて、そこに古い帳面が入っているらしい。

「去年の仕入値を調べてくれと頼まれてね。──で、忘れ物は何だえ？」

「いえ、忘れ物じゃないんで」

かぶりを振ったが、次の言葉が出てこない。朝寝は、持っていた帳面を棚に入れ、別の一冊を取り出した。

「今度の本のことなら心配しなくってもいいよ」

帳面の埃《ほこり》をはたいて、政吉を見る。

「須原屋は、わたしに選べと言っているが、そんなことは気にしなくていい。これまでにつくったものの中から、お前さんが好きに選べばいいんだ」

「それは、先生にお願いしたいんです」

実は──と、政吉は、慎重に言葉を選びながら言った。

「春睡楼から抜ける気はないかと持ちかけられまして」

「お前さんも、そんな風に誘われるようになったのかねえ。たいしたものだ」

「で、断りました。断りましたが、妙な噂になっては困ると思ったんで」

「ふうん」

朝寝は、眼鏡をはずして政吉を見た。

「誘っているのは、瘤成だろう」

「いえ——」

「嘘をついてもだめさ。お前さんは、妙に瘤成と仲がよかったもの」

それでも違うとは言えなかった。

「で、抜けろと誘われているのは、お前さんと誰だえ？」

「さあ」

首をかしげたが、朝寝は眼鏡をかけ直し、帳面を開きながら笑った。

「醤油問屋の息子も誘われているだろう。あとは、黒江町の裏通りで寺子屋の師匠をしているご仁かな」

「ほんとに、何も知らねえんで」

「瘤成にも困ったものさ」

朝寝は、帳面の数字を指で追った。

「何か、しでかすんじゃないかとは思っていたがね」

探していた数字が見つかったらしい。朝寝は、帳面の端を小さく折った。

「まあ、そうとわかったらこっちが先手を打って、瘤成を何とかしよう」

朝寝は、手を叩いて女房を呼んだ。二階から返事が聞えてきた。

「お前さんは、こころおきなく、須原屋に渡す狂歌を選んでおくれ」

政吉は、黙ってうなずいた。

これで、桝蔵と自分の行く道は、大きくわかれたと思った。あまりよい気持ではなかった。

朝寝は、二階から降りてきた女房に、帳面の数字を見せている。「わかりました」小さな声で言った女房は、帳面をこわきにかかえ、政吉に座敷へ上がるようにすすめた。

「有難うございます」

無意識に、政吉は、衿首をかいた。

「が、ほかに用事《し》もありますんで」

朝寝も、強いて引きとめようとはしなかった。

枝折戸を押して庭へ出て、くぐり戸から外へ出た。

家の影は先刻より長くなっていたが、白く乾いた道は、あいかわらずまぶしかった。

政吉は、ゆっくりと歩き出した。流連《いつづけ》で遊んだ疲れのせいではなく、足が重かった。

想像したくはないのだが、つい、朝寝から絶縁を言い渡されている桝蔵の姿を脳裡《のうり》に浮かべてしまう。

黙っていても、政吉が朝寝に言訳をしたことは、いずれ桝蔵に知れるだろう。

桝蔵は、政吉を恨《うら》む。醤油問屋の息子も大工も、寺子屋の師匠も、政吉を友達甲斐《がい》のない男だとそしるにちがいない。といって、桝蔵の好きなようにさせておけば、政吉が朝寝に縁を切られていたかもしれなかった。

朝寝には恩がある。塩売りをしていた頃の政吉に入花料を貸してくれて、月並の会へ顔を出せるようにしてくれたのは朝寝だった。煙草売りの仕事をまわしてくれたのが朝寝なら、煙草屋の店が借りられるようにしてくれたのも朝寝、それより何より、おきくと所帯をもたせてくれたのが朝寝なのだ。

点のつけ方に腹を立てたこともあるが、それはまた別の話、朝寝とは決して縁を切りたくない。切られるのは、なおさらいやだ。

妙な噂がひろまれば、朝寝は怒って政吉との縁を切る。それとわかっていながら弁解せずにいるのは、春睡楼から抜けたいと言っているようなものではないか。明石屋を訪れたのは、決して間違いではない。朝寝に何もかも打明けてよかったのだ。桝蔵に気兼ねして黙っていたならば、二十人もの人間がいっぺんに抜けてゆき、朝寝の競争相手は、春睡楼のお家騒動だと、手を打って笑うだろう。

「そうさ。俺あ、わるいことをしちゃあいねえ。よく打ち明けてくれたと、朝寝先生に褒めて貰えてえぐれえのものだ」

だが、そう呟いても、気持が晴れぬのはなぜだろう。

朝寝が笑いものになるのを防いだとは後になっての口実で、先刻まで政吉の頭の中を占めていたのは、自分の足許をかためること、それだけだったからではあるまいか。そして誰よりも、政吉自身がそのことに気づいているからではあるまいか。

「それじゃ、瘤成をかばって、俺が朝寝先生に縁を切られればいいってのかよ」

いやだ。

朝寝に縁を切られたあと、新しい社中の中心となって活躍する自信はまだない。いずれは政吉にとってかわりたい桝蔵の魂胆《こんたん》はわかっているし、二十人の結束がそれほど強くないこともわかっている。

恩知らず――と朝寝に睨《にら》まれたらどうなるか。煙草屋もおきくも、みな朝寝につながっているではないか。

このところ、ろくに言葉もかわしていないおきくの白い顔が、目の前を通り過ぎていった。

おきくは、政吉が狂歌の添削《てんさく》に精を出している間に寝《やす》み、政吉が起き出す頃には、一人暮らしの長屋から空《す》き腹をかかえてやってくる勘太に、朝食を食べさせている。口癖《くちぐせ》だった「子供が欲しい」という言葉を、近頃まったく言わなくなったのは、政吉が、子供より狂歌に夢中だと諦めたからではあるまいか。狂歌がからめば、恩人の朝寝まで裏切ると思われたひには……。

「くそ――」

政吉は、足許の小石を蹴った。

「つまらねえことまで考えさせられるぜ。せっかく来年の正月に、俺の狂歌本が出るってのに」

おきくはもう、以前のような大はしゃぎはすまい。喜んではくれるだろうが、ふっと醒《さ》めた表情になって、「でも、また忙しくなるのね」と呟きもするだろう。

それに今頃は、西瓜の皮を片付けながら、政吉ももう少し商売に身をいれてくれるといいのだが――と、勘太を相手に愚痴《ぐち》をこぼしているにちがいなかった。

「面白くもねえ」

八幡宮門前へ歩いていた足がうしろを向いた。

どこへ行くというあてはなかった。政吉は一の鳥居をくぐり、そのまま歩きつづけて、黒江川にかかる八幡橋を渡った。

渡ったところは北川町だが、黒江川沿いに歩いて行けば、中島町になる。大島川の土手に突き当ったところで右に折れると、しばらくして今度は大島川が仙台堀の枝川に突き当る。二つの川が一つになって隅田川へそそぐところに、木戸番小屋があった。

「そういえば、あんなに世話になったのに、近頃はちっとも顔を見せてねえや」

ふっくらと太って色の白いお捨と、がっしりした笑兵衛の姿が、目の前を通り過ぎていった。

政吉は、着物の裾を両手で持って早足になった。

たちまち汗が吹き出した。近くの蕎麦屋《そばや》か、片肌を脱ぎ、出前の倹飩箱《けんどんばこ》を下げた男が、軀を汗で光らせながら走って行く。

商家は紺の日除けを出し、仕舞屋《しもたや》は戸を開け放しにしていて、どこの家の出入口も薄暗かった。

右に曲がり、仙台堀の枝川へ近づくにつれて、川音が高くなった。

「あ、――」

思わず、政吉は手を振った。

お捨と笑兵衛は、木戸番小屋の軒下に立っていた。

が、政吉にはまだ気づかぬらしい。自身番屋の軒下に立っている弥太右衛門と、道路越しに話をしているのだった。

「それじゃあ米屋のシロは」

と、弥太右衛門が言っている。

「夜廻りに出た笑さんを見つけて、飛びついてきたってわけかい」

「そうなんだよ」

そこで口を閉じてしまう無口な笑兵衛のあとを引きとって、お捨が話しはじめた。

「なにせ、シロが迷子になったのは三月《みつき》も前のことでしょう? 可哀そうだけど無事じゃいまいと思っていたものですから、笑兵衛もはじめは野良犬と間違えたのですって」

「拍子木で叩こうとしたんだろう」

「叩きゃしないよ」

笑兵衛が、むっとした口調で言った。

いい年をした大人が犬一匹でむきになることもあるまいと政吉は思ったが、弥太右衛門もお捨も真顔《まがお》だった。

「笑兵衛さんは、野良犬にからまれても平気なの」

「放っておけば、勝手に逃げて行くわな。が昨日の晩は、俺の足に鼻をすりつけてきやがるんで」

と、笑兵衛が言った。

「しゃがんでみたら、泥まみれで痩《や》せこけてはいたが、まぎれもなくシロさ」

「それで、お捨さんが叩き起こされの、シロのおまんまをつくらされのときたわけか」

お捨は、ころがるような声で笑った。昨夜のお捨は、犬の世話で満足に眠っていないらしい。いつもなら昼間は眠っている笑兵衛も、そのまま起きていたのだろう。

が、二人は嬉しそうだった。

「シロを連れて行ったら、米屋のおさよちゃん、喜んだだろう」

「そりゃあなた、もう」

お捨の笑い声が転がった。

「びっくりしましたよ。お医者様も匙《さじ》を投げたというおさよちゃんが、シロを見て、床《とこ》から這《は》ってきたんですもの」

そこで、笑兵衛が政吉に気づいたようだった。はにかんでいるようにも見える笑みを口許に浮かべて、お捨の脇腹を突ついている。

政吉の名を呼ぶお捨の声と、弥太右衛門の声が同時に響いた。

「おひさしぶりねえ。こちらにご用がおありだったの?」

今の話を聞いただけで、用事はすんだようなものだった。

朝寝《あさね》の死

勘太は、近くの長屋へ帰っていった。

長火鉢の鉄瓶には燗徳利《かんどつくり》が入っていて、猫板《ねこいた》には猪口《ちよこ》が二つのっている。政吉とおきくのものだった。

政吉は、布巾を使って燗徳利の首を持ち、猪口をとれとおきくに目顔で言った。おきくは、酒が煮立ってしまうほどの熱い燗が好きだった。

「ま、わたしが先に頂戴するの？」

おきくは、おしいただくふりをしてから猪口を差し出した。

屋根を打つ小さな音が聞えた。

「雨かしら」

猪口を置いて、おきくは立ち上がろうとする。政吉は、かぶりを振ってみせた。

「降ってきたっていいじゃねえか」

「だって」

「濡れちゃ困るものでも、外に出ているのかえ？」

「いえ、出ているのは、さっき縁側から上がった時の下駄だけだけど」

「どうせ、もうじき薪になろうってえやつだろう。打棄《うっちゃ》っておきねえな」

おきくと酒を飲むのは何ヵ月ぶりだろう。ことによると、去年の年の暮以来かもしれない。

坐りなおしたおきくは、指先で熱さを確かめてから燗徳利を持った。

「ねえ――」

上目遣いに政吉を見る。

「何でえ。中村座の顔見世なら頼んでおいたぜ」

「そうじゃないの。――お前さん、まだ狂歌をつづけるつもり？」

政吉の猪口が、口許へはこぶ途中でとまった。

「つづけるつもりって、お前《めえ》は、俺が文《もん》なしの頃から朝寝先生のとこへ通っていたのを、知っているじゃねえか」

「そりゃそうだけど」

つまんないんだもの――と、おきくは唇を尖らせた。

「五人か六人くらいは、子供を生もうと思ってたのに」

五人どころか、所帯を持って四年以上がたつというのに、その徴候《ちょうこう》がいまだにない。

それにしても、ひさしぶりに聞く言葉だった。

「おまけに、お前さんはうちにいたことがないし」

おきくは燗徳利を持って、自分の猪口へ酒をついだ。

「一人で店に坐っていると、一日の長いこと長いこと」

黙っている政吉を見ながら、おきくは、猪口の酒を二口で飲み干した。

「お隣りのおみよさんが羨《うらや》ましい」

おみよは、茶漬屋の女房の名前だった。おみよには、五歳と三歳になる男の子がいて、同じ年頃の中では大将かぶなのか、茶漬屋の庭にはよく子供達が集まっていた。

「ご亭主の左平次《さへいじ》さんはやさしいし」

左平次は、店を閉めると二人の子供を連れて湯屋へ行くのだという。その間におみよと女中のおはなが夕飯の仕度《したく》をして、父子が帰ってきたところで賑《にぎ》やかな食事となる。

「笑い声が、うちにまで聞えてくるんですよ」

政吉は、おきくの猪口に酒をついでやった。子供が生れぬことに関してはともかく、狂歌の会だ、狂歌本開板の打合せだと、始終《しじゅう》家を留守にしていることは間違いなかった。勘太と向い合っての夕飯では、味気ないことこの上ないだろう。

「すまねえ。あやまるよ」

おきくが、上目遣いに政吉を見た。

「狂歌、やめておくんなさる？」

政吉も、おきくを見た。すぐに答えられなかったが、答えはきまっていた。

「無理な相談だよ」

「そう――」

おきくは、一息に猪口を空《から》にする。自分の猪口の酒よりも、二人の間がつめたくなったような気がして、政吉は口を開いた。

「お前にゃ申訳ねえと思っているが」

おきくがその言葉にすがりついた。

「今すぐ、きっぱりとやめなくってもいいから」

「そうさなあ」

「どうして？　お前さんは、煙草屋の亭主じゃありませんか」

政吉は、ふたたび口を閉じた。おきくは、猪口を置いてにじり寄ってきた。

「煙草屋の亭主が、どうして仕事を放ったらかしにして、狂歌を詠《よ》まなくっちゃならないんですよ」

わからない。

が、朝寝《あさね》は料理屋の主人だし、桝蔵も煙管細工所の主人で、皆、狂歌に夢中となっている。点料《てんりよう》だけで暮らしている者もいないわけではないが、狂歌師達がそれぞれ家業に精を出しはじめたら、狂歌はなくなってしまうだろう。

といって、家業を放り出してまで、なぜ狂歌がなくならぬように努《つと》めねばならぬのだと尋ねられれば、やはり答えようがない。

おきくは、恨《うら》めしそうに政吉を見た。

「たまには、狂歌の会を断っておくんなされば、わたしだってこんなことは言いませんよ。毎日勘ちゃんが帰ったあと、一人でお茶を飲んでいる身にもなっておくんなさいよ」

「お前にそんなことを言われるとは思わなかったな」

「わたしも、そんなことを言うようになるとは思いませんでしたよ」

ねえ、お願い――と、おきくが政吉の膝に手をかけて揺すった時、表の戸を叩く音がした。「三鶴さん」と、政吉を呼ぶ声もする。

「三鶴さんですってさ」

おきくが、大仰《おおぎょう》に顔をしかめてみせた。

「まったく野暮《やぼ》なお迎えだよ」

おきくは、あかんべえをして背を向けた。政吉に自分で戸を開けろというのだろう。

政吉は、苦笑して土間へ降りた。

外の声は、気忙《きぜわ》しかった。

「三鶴さん。いないのかえ、三鶴さん」

「いるよ、いるよ。今、開けるから待ってくんな」

「悠長《ゆうちょう》なことを言ってる場合じゃないんだよ。朝寝先生が、亡くなりなすったんだ」

「何だって？」

政吉は、あわてて錠前に手をかけた。

それをはずしきれぬうちから、外にいる者は戸を開けようとする。そのたびに錠前は引っ張られ、はずれにくくなった。

「何をぐずぐずしているんだよ」と外では言い、「お前が手を離しゃいいんだ」と政吉の声も高くなって、やっと戸が開いた。明石屋の隣りで小間物屋を営んでいる橘屋《たちばなや》三九郎が、青ざめた顔で立っていた。

「いったい。どうしたってんだ」

「わたしにもわからないよ。一刻《いっとき》ほど前にわたしの家へきなすってね、正月に出るお前の狂歌本のことなんぞを話していなすったのだが……」

脇腹を突つく者がいた。ふりかえると、いつの間にか、おきくが土間に立っていた。

政吉の羽織を手に持っている。朝寝が亡くなったと聞いては、野暮なお迎えだと拗《す》ねてはいられなかったのだろう。

「とにかく、明石屋さんへ行ってみなすったら？　お話は道々伺《うかが》うとして」

「そうしよう」

政吉がうなずくと、おきくが羽織を着せかけた。思いがけぬ知らせに動顚《どうてん》したせいか、戸を開けた時には気がつかなかったのだが、風がつめたかった。秋だった。

「ほんとうに何がどうしたのか、まるでわけがわからないんだよ」

と、三九郎が言う。朝寝は、三九郎と話をしている最中に、気分がわるくなったと言って家へ帰ったらしい。額に脂汗《あぶらあせ》が浮かんでいたそうだ。

三九郎は、女房と顔を見合わせて、飲み過ぎだろうと笑っていた。

ところが、半刻とたたぬうちに、明石屋の女中が裏口から飛び込んできた。居間に布団を敷かせて横になっていた朝寝が、ようすを見にいった女房に水をくれと言い、女房が帳場へ戻って、調理場の板前に水を汲ませている間に息をひきとっていたというのである。

「板前が玄庵《げんあん》先生を呼んできたが、玄庵先生にも何が起こったのかわからなかった」

「ふうん」

「奥の座敷にゃまだ客がいたし、先生のおかみさんはぼうっと坐り込んじまうし、女中は泣き出すし」

どこから手をつけてよいかわからない、じれったいような騒ぎは、政吉にも容易に想像できた。

「とにかく春睡楼のおもだった連中を集めようということになってね、板前と手分けをして飛び歩いているところなんだよ」

「わかった」

と答えたが、政吉にも何をしてよいのか見当もつかない。とりあえず、板前と相談してここ数日間に予定されていた宴席を断り、野辺《のべ》の送りの準備をすることになるだろう。

それよりも——と、政吉は思った。

朝寝の死後は、誰が春睡楼の狂歌を引き継ぐのか。

うまさなら俺だ。

そう思う。

が、政吉よりずっと早く朝寝の門下となっている者もいれば、政吉よりはるかに大きな店で商売をしている者もいた。春睡楼の判者の中では点のつけ方が最も公平だと、一番評判がよいのは自分だと自惚《うぬぼ》れていたのだが、今、あらためて考えてみると、古くからの朝寝門下や大店《おおだな》の主人達も、社中の者達に一目置かれ、信用されているような気がするのである。

「ああいう人達にくらべれば、俺は、やっぱり軽く見られている」

春睡楼社中をひきつぐには、貫禄《かんろく》不足だという声が出るにちがいなかった。

「よかった」

と、三九郎がほっとしたような声を出した。

「みんなきてくれたようだ」

時刻は、宵の五つ（八時頃）をまわっているだろう。

人通りのまばらになった道へ、三味線に手拍子の流行《はや》り歌と一緒に明りをこぼしている料理屋も少なくないが、明石屋の左右は、小間物屋と菓子屋だった。

どちらから歩いてくる人も、大戸をおろしている店の前の闇を通り抜けて、提燈《ちょうちん》を高くかかげている明石屋の前へふいにあらわれる。

あらわれた人達は、一様にその明りの中へ顔をさらし、せわしげに歩いてくるのだが、それを眺めているうちに、政吉は頰をひきつらせた。

朝寝に出入り禁止を言い渡された筈の桝蔵の顔が、その中にあったのだった。

桝蔵には、あれ以来会っていない。いったんは桝蔵についていった大工と寺子屋の師匠も、すぐにまた朝寝の会へ顔を出すようになった。どういう経過があったのかは知らないが、桝蔵とはとうてい一緒にやってゆけぬとわかったのだろう。

が、桝蔵は、折桝《おります》という妙な名前の会をつくったという。社中は十四、五人で、毎月柳橋あたりの料理屋に集まって気勢をあげているらしい。

聞くところによると、全員が大店の若主人なのだそうだ。金に不自由することなく、頭も人もよく、ちやほやされて育って、世の中は自分を中心にしてまわっていると思い込んでいるような人達が、桝蔵の、このままでは狂歌の道がすたれるという言葉にうなずいたのかもしれない。おそらくは皆、家業のほかに、重要な仕事を背負い込んだ気分になっている筈であった。

朝寝は、絶縁の理由を言わなかった。あれは、月並の会が開かれた時だったと思う。些細《ささい》な桝蔵の失敗に、朝寝が突然顔を真赤にして怒り出し、二度とここへはくるなと言い渡したのだが、それでも桝蔵は、政吉が朝寝に告げ口をしたと察したらしい。会が終り、政吉が数人の若者にかこまれて外へ出て行くと、向い側の常夜燈《じょうやとう》の陰から桝蔵があらわれた。

「それじゃ、達者で」

と、政吉に駆け寄ってきた桝蔵は、片頰に薄い笑《え》みを浮かべて言った。その一言を言うために、半刻あまりも常夜燈の陰に蹲《うずくま》っていたようだった。呆気《あっけ》にとられている政吉に、桝蔵はもう一度片頰で笑ってみせて、一の鳥居をくぐって行った。

三九郎も、桝蔵へなど、いったい誰が朝寝の死を知らせたのかと思った。

「瘤成さん」

と呼びかけて、遠慮なく不思議そうな顔をしてみせた。

「誰から聞いたのだえ？」

桝蔵は、ちらと政吉を見て、軽く頭を下げた。

「あのお方がね」

と、明りの中へあごをしゃくる。

ごったがえしている出入口に、朝寝の古くからの友人で、春睡楼の判者でもあった男の顔があった。

「大口太々九《おおぐちのたたく》さんとこへ、使いを出しなすったろう？」

太々九が、たまたま船宿のむらきへ客を招いていたのだという。そこへ、太々九の女房から行先を知らされた明石屋の板前が飛んで行った。

船へ乗り込む寸前の太々九をつかまえて、朝寝の死を知らせたのだが、それを富五郎が聞き、富五郎から桝蔵へ知らせがいったというわけだった。

ともかく中へ入ろうと、三九郎が言った。板前の案内で座敷に上がったが、座敷も親類をはじめ、近所の人達や商売仲間、狂歌の仲間など、次から次へと来る弔問客《ちょうもんきゃく》で、坐っている席もない。

政吉は、線香をあげてから、朝寝の死顔を見せてもらった。ちょっと戸惑っているような表情を浮かべていると思った。あまりにも突然に訪れた死に、朝寝自身が驚いたのかもしれなかった。

驚いて、そこで目を開いたら、生き返ったかもしれねえのに――。

政吉は、入花料を借金にしてくれと頼みに行った時の朝寝を思い出した。

あの頃の政吉はまだ塩売りで、垢《あか》じみた着物にすりきれた藁草履《わらぞうり》をはいていた。どこから見ても一文なしとわかる恰好《かっこう》で、この明石屋の出入口に立ち、朝寝に会いたいと言ったのだった。

元さんに頼んで追い返しましょうかと、わざと大声で言う女中の声が聞えてきた。それで帰るだろうと思ったのだろうが、政吉は、板前の修業中らしい男が腕まくりをして出てきたなら、叩きのめしてやるつもりだった。

が、朝寝は、

「ここへ上がってもらいな」

と答えた。何ですって？　と女中も聞き返したが、政吉も耳を疑った。

「狂歌を詠んでみたいって言うんだろう？」

朝寝にとっては、女中に聞き返されたことが意外だったらしい。

「わたしに恨みがあると言ってきたのなら、元太郎どころじゃない、伝次親分にでもきてもらうが、狂歌を詠みたいと言うんなら、元太郎が出て行っても埒《らち》はあかないよ」

いい人だった。そう思った。朝寝がいなかったなら、政吉は、二言めには喧嘩をふっかける塩売りだと、人に嫌われながら一生を終えたかもしれなかった。

なのに、俺は、先生に孝行するのを忘れていた。桝蔵や、醬油問屋の息子や大工などに嫌われはじめた先生を、もっとかばってやればよかったのだ、いや、嫌われていることは百も承知している筈の先生の、相談相手になればよかったのだ。

何だって一言の断りもなしに死んじまうんだよ――。

何とか言ってくれりゃ、おきくと一杯やる暇を削ってでも、先生の話相手になったんだ。おきくとではなく、先生と一杯やっていりゃ、おきくの愚痴を聞かずにすみ、先生もあの世へ旅立たずにすんだかもしれねえ。

人前では涙を見せたくないと、顔を歪《ゆが》めている政吉の背を、三九郎が突ついた。線香をあげたい人が、政吉のうしろで行列をつくっていた。

政吉は、あわてて遺骸の前から離れた。

廊下へ出ると、隅に立っていた桝蔵が、右往左往している人を押しのけるようにして近づいてきた。

「皆さん、二階のようだぜ」

と言う。

あまり一緒にいたい男ではなかったが、ちょうど台所から出てきた女中も、「お二階へどうぞ」と甲高《かんだか》い声を張り上げた。廊下に立っていられては、邪魔になるらしい。

政吉は、桝蔵と肩を並べて階段を上がって行った。二階では板前が、三つある座敷の唐紙をはずしていた。ひろびろと大きな座敷がつくられて、そこへ冷酒の入っている燗徳利や精進料理の皿がはこばれてくる。

はこんできたのは、手伝いにきている近所の女達なのだろう。どのあたりにどれくらいずつ置こうかと相談しているのへ、大口太々九が、「このあたり」といちいち指図《さしず》している。

二階へ上がっていた男達は、燗徳利と料理の盆が置かれた場所へ、知りあいどうしで輪をつくった。

春睡楼の判者達は、部屋の隅にいた。太々九のほか、裏通風呂主《うらどおりのふろぬし》など、四人が顔を揃えていた。

「や、おひさしぶりです」

桝蔵は、屈託《くったく》のない声をかけて、その輪の中へ入って行った。

「朝寝先生は、とんだことでしたねえ。知らせをうけた時は、わるいいたずらだと思いましたよ」

返事はない。皆、朝寝から絶縁を言い渡された男を、どう扱えばよいのか迷っているようだった。

桝蔵は、しんみりとした口調になって言葉をつづけた。

「もっと長生きをしてもらいたかったんですよ、朝寝先生には。もう一年……いや、もう一月《ひとつき》でもよかった」

風呂主が太々九の顔を見て、太々九が、ちょっと間をおいてから言った。

「瘤成さんは――その、朝寝に長生きをされては困るのじゃないかと思っていたよ」

「どうしてです？」

太々九は答えに詰まった。

助け船を出したつもりか、風呂主が桝蔵に猪口を持たせ、酒をついだ。桝蔵は、礼を言いながらゆっくりと猪口を口許へはこんだ。

「ご存じないのも無理はないんですが、実は朝寝先生も、わたしに勘当《かんどう》を言い渡したことを後悔しておいでだったんですよ」

「ほんとうかえ？」

四人は、疑わしそうな目で桝蔵を見た。

「こんな時に、嘘のつけるわけがないじゃありませんか」

桝蔵はたじろがない。四人の視線が集まる中で、ゆうゆうと酒を飲み干した。

太々九が、輪の中へ入ってゆく機《おり》を失っていた政吉と三九郎をふりかえった。

「三鶴さん。お前さんがとりなしてやったのかえ?」

「いえ——」

政吉は、あわてて太々九のうしろへ腰をおろした。風呂主が、太々九との間をあけてくれて、三九郎もそこへ割り込んできた。

「俺は何にも……」

「友達甲斐がないんですよ、この男は」

桝蔵が笑った。

「皆さんもご存じでしょうが、朝寝先生は、昔のことにいつまでもこだわっているようなお人じゃない」

「ま、朝寝が度量《どりょう》のせまい男でなかったことは確かだが」

垢じみた着物にすりきれた藁草履の塩売りも、狂歌が詠みたいのならと、平気で帳場へ上げてくれるような人だったと、政吉も思った。

が、朝寝に不満のある者を集めて春睡楼から飛び出そうとした男まで、かんたんに許すだろうか。

「わたしは、折を見て呼び戻してもらえることになっていたんです」

と、桝蔵は言った。

「そういっては何ですが、折桝社中の評判がいいんです。朝寝先生も、うちの連中が春睡楼に入ってくればいいとお考えになったようでして」

一同は、また口をつぐんだ。こんな時に嘘のつけるわけがないと桝蔵は言っているが、すぐには信じられないようだった。

「それが口惜しいんですよ、わたしは」

桝蔵は、唇をふるわせて言った。

「あと一月《ひとつき》、先生が生きていてくれなすったら、大手を振って戻ってこられたんだ」

「そういえば」

と、三九郎が言った。

「ついこの間、うちで将棋をさしていなすった時でしたよ。朝寝先生、瘤成さんに会ったと言っていられましたっけ」

「ほう」

桝蔵に会ったと言っただけなのだろうと、政吉は思った。ばったり出会って、顔をそむけて通り過ぎたのかどうか知れたものではなかったが、風呂主は、感心したような声を出した。桝蔵の言っていることも、満更《まんざら》嘘ではないと思ったらしい。

「ねえ、太々九さん。今、ふっと思ったのだが、お前さんがむらきへ行っていなすったというのも、ただの偶然じゃない。朝寝先生の瘤成さんに会いたいという気持が、そうさせたのではないかねえ」

わたしもそう思ったと、三九郎も二人の判者も言った。

太々九が、黙っている政吉の顔をのぞき込んだ。政吉は、苦笑いをして燗徳利へ手を伸ばした。

「俺もそう思う」との一言で、この場はまるくおさまるとはわかっていた。通夜の席で、ことを荒だてるような真似はしない方がいい。朝寝の思いが太々九をむらきへ行かせたなどという推測と、桝蔵の春睡楼復帰は話が別、あとで反対すればいいともわかっていたが、どうしてもその言葉を口にする気にはなれなかった。

向い側に坐っている桝蔵が、刺すような鋭い目で政吉を見た。

「三鶴さん。よけいな心配はしなさらなくってもいいよ。わたしは、春睡楼を自分のものにしたくって戻ってくるのじゃない。朝寝先生が戻ってこいと言ってくれなすったから、そのつもりになっただけだ」

春睡楼を自分のものにしたくって戻るのじゃねえだと――?

語るにおちたと、政吉は思った。

桝蔵は社中を引きつれて戻り、あの屁理屈をこねているような狂歌を春睡楼狂歌の主流にしようと考えているにちがいなかった。そして多分、朝寝に告げ口をした政吉は、桝蔵一派の非難の的になる。

「よけいな心配ってのが、どんな心配かよくわからねえが」

と、政吉は言った。

「戻りたけりゃ、戻ってくるがいいじゃねえか」

「あまり喜んで迎えてはもらえないようだね。その理由はわかっているが」

告げ口をしたのがうしろめたいのだろうと桝蔵は言いたいらしい。痛いところを突かれて、政吉は、口を閉じた。

「ま、春睡楼のこれからを相談しようって時に、ひょっこり瘤成さんが顔を出したのは、確かに朝寝が呼んだのかもしれないね」

と、太々九が言った。

「そこで、さ」

と、太々九が一同を見廻した。

「春睡楼を誰が引き継いでゆくか、早く、すっきりと、恨みっこなしに決めて、朝寝を安心させてやろうじゃないか」

そりゃ太々九さんだろうと、風呂主が言った。

太々九は朝寝の古い友人である上に、判者の中でも一番の年嵩《としかさ》だった。この近辺の大地主で、入花料で生活している判者とはわけがちがう。人柄も穏やかで、誰からも好かれていた。早く、すっきりと、恨みっこなしに朝寝の後継者を決めるには、これ以上ふさわしい人はいない。

政吉もそう思ったが、太々九は苦笑してかぶりを振った。

「だめだよ。わたしは、肝心の狂歌がうまくない」

そんなことはないと判者の中の一人が言った。が、その語尾は弱々しく口の中に消えた。

太々九は、あらためて苦笑した。

「これはわたしの考えだが、別にわたしのような年寄りでなくってもいいじゃないか。たとえば、三鶴さんとかさ」

とんでもねえ――と、政吉は言った。言いながら、朝寝のあとを継いだ自分が脳裡に浮かんだ。

江戸で狂歌と言えば、すぐに春睡楼の名前が出る。その春睡楼の狂歌を、親の顔も知らず、蜆《しじみ》売りの合間にかっぱらいをしては石を投げられていた自分が引き継いでゆくのである。夢を見ているような気分だった。

「朝寝から聞いたのだが、来年の正月には、三鶴さんの本が出るそうだ。春睡楼の狂歌をすたらせないためには、三鶴さんに一骨《ひとほね》も二骨も折ってもらうことだと、わたしは思うのだがね」

「なるほど」

風呂主がうなずいた。風呂主は朝寝の腰巾着だったが、太々九についで年嵩の判者だった。

「どうだろう？　三鶴さん。引きうけてもらえば、わたしは朝寝の時以上に後押しをさせてもらうよ」

俺なんざ——と言った声がかすれていた。微笑している太々九が遠くに見えた。

雲の上にいるようなその気分を、桝蔵の声が引き裂いた。

「春睡楼の判者は、三鶴さんも含めて五人だけですかえ？」

「いや、もう二人いる」

「だったら」

桝蔵の口許に薄い笑いが浮かんだ。

「ここで決めてしまうのは、どんなものですかねえ」

「反対はしないと思うがね」

と、太々九は言った。そのまま押し切ってくれればよいと思ったが、「どうする？」

と政吉を見た。

「あとからくる二人の考えも聞くかえ？」

聞かなくともよいとは言えなかった。政吉は、神妙に頭を下げた。

「では、そうするか」

太々九が猪口をとって、桝蔵が燗徳利へ手を伸ばした。気のせいか、桝蔵は薄笑いを浮かべているようだった。

政吉も、風呂主から猪口を持つようにすすめられた。前祝いだと言う。

「とんでもねえ。俺はまだ……」

と言ったものの、あとからくる二人の判者が、春睡楼を政吉がたばねることに反対するとは思えない。

ともすればゆるみそうになる口許をひきしめて風呂主の酌をうけ、猪口を空《から》にしたが、気持はうわついている。「朝寝の狂歌を、たった一人認めなかった者がいるが、それが女房のおくらだ」という、太々九の冗談ともいえぬ冗談に、政吉は皆よりも遅れて笑って、しかもその声が妙に甲高かった。

政吉は、空の徳利を両手に持って立ち上がった。台所へ行って、水でも飲んでこようと思った。

階段の降り口には燭台《しょくだい》が取り付けられていて、料理屋にしてはせまい階段をぼんやりと照らしている。
二、三段降りたところで、階下が急に明るくなった。手燭《てしょく》が差し出されたのだった。二階へ上がってくる弔問客がいるらしい。
「どうぞ」と言う板前の声がして、男が二人、のぼり口にあらわれた。到着の遅れていた峰松風《みねのまつかぜ》と土師掻捨《はじのかきすて》だった。

ちらと上を見たが、燭台の明りを背にしているのが政吉だとは、わからなかったのかもしれない。

「むらきの富五郎の話では」

と、階段をのぼってきながら背の高い方が言った。松風だった。

「告げ口があったから、瘤成は縁を切られたというんだよ」

視線が合った。松風はあわてて口をつぐみ、政吉は言葉短かに挨拶をした。かっと軀中が熱くなり、階段を駆け降りてゆく頭の隅で、政吉は、これでだめだと思った。

二階へ上がった二人は、その一件を話すだろう。告げ口という言葉に一同は顔をしかめ、政吉を朝寝の後継者の座からはずすにちがいない。

燗徳利を廊下に叩きつけたくなった政吉の背を、叩く者がいた。ふりかえると、鼠《ねずみ》色の着物に着替えたおきくが、木戸番小屋の笑兵衛、お捨夫婦と一列になって立っていた。

気持のこわばりが、ふいに溶けた。政吉は、通夜には不似合いな笑《え》みを浮かべて、朝寝が息をせずに眠っている部屋を指さした。

「お顔はもう拝《おが》ませてもらいました」

と、おきくが言う。

「それじゃ、二階へ行くか」

おきくは、お捨夫婦と顔を見合わせてうなずいた。

今度は、この三人と輪をつくるだろうと、政吉は思った。

俺の家族だもの。

「先に上がってくんな」

台所へ走って行こうとする政吉を、おきくが呼びとめた。羽織の衿が立っていたのだった。

「が、それには――」

と言って、芝三島町の地本問屋、丸屋甚八《じんぱち》は、政吉を見た。

朝寝のいなくなった明石屋の二階であった。

一昨日、是非ともお目にかかりたいので都合をつけてくれと使いを寄越《よこ》した甚八は、自分の方に急用ができたと言って、はこばれてきた料理に手もつけず、いきなり用件を切り出した。せわしなかったが、わるい話ではなかった。

来年――といっても二月《ふたつき》後のことになるのだが、正月に須原屋から開板《かいはん》される政吉の狂歌本が今から評判を呼び、予約が殺到しているのだという。それで、再来年《さらいねん》の正月には、政吉のものであればなおさらよし、それが無理ならば春睡楼社中の狂歌本を開板させてくれというのだった。

「が、それには、三鶴さんが春睡楼のまとめ役となっていなければ、まずいでしょう?」

「その方が無理ですよ」

政吉は苦笑した。

朝寝が他界したあの日、政吉が二階へ戻ると、太々九が弱りはてたように頭をかいた。案の定、太々九がまとめ役に推《お》されていたのである。

数日後、風呂主に会って聞いたところによると、松風も掻捨も告げ口の一件には触れなかったようだが、政吉の昔を問題にしたらしい。かっぱらいや喧嘩は、狂歌にすれば面白いと喜ばれるかもしれないが、かっぱらいをして暮らしていた者、喧嘩で人を傷つけたことのある者がまとめ役になるのは、面白くないと眉をひそめる人が多いだろうと心配してみせたのだそうだ。

「十年たっても、俺は、ただの判者じゃねえかな」

「そんなことはないでしょう」

甚八は、手を振って否定した。

「来年中にってのは、だめですかね」

「だめ、だめ。それに、俺がまとめ役にならなくっても、春睡楼社中の狂歌本は開板できますよ」

「三鶴さんの狂歌で、本の半分くらいをつくることができますか?」

ちょっとためらったが、政吉はうなずいた。

「それは有難い」

甚八は箸を置いた。

「三鶴さんに自分の狂歌のよしあしを見てもらいたいという人は、江戸ばかりではなく、近郷近在《きんごうきんざい》にも大勢いる。これぱっかりは、太々九先生や松風さんが、逆立ちをしてもかなわない」

「いや、そんなことは……」

「ありますって」

甚八が、政吉の言葉を遮《さえぎ》った。

「三鶴さんの狂歌で本が半分つくれれば、そういう人達の注文だけで、板木《はんぎ》がつぶれるほど本を摺《す》ることになりますよ」

それで充分と言えば、充分なのですが——と、甚八は語尾に力を入れた。

「人間、欲ってものがあるじゃありませんか」

狂歌本は、正月の挨拶にも使われる。喜ばれる挨拶をと思いながらまとめ役である太々九に遠慮をして、政吉の本を選べぬ者も、広い江戸の中にはいるにちがいない。遠慮をしなければならぬ者は、別の本を使うだろう。政吉がまとめ役になりさえすれば、そういう人達も、堂々と政吉の本を選ぶことができる。

「理屈はそうですがね」

政吉は笑い出した。が、甚八は、政吉が笑いやむのを真顔《まがお》のままで待った。

「私が少々動きましても、よろしゅうございますか」

政吉は首をかしげた。動くという意味がわからなかった。

甚八が、声を上げて笑った。

「三鶴さんがまとめ役になれるよう、私がお願いをしてまわってもよいかってことですよ」

「それは困る」

政吉はあわてて言った。

「俺は別に、狂歌で暮らしているわけじゃねえ。たいした店じゃねえが、ついそこの八幡宮門前で煙草屋をやっているんでさ」

入花料で暮らすため、やたらに何々社となのって社中を集めたがる者とはちがうのだと言いたかったのだが、甚八は、その奥にある政吉の気持まで見抜いているようだった。

「ご迷惑になるようなことは、いたしませんよ」

甚八は、階下まで聞えるような声で笑った。

「誰にも欲ってものがあると、申し上げたじゃありませんか。瘤成さんにもある。松風さんや搔捨さんにもある」

桝蔵は自分の欲を満足させようと右往左往しているが、松風と搔捨は、春睡楼で重きをなしたい欲に目をつむっている。

松風は京菓子問屋、掻捨は材木問屋の主人で、商売の道では曽祖父《そうそふ》の代から成功しているだけに、自分達は狂歌で名をあげたかったにちがいない。が、春睡楼社中で判者となった二人を、人気の面であっさり追い抜いたのが政吉だった。

「三鶴さんが春睡楼のまとめ役になってはいやだと、言いたくもなりますよ。私にも、その気持はわかる」

甚八は、どちらの味方をしているのかわからないようなことを言って、政吉を苦笑させた。

「私どもで開板する狂歌本には、序文は太々九さんにお願いいたしますが、跋文《ばつぶん》はお二人に書いていただきます。お名前はいれませんけれどもね」

読んだ人達には、政吉が書いた跋文のように思わせるつもりなのだろう。

「いかがでしょう、三鶴さん。それで三鶴さんをまとめ役にというお話が出てまいりましたら、お引き受けいただけますでしょうか」

政吉は答えなかった。が、この場合、答えぬということは、うなずいたということと同じであった。

「有難うございます」

と、甚八は手をついて言った。

「では、これで失礼させていただきます。先程も申し上げましたように、急用ができてしまいましたので」

あらためて頭を下げて、甚八は立ち上がった。

一緒に帰ろうとする政吉を、見送りに立ったと勘違いしたのか、「そのまま、どうぞそのまま」と大仰《おおぎょう》に手を振って、階段を足早に降りてゆく。

「おや、もうお帰りでございますか」

おくらの声が聞えてきた。

朝寝が逝《い》ってから一月《ひとつき》ほどの間は、さすがに顔色もわるく、やつれていたが、ようやく声に張りが戻ってきたようだ。

甚八は、おくらと女中に見送られて帰っていった。

政吉は、座敷に戻ってあぐらになった。

あの夜、太々九や風呂主が輪になって坐っていたのは、この部屋の隅だったと思った。

太々九から「少々話が違っちまってね」と気の毒そうに言われた時は、一生ただの判者で終ることを覚悟したものだったが、それから二月《ふたつき》足らずの間に、どうしてもまとめ役になってくれと言う者があらわれた。

「まったく、世の中ってのはおかしなものさ」

政吉の前に並べられている料理も、ほとんど手がつけられていない。

箸をとったが、食べる気は失せていた。

政吉は、手を叩いて女中を呼んだ。熱い茶が飲みたかった。

階段をのぼってくる足音が聞えて、障子が開いた。

女中がきたのだとばかり思っていたが、いつまでも入ってこないので顔を上げると、女将《おかみ》のおくらが、敷居際に膝をついて笑っていた。

「ご用でございますか？」

わざと首をかしげてみせる。

政吉は、震える真似をしてみせた。

「おかみさんがそんな風に言うと、あとが怖いや」

「そりゃ当り前ですよ」

おくらは、政吉の前に並んでいる料理を眺めた。

「まあ、ずいぶんきれいに残してくれたこと」

「すまねえ。つい、話に夢中になっちまって」

「そういう言訳は、わたしにゃ通用いたしません」

「言訳じゃねえ。ほんとうなんでさ」

「だったら、よけい怒りますよ。平左衛門なら、そんなにいい話だったのかと相好《そうごう》をくずすかもしれないけど、わたしは料理屋の女将ですからね。料理を残されると腹が立つ」

おくらは、朝寝を平左衛門と呼んで、政吉の表情を探るように見た。

政吉は、頰をこすって言った。

「すみません、おかみさん。熱いお茶を一杯、めぐんでおくんなさい」

おくらは、指先で口許をおおい、低い声で笑った。

下へ降りてゆくのかと思ったが、階段の降り口に立って女中を呼ぶ。料理の味のわからないお客様が、火傷《やけど》するほど熱いお茶をもらいたいそうだとにくらしいことを言いつけて、部屋の中へ入ってきた。

「さっきお帰んなすったのは、三島町の板元《はんもと》でしょう」

朝寝を狂歌にとられたと思っているおくらは、それでつむじを曲げているのかもしれなかった。

だから、別の料理屋にしようと言ったのにと、政吉は、明石屋を選んだ甚八を恨んだが、今更甚八の商売を隠しようもなかった。

「また、本が開板されるんですか」

「再来年ですけどね」

「いそがしくなるんでしょ」

おくらは、政吉が自分の亭主ででもあるように、不服そうな顔をした。

「あんまりおきくを泣かせないで下さいな」

「何か言いつけにきましたか」

「こなくったって、わかるんですよ」

女中が、茶をはこんできた。おくらの言うことには一も二もなく従うのか、大きな湯呑みには、迂闊《うかつ》に飲めば舌に火傷をするほど熱い茶が入っていた。

「平左衛門が、さんざんわたしを泣かせたから」

おくらは、あまりの熱さに茶を飲めずにいる政吉を見て笑った。

「まったく、政さんや平左衛門の気が知れやしない。煙草屋だの料理屋だの、ちゃんとした商売があるってのに、何だって狂歌なんてものに、うつつをぬかすんだろう」

政吉は、黙って茶を吹いていた。

「あげくのはてに、足の引っ張りあいっこだもの」

茶を吹いている政吉の息が、一瞬とまった。松風と搔捨に、名前の入らない跋文を書かせると言った甚八を思い出した。

跋文を書いてもらうだけなら、二人の足を引っ張ることになりはしない。が、名前は入れぬと、甚八が二人に言うわけはなかった。摺り上がってから気がついたひらあやまりにあやまるつもりにちがいないのである。

跋文を書いてくれと頼んで二人を喜ばせ、そのあとで甚八がどんな手段を弄《ろう》するのか、政吉は知らない。知らないが、政吉は、とんだ手違いをしたと甚八が詫びている頃には、春睡楼のまとめ役となっている筈だった。

騙討《だましうち》にひとしいやり方ではないか。

それとわかっていながら、政吉は、すべてを甚八にまかせたのだった。

口の中がかわいてきて、政吉は、無意識に茶を飲んだ。

「邪魔な人の足を引っ張って、うしろめたいものだから苛々《いらいら》して」

と、おくらが言っている。

「相手に引っ張られた時は、何とかして負けまいと苛々して。いつも八つ当りされるのは、わたしじゃありませんか。ほんとに、当りちらされる身になってごらんなさいってんだ」

と、おくらは笑った。

「おきくにもね、所帯を持つ前に政さんの狂歌をやめさせなさいって、そう言ったんだけど」

「知らなかったな、それは」

「あの娘《こ》、政さんに惚れていたものだから、わたしの言うことになんざ、耳を傾《かたむ》けようともしなかった。今になって後悔しているんじゃないかしら」

まさか――と言ったが、政吉の声に力はなかった。甚八との約束に遅れそうになったのは、おきくに相談したいことがあると呼びとめられたからだった。ほんのちょっとの間——と言うのに、政吉は、「大事な人を待たせているんだよ」と、うるさそうに顔をしかめて出てきたのだった。

「それじゃ、いったいいつ相談すればいいんですよ」

と、おきくは泣きそうな顔をした。

「添削をしている時は声をかけてはわるいと、こっちはずっと遠慮してるってのに」

あとにしてくんなよ——と、政吉は、うんざりしたような口調で答えた。落着いて考えてみると、うんざりするのはおきくの方にちがいないのだが、今が大事な時なのだ、家族ならわかってくれという甘えが、政吉を苛立《いらだ》たせるのだろう。

「覚えておおきなさい、狂歌なんざ、腹の足しにはなりませんからね」

「ひでえことを言うなあ」

「でも、ほんとうのことでしょ？」

おくらは、政吉をはすかいに見た。

「飢饉になれば、入花料を払ってまで点をつけてもらおうなんて、誰も思いやしませんよ。その時の用心に、働き者の女房を大事になさいって、わたしは言いたいの」

おくらは、軽く政吉を睨《にら》んだ。

「ついさっき、政さんの商売敵——鳥居の向うの煙草屋さんのことだけど、そこのおかみさんがきなすってね。愚痴をこぼしてゆきなさいましたよ」

「亭主が川柳《せんりゅう》に夢中だとか」

「何を言ってるんですよ」

おくらは呆《あき》れたような顔をした。

「やっぱり、政さんはまだ知らないんだ」

「何をですか」

「煙草の仕入値が上がるんですってさ」

「え？」

初耳だった。

とたんに、先刻のおきくの顔が脳裡をかすめた。約束の時刻に遅れそうなのだと政吉が言った時、おきくはいつもに似ず、不満をあらわにした。相談とは、そのことだったのかもしれなかった。

「だから、少しは商売に身を入れなさいって言ってるんですよ。煙草屋のおかみさんは、売値をそのままにすれば利《り》が薄《うす》くなる。値を高くすれば売れなくなるって嘆いていなすったけど、おきくだって、どうしたらいいのかと頭をかかえているんです」

さすがにのんびりと茶を飲んではいられなくなった。政吉は、湯呑みを置いて立ち上がった。

が、おくらの方が、笑って政吉を引きとめた。

「うちへ帰る気になったようだけど、ま、もう一杯、熱いお茶を飲んでおゆきなさいな」

手を叩いて女中をよび、手のついていない料理を折へ詰めるように言う。

「政さんにゃめずらしくないお料理でも、朝から晩までうちの中で働いているおきくには、大変なご馳走かもしれないから」

皮肉な言い方をして、おくらは、階段を降りて行った。

すぐに、そのおくらの声が聞えてきた。馴染みの客が、四、五人連れできたらしい。客を二階へ案内してきて、おくらはまた階段を降りて行く。政吉がいることなど、もう忘れているのかもしれなかった。

ややしばらくして、女中が折詰を持ってきた。待ちかねていた政吉は、すぐに席を立った。

帳場をのぞいたが、おくらの姿はない。調理場へ降りて、板前に指図をしているようだった。

明石屋の外へ出たとたんに、七つ（午後四時頃）の鐘が鳴った。甚八との話が、案外に長くかかったのだろう。

政吉は、狂歌の添削に夢中となっていて時刻の過ぎたのにも気がつかず、あわてて身《み》仕度《じたく》したことを思い出した。朝食をすませてからこの時刻まで、火傷をしそうな熱い茶を飲んだ以外、胃の腑《ふ》の中には何も入っていないのだった。

急に、空腹を感じはじめた。

「おきくと、この料理でもつつくか」

政吉は、手にした折詰を見た。

七つの鐘を聞いたあとは、みるみる西へ傾いてゆく陽《ひ》が、明石屋の文字を摺り出した包紙に当っていた。

政吉は、参詣帰りの人達にさからって道を急いだ。

団子屋の角を曲がる。

母子連れの客が店へ入って行った菓子屋の看板の向うで、煙管の看板が、強くなってきた風に揺れていた。

店には西陽が当っていて、煙草の葉が描かれた腰高障子が半分ほど閉められている。

おきくの姿も、勘太の姿もなかった。

「不用心だな」

と言ったが、店の横手には、三畳の小部屋がある。店の帳場格子の中に坐っていない時のおきくは、奥の部屋と呼んでいるそこで、よく縫物をしていたし、勘太も、のどがかわいて台所へ出て行ったのかもしれなかった。

土間へ入ろうとして、政吉はふと、自分を見つめている視線に気がついた。

ふりかえると、始終煙草を買いにくる向いの玩具屋の息子が、好奇心を隠しきれぬ顔つきで軒下に立っていた。

まさか政吉がふりかえるとは思わなかったのだろう。玩具屋の息子は、あわてて空を眺めるふりをして、それから政吉に気がついたように、「今お帰りかえ」と言った。

いやな予感がした。

政吉は、土間へ駆け込みたいのを我慢して、

「つまらねえ用事ばっかり多くってね」

と答えた。

「この分じゃ、明日も晴れるだろう」

「ああ」

玩具屋の息子はぎごちなく店の中へ入って行き、政吉も、妙にぎくしゃくとしはじめた足をこぶしで叩いて土間へ入った。

おきくは、奥の部屋にもいなかった。

「今、帰った」

と声を張り上げたが、勘太が顔をのぞかせると思った台所も、静まりかえっている。

「おい、いないのか」

「あら、お帰りなさい」

おきくの返事は、二階から聞えてきた。

すぐに二階の廊下を走る足音がして、とり込んだ洗濯物をかかえたおきくが、階段を爪先で確かめながら降りてきた。

「お帰りなさい。物干場にいたものだから気がつかなくって」

「勘太は？」

「二階だけど」

おきくは、横を向いて答えた。

「何だと」

政吉は、二階の部屋で添削をする。部屋へは断りなく入らないでくれと、おきくにも言ってある筈だった。

「何で勘太が二階にいるんだ」

かかえている洗濯物の陰に隠れて、政吉からおきくの表情はまるで見えなかった。

「おい」

おきくは、洗濯物を奥の部屋へはこんで行く。政吉は、低く押し殺した声で言いながら、おきくのあとを追った。

「少しは近所の目というものも考えろ」

「何を言ってるの、お前さんは」

おきくは、洗濯物を畳へ放り出して政吉をふりかえった。顔色が変わっていた。

「わたしと勘ちゃんが、どうかしたとでも言いたいの？」

「誰がそんなことを言うものか。人の口に戸はたてられねえから気をつけろと、そう言ったんだ」

「何さ、商売を放ったらかしにして飛び歩いているくせに」

おきくの声が高くなった。

「お前さんが出かけたあとは、いつだって勘ちゃんと二人きりですよ」

「二階へ何しに行ったと聞いているんだ」

「お前さんがうちにちゃんといてくれたら、いえ、お前さんとこに紙屑《かみくず》みたような狂歌が届けられなければ、勘ちゃんはずっと、煙草の葉を切っていられたんですよ。偉そうなことを言わないでおくんなさいな」

おきくは、一息にまくしたてた。

「机の上にも下にも、あっちこっちから届いた狂歌の紙がちらかりっ放しじゃありませんか。うっかり触《さわ》ったり片付けたりすると、お前さんに怒られるから、そのままにしておいたのだけど、洗濯物はとり込まずにはいられませんからね」

物干場へ出て行ったのだが、その時に風が吹き込んだ。

「飛ばされて失《な》くなりでもしたら大変だから、勘ちゃんに助けを求めたのだけど、そのどこがわるいっていうの」

政吉は口を閉じた。おきくにわるいところなど、一つもなかった。政吉は、おきくに折詰を叩きつけるように渡し、階段を駆けのぼった。

二階の部屋では、勘太がまだ、添削を求めて届けられた狂歌の紙を揃えていた。

「もういい」

と、政吉は言ったが、おきくと言い争っていた声は二階にも聞えていたのだろう。勘太は、政吉の顔を見ると机のそばから離れ、政吉が開けた障子から吹き込んだ風に、せっかく揃えた紙が飛ばされた。

勘太が、階段を降りて行った。

そんなわけはないと思うのだが、勘太が、泣いているおきくに駆け寄ったような気がした。

おきくが自分で言っている通り、おきくは、いつも勘太と一緒だった。

西瓜をひやしたくても、政吉はいない。板元《はんもと》に招かれているか、朝寝や太々九に用事を頼まれているかして、出かけている。

そばにいるのは、勘太だけだ。勘太に頼んで西瓜に縄をかけ、井戸に吊してもらうことになる。

が、勘太はあまり器用な方ではない。おきくは黙って見ていられなくなって、たすきがけのまま井戸端へ走って行くだろう。

縄の端を持ってまごまごしている勘太に手を貸して、もう一方の縄の端を、井戸の脇にある石にくくりつける。

「水の中へうまく入っているかしら」

などと、二人並んで井桁《いげた》につかまって、暗い井戸の中をのぞけば、たすきがけの白い腕と片肌脱ぎの汗にまみれた腕が触れあうこともあるだろう。

はっとして飛び離れて、おきくは針箱のある奥の部屋へ駆け戻り、しばらく井戸端でうろうろしていた勘太が煙草の葉をきざむ店先へ戻って、ぎごちない沈黙がつづいたとしても、子供のいないおきくには、勘太以外の話相手がいないのだ。

「ねえ――」

と、懸命に何気ない風をよそおって、おきくが勘太に話しかける。

「西瓜、まだひえないかしら」

茶漬屋の子にも食べさせてやりたいが、八幡宮の境内へ蟬をとりに行っているのだろうか、今年はいつもより蟬の鳴く声が少なくはないかと、奥の部屋から店先へ話しかけていれば、気まずい雰囲気など、たちまち消えてしまうだろう。

二人で西瓜を引き上げて、おきくが半分を隣りへ持って行って、少々油を売って、帰ってくればまた勘太と二人きり、始終留守にしている政吉への不満も言いたくなる筈だ。勘太は同情したにちがいない。おきくの力になってやりたいと思ったかもしれない。

とたんに〝うちのおかみさん〟が〝可哀そうな女〟に変わって、変わったあとの行きつく先は知れている。

政吉は、持っていた紙を握りしめた。

壁へ叩きつけて気がつくと、池袋の豪農から寄せられた狂歌だった。

あわてて紙の皺《しわ》をのばして読んでみた。文字の形は目に映るが、狂歌の面白さどころか、文字の意味さえ頭に入ってこない。

「それじゃ、今日はこれで帰《けえ》りやす」

勘太の声が聞えてきた。四、五軒先にまで届きそうな、大きな声だった。

「はい、ご苦労様」

おきくが答えて、それから店の戸をおろす音がした。

いつもなら勘太が戸をおろし、そのあとで駄菓子などをつまんでゆくのだが、やはり、先刻の言い争いが気になっているのだろう。

今日はどこへも寄らずに早くお帰り――と、勘太に言っているおきくの声が、机の上を通り過ぎて行った。

政吉は、十首もの狂歌が大きな文字で書かれていて、ひろげれば机の端から垂れてしまう巻紙を手に持った。

ようやく最初の一首が、あまり出来のよくない狂歌として頭の中へ入ってきた。

が、我に返ると、添削の筆を持って、その狂歌の文字を眺めていた。

政吉は、自分を殴りつけたくなった。

おきくに店をまかせきりにして、月並の会だ、板元からの呼び出しだと飛びまわっていたのは、誰でもない、政吉自身ではないか。

おきくは、子供を何人も生んで、賑やかに暮らしたいと言っていた。それが、子供どころか、亭主さえいないひっそりした家で暮らす破目《はめ》になったのだ。勘太を相手に、一日中喋っていたとしても不思議はない。話がはずめば、声をあげて笑うこともある。勘太の冗談に、その肩を叩くくらいのこともするだろう。

それがいったい何だというのだ。政吉はおきくを女房にして、安心して外を飛びまわっていたが、おきくは、一人で留守番をするのがいやだったのだ。賑やかな家が好きで、独《ひと》りぼっちが嫌いだったのだ。

おきくに独りぼっちの留守番を強《し》いたのは、政吉だった。おきくが勘太に愚痴をこぼし、勘太がおきくに同情しても、政吉に不平を言う資格はない。

玩具屋の息子が二人を妙な目で見ているのなら、おきくに不機嫌な顔を向けたりせず、玩具屋の息子を殴り飛ばしてやらなければならなかったのだ。

政吉は、狂歌の巻紙をたたんで立ち上がった。おきくに湯屋へ行く仕度《したく》を頼み、その前に、折詰の料理を二人で食べようと思った。

階段を駆け降りたのだが、おきくも、あれこれ考え込んでいたのだろう。戸をおろして夜のように暗い店先に、明りもつけずに坐っていた。

「おい」

と、政吉はおきくを呼んだ。

「湯へ行ってくる」

「そう――」

おきくは、低い声で答えて立ち上がった。

「昨日おろした手拭い、干しておいたら飛んじまったの」

「いいさ、そんなこと」

湯屋へ行く前に、さっきの料理を――と言いかけて、政吉はあとの言葉を飲み込んだ。立ってきたおきくは、煙草入れを持っていた。勘太のものだった。

暗かったせいもあるだろう。

おきくは、政吉の視線がどこへそそがれているのかを知らずに通り過ぎて、台所の隅に置いてあった行燈の前へ蹲《うずくま》った。

火打石を取ろうとして、ようやく自分の持っていたものに気がついたらしい。咄嗟《とっさ》に背中へ隠そうとして、それから気を取り直したように、「勘ちゃんの煙草入れ」と、床の上へ放り投げた。

「忘れていったの。あの子、お尻から煙が出るほど煙草好きだから、届けてやろうかと思って」

「届けてやりゃいいじゃねえか」

政吉の声が、つい尖《とが》った。

おきくも、頰をふくらませて横を向いた。

「そんな言い方をすると思ったから、迷っていたんじゃありませんか」

「俺がどんな言い方をしたってんだ」

「そういう言い方ですよ」

おきくが政吉をふりかえった。今まで、政吉が見たことのないきつい表情を浮かべていて、それが台所の薄闇の中で、般若《はんにゃ》のように見えた。

「誰に何を聞いてきたのか知らないけど、お前さんさえうちにいてくれりゃ、そんな噂はたたなかったんですからね」

「みんな俺のせいだってのか」

「勘ちゃんもわたしも、昼ご飯を別々に食べるほど気を遣ってたんだもの」

おきくは、立ち上がって政吉と向いあった。

「でも、八つ半（午後三時頃）頃まで客がとぎれずにいてごらんな。目がまわるほどお腹が空いて、わたしが先、そのあとで勘ちゃんだなんて言っていられなくなっちまう。

客のこない時を見はからって、差し向いでお茶漬けをかっこむことだってあるんですよ」

政吉は、おきくに背を向けた。無性に腹が立っていたが、何もかも自分がわるいのだとは頭のどこかで思っていた。

その背を、おきくの言葉が追ってきた。

「何さ、わたしを放ったらかしにして、明石屋だ、吉原だと浮かれ歩いていたくせに」

「何だと」

「もう我慢できない。わたしは、その間、勘ちゃんと商売をしていたんですからね」

二人の間に何かが起こっても仕方がないというのか。

おきくの金切り声《かなきごえ》が聞えた。

我に返ると、政吉はこぶしをふり上げていた。

政吉は、自分のにぎりこぶしを眺め、ゆっくりと指を開いた。

おきくは両手で頭をかかえ、腕の間から政吉を見つめている。

政吉は、あらためて背を向けた。

裏口から、暮れかけた外へ出た。湯屋へ行く気は失せていた。

参道からは、八幡宮参詣を口実にして、これから料理屋へ上がるらしい男達の笑い声が聞えてくる。

政吉も居酒屋の暖簾《のれん》をくぐるつもりだったのだが、ふいに気が変わった。

澪通りの木戸番小屋へ行ってみようと思った。

木戸番小屋へ行けば、お捨笑兵衛の木戸番夫婦は無論のこと、自身番の当番ではなくても始終遊びにきているいろは長屋の差配、弥太右衛門や、書役の太九郎などがまだ顔を揃えているだろう。少々縁《ふち》のかけた湯呑みで、でがらしの茶を飲みながら、暗闇で黒犬の尻尾を踏んだの、金兵衛の豆腐はどこよりも大きいのと、他愛のない世間話に花を咲かせているにちがいなかった。

居酒屋で気の重い酒を飲むより、黒犬の尻尾を踏んで逃げ出した話に大声で笑いたい。政吉は、菓子屋の裏口を叩いた。甘いものが好きなお捨に、最中《もなか》を買って行こうと思ったのだが、表の戸はもう閉まっていた。

菓子屋の女房は、たすきがけのまま戸を開けた。

夕飯の仕度をしていたのだろう。芋を煮ているらしいにおいがして、女房は、「これからお出かけ？」と、おきくの気持を代弁したように唇を尖らせた。

いい加減な返事をしながら、政吉は、うちの婆さんにも持って行ってやると言い出すにちがいない弥太右衛門のために、少し多めの最中を買った。

参道へ出る。

玩具屋の戸も閉まっている。そんなことのある筈がないのだが、隙間から息子がのぞいているような気がして、政吉は、玩具屋の戸をねめつけてから歩き出した。

間もなく陽が落ちる大通りは、仕事場から帰ってくる人と参詣帰りの人が、せわしげな足どりで行き交《か》っている。

知った顔に出会うのが鬱陶《うっとう》しい政吉は、すぐに左へ折れ、大行院《だいぎょういん》の裏を通って、黒江町へ出た。

蛤町《はまぐりちょう》から黒江川を渡り、大島町へ出て、この界隈《かいわい》をぐるりと廻っている黒江川をもう一度渡る。渡ったところが中島町で、左手が大島川の土手だった。

木戸番小屋は、その土手がとぎれたあたり、大島川が仙台堀の枝川と一つになって隅田川へそそぐところで、自身番屋と向いあっている。

ちょうど笑兵衛が、出入口に戸をたてているところだった。

政吉は、最中の包みを下げている手を振って走り出した。

「親爺さん――」

「おう、政さんか」

「ひさしぶり」

政吉ははずんだ声で言ったが、笑兵衛は口許に嬉しそうな笑みを浮かべただけで何も言わず、中へ入れというように、あごをしゃくってみせた。あいかわらず、無口な男だった。

「おかみさんはいるかえ?」

「ああ」

弥太さんもいるよと言ったつもりなのだろうが、おしまいの「いるよ」が聞えない。

政吉は、戸の陰が暗闇となっている土間へ飛び込んだ。

政吉の声を聞きつけたお捨は、急須《きゆうす》の茶の葉をかえていた。

夕飯の仕度はもう終っていて、塗りのはげた箱膳の上には、干物や、葱《ねぎ》をたっぷり使ったぬた、香のものなどが並んでいる。

笑兵衛が戸を閉めてもどってくればすぐ箸をとりたいだろうに、案の定、弥太右衛門がまだ上がり口に腰をおろしていた。

「いったいこんな時分《じぶん》に何事だよ」

と、弥太右衛門は、夕飯の膳を前に腰を据えている自分を棚に上げて政吉を睨んだ。

「笑さんはこれから仕事だし、お捨さんは、朝が早いんだよ」

「あら、政さんだって、おいそがしいお仕事の合間にようすを見にきて下すったんですよ。ねえ?」

お捨が、茶をつぎながら政吉に同意を求めた。その拍子に手許が狂い、茶は湯呑みの下の盆にそそがれた。

「あら、まあ」

お捨の笑い声が響いた。

「いやですねえ。お湯呑みが、お盆の中で泳いじまった」

「割らねえだけましさ」

と、弥太右衛門が言った。

「うちの婆さんなんざ、井戸端へ行くたびに、二つか三つのどんぶりを、七つにも八つにもしてきやがる」

「おんなじだよ」

めずらしく笑兵衛が口をはさんだ。

「少しは気をつけろと言うと、ものがふえたのだから縁起《えんぎ》がいいと、へらず口を叩くだろう？」

「その通り」

お捨が、肩をすくめて笑いながら弥太右衛門を見た。

「それじゃ弥太右衛門さんのおかみさんとわたしは、姉妹のように似ているのね」

「似ているどころか、月とスッポン、雪と墨だよ。うちの婆さんがお捨さんのようにきれいなら、いつまでもこんなところで油を売っちゃいねえや」

「よしねえ、弥太さん。そんなことを言ったら、うちの婆さんが、糠袋《ぬかぶくろ》を二つ持って湯屋へ行くようになる」

「いらない、いらない」

弥太右衛門は、とんでもないと言いたげに手を振った。

「お捨さんが磨きをかけたら、月の都からお迎えがきちまうよ」

「冗談じゃない、とんだかぐや姫だ」

笑兵衛はわざと渋面《じゅうめん》をつくったが、お捨は笑靨《えくぼ》のできるふっくらとした手を口許に当てて笑い出した。ころがるような、よく響く声だった。

「わたしは妙だと思っていましたよ。どうしてこんな年齢《とし》になるまで、お迎えの輿《こし》がこなかったのかしらってね」

ばか――と、笑兵衛が口の中で言った。

「こんなに太っていては、月の都へ着く前に、輿から落っこちてしまうと思われているのかしら」

「まさか」

弥太右衛門は真顔《まがお》でかぶりを振ったが、お捨の笑い声につられたように、笑兵衛が口許をゆるませた。

政吉は、お捨と一緒に笑いころげていた。声のかわりに涙が出るようになってもまだ、笑いがとまらなかった。

政吉は、手の甲で目頭をこすった。自分がこれほど笑い上戸《じょうご》だとは、思ってもいなかった。

板元と会えば冗談も言う。仲間と会えば、卑猥《ひわい》な話を喜んですることもある。真面目な顔やしかめ面ばかりしているわけではないのだが、ひさしぶりに笑ったような気がした。

他愛のない話なのだがな、そう思った。板元の女房が似たようなことを言っても笑いはしないだろう。仲間の女房であれば、なおさらだった。ばかばかしいの一言で片付けて、狂歌のたねにしたい老中や、その老中の屋敷へ高価な贈り物を持って押しかける大名達の話へ移るにちがいなかった。

「お迎えのこないわけがわかりましたよ」

と、お捨が言った。

「わたしが一人で落っこちるならいいけど、輿をかついでくれる人まで落っこちたら大変ですもの」

「ばか」

笑兵衛が、呆れたような顔をして横を向いた。

「女は、それくらい太っている方がきれいだってば」

と、弥太右衛門が言った。

その真剣な顔つきがおかしくて、政吉は、また笑い出した。笑いながら、三人が羨《うらや》ましくなった。

お捨笑兵衛夫婦は無論のこと、弥太右衛門も、他人の足を引っ張ろうなどと考えたこともないにちがいなかった。

が、政吉はある。

春睡楼を飛び出そうという桝蔵の企てを朝寝に言いつけたし、松風と掻捨に名前の入らない跋文を書かせるという甚八の言葉に暗黙の了解をあたえた。

言訳をしようと思えば、できないことはない。

桝蔵に与《くみ》するのは朝寝への裏切りとなりかねなかったし、松風も掻捨も、政吉の過去をあげつらって、政吉が春睡楼のまとめ役となることに反対した。

仕方がないのだとは思ったが、政吉の笑いはとぎれた。

理由はどうあれ、他人の足を引っ張るだの裏切るだの、政吉は何といやな世界に身を置いていることか。

お捨は、ふっくらと太った軀をこきざみに揺らして、まだ笑っている。笑兵衛は「呆れたものだ」と言いながらお捨を穏やかな目で眺め、弥太右衛門は、「お捨さんは天女よりきれいだよ」と、満更お世辞とも思えぬ口調で呟いていた。

狂歌なんざ、やめちまおうか。

そんな考えが頭の中をよぎった。

狂歌をやめて、ただの煙草屋の亭主になって、地道な商売をしていれば、他人の足を引っ張ることも、他人に足許をすくわれることもない。

家にいることも多くなって、おきくと酒を飲む機会がふえ、おきくが妙な目で見られることはなくなるだろう。おきくを連れ、時々木戸番小屋へ遊びにくる光景を想像しただけでも、胸のうちを、気持のよい風が吹き抜けていったような気がする。

政吉は、まだ笑いのとまらぬお捨を見て、自分の笑いを継ぎ足した。

が、何気なく見た弥太右衛門の手には大きなしみがあり、血の通う脈が瘤をつくって盛り上がっていて、指はふしくれだっていた。老人の手であった。

考えてみりゃ——と、政吉は思った。笑兵衛も弥太右衛門も五十過ぎではないか。お捨も四十の坂の終りにさしかかっている筈だ。

政吉はまだ、三十の声を聞いていない。狂歌師としても、脂《あぶら》ののりはじめたところであった。

これから一花《ひとはな》咲かせようという人間が、米屋のシロが迷子になったの、太ったかぐや姫では月の都へ行く前に落ちてしまうのだの、浮世離れした話に笑ってばかりはいられない。

お捨笑兵衛も、弥太右衛門も、言ってみれば一生のほとんどを使いはたした人間ではないか。ささやかであったか大輪《たいりん》であったかは知らないが、それぞれ花を咲かせていた時期を過ぎて、木戸番やいろは長屋の差配に落ち着いたのだ。

三人が、ふたたび花を咲かせる機会は、まずない。江戸の片隅に押しつけられていても、蕾《つぼみ》を開かせる場所がないとあせる必要は、毛頭《もうとう》ないのである。もはや咲かぬとわかっていれば、人の咲かせた花を見て、妬《ねた》む気持もないだろう。片隅で肩を寄せあって、米屋のシロが見つかったことを喜んでいればいい。

が、俺は違う。

蜆売りから旗本屋敷の中間へ、そして塩売りから煙草屋の亭主へと這《は》い上がってきた俺は、これから一花も二花も咲かせる。米屋のシロが見つかって、病気の娘が元気を取り戻したと聞けば嬉しくないことはないが、病気の娘と一緒にシロの身の上を案じていられない時もある。

気がつくと、政吉は、口許だけで笑っていた。お捨を眺めている目も、笑兵衛のように穏やかではなく、胸のうちの苛立《いらだ》ちがそのままあらわれているような気がした。

「さあて、帰るとするか」

弥太右衛門が腰を上げたのを機に、政吉も立ち上がった。

「あら、政さんもお帰り？」

お捨が政吉を見る。以前のように、政吉の夕飯も用意する気でいたらしい。

その背を、笑兵衛が突ついた。

「野暮は言いなさんな」

「そうそう。おきくさんが、猫板《ねこいた》にお猪口を二つのっけてさ、酒の燗《かん》がつき過ぎちまうって、気を揉《も》んでらあな」

笑いながら、政吉は買ってきた最中を半分に分けて、弥太右衛門に渡した。意味ありげな視線で政吉を見つめていた玩具屋の息子と、勘太のいる二階から洗濯物をかかえて降りてきたおきくの姿が脳裡に浮かんでいた。

「や、うちの婆さんにまで買ってきてくれたのかえ」

弥太右衛門が、相好《そうごう》をくずした。

政吉は、居酒屋へ寄って行こうと考えていた。真直ぐに家に帰って、おきくと夕飯を食べる気分にはなれなかった。

「いつの間にか、こんなに暗くなっちまったよ」

先に出て行った弥太右衛門が言った。いつもより暗い夜だった。

崩壊

丸屋甚八が政吉を明石屋へ呼び出したのは、それから二月《ふたつき》後、師走もなかばを過ぎた寒い日のことだった。

九つ半（午後一時頃）にという約束だったが、政吉は、早めに家を出た。

あれ以来、おきくとは満足に口をきいていない。

木戸番小屋から帰って数日の間は、政吉の方がおきくの機嫌をとっていたのだが、おきくはろくに返事もせず、おきくが話しかけてきた頃には、勝手にしろと政吉がつむじを曲げていた。

そのうちに、勘太のようすまでがおかしくなった。妙に口が重くなり、三日ほど前には、やめさせてくれと言い出した。行燈《あんどん》の明りでよく見えなかったが、涙をにじませていたようだった。

玩具屋の息子に何か言われたのかもしれないと、政吉は思っていた。もうしばらくいてくれと宥《なだ》めてはいるのだが、玩具屋の息子が噂をひろげぬうちに、後釜《あとがま》を見つけなくてはならないだろう。

甚八は、まだきていなかった。

政吉は、女中の案内で二階へ上がった。

先日と同じ部屋に通された。

部屋には手あぶりが二つ置かれていて、隙間風をふせぐためか、屛風が窓際に引きまわされている。そのせいか、大分、薄暗い部屋になっていた。

下座《しもざ》に置かれた手あぶりの横に坐り、熱い茶を飲んでいると、静かな足音が聞えてきた。男のそれではなかった。

政吉は舌打ちをして、湯呑みの茶を飲み干した。おくらが上がってきたにちがいなかった。

「お邪魔してもいい？」

案の定、障子の向うでおくらの声が言った。

おくらの話は、だいたい見当がつく。商売に身を入れろというのも、おきくを大事にしろというのも聞き飽きていたが、政吉は障子に向って笑顔をつくった。

「どうぞ」

「丸屋の旦那が、おみえになるまででいいんですけど」

障子が開いた。おくらは、心底から嬉しそうな笑みを浮かべていた。

「いいお話ですよ」

障子を開けたままにして、部屋の中へ入ってくる。

政吉は、手あぶりをおくらの方へ押した。

「あのね」

「何ですか。もったいぶらないで、早く言っておくんなさいよ」

「聞きたい？」

「当り前じゃありませんか」

「あの娘《こ》、多分、おめでたですよ」

「え？」

すぐには、その意味がのみこめず、政吉はぼんやりとおくらを見つめた。

おくらは、袂で顔の半分をおおった。声をたてずに笑っているらしい。

「何て間《ま》の抜けた顔をなさるんですよ。もうじき政さんもお父《とっ》つぁんだって、教えてあげてるんじゃありませんか」

「え？」

軀中の血がいったん流れをとめ、それからすさまじい勢いで頭へ遡《さかのぼ》りはじめたのではないかと思った。

政吉は落着こうとして、持っていた湯呑みを口許へはこんだ。茶を飲むつもりだったのだが、湯呑みは空《から》で、茶の葉ばかりが口に入ってきた。

「お水を頭からかけてあげましょうか」

おくらは、憎まれ口をきいてから女中を呼んだ。

どんぶりに一杯ほどの茶を持ってきてくれと言いつけている。素直にうなずいた女中は、大きな土瓶《どびん》に茶の葉も湯もたっぷり入れて持ってくるかもしれなかった。

「ちっとも知らなかった――」

と、政吉は呟いた。

一大事だとは思うのだが、父親になるという実感は湧いてこない。子供が生れるのをあれほど待っていたのにと、拍子抜けのする思いだった。

「何ですか、つまらなそうな顔をして」

政吉の胸のうちを見透《みす》かしたように、おくらが言う。

「赤ちゃんを抱いた時を考えてごらんなさいな」

「けど――」

政吉の気持は、まだすっきりしない。

「こんな大事なことを、何だって俺に黙っていたんだろう」

「恥ずかしいんじゃないかしら」

おくらの顔からも笑みが消えた。

「実を言うとね、わたしも、もう少し黙っていてくれって頼まれたの」

「なぜです?」

「だから、恥ずかしいんでしょ、きっと。あの娘、変に内気なところがあったもの」

先日、おくらは、おきくの行く湯屋の女房に呼びとめられたのだという。

「何かと思ったら、あの娘の話でね」

湯屋の女房にはおきくがみごもっているように見えるのだが、当のおきくがまだ気づいていないのではないかというのだった。

取上婆《とりあげばば》へ連れて行った方がよいのでは——と言われて、おくらは早速おきくをたずねた。

湯屋の女房の話を伝えると、おきくは耳朶《みみたぶ》まで赤くして俯《うつむ》いた。自分でも、そうではないかと思っていたようだった。

が、取上婆へ一緒に行ってやるというおくらには、首を横に振った。恥ずかしいから、一人で行くというのである。

たとえ他人でも、誰かがそばにいた方が心強いのではないかと思ったが、おきくは泣きそうな顔でかぶりを振りつづけた。そして、みごもったとはっきりわかるまで、政吉には内緒にしてくれと手を合わせて頼んだ。

「でも、わたしゃこの通りのお喋りだし、子供が生れるとなりゃ、政さんも商売に身を入れるようになるだろうから、黙ってはいないよって言ってきたのだけど」

「へええ」

「気の抜けたような返事をしないで。朝寝《あさね》が生きていたら、今頃《いまごろ》は、初孫が生れるって大騒ぎですよ」

「そうか。先生も子供がいなさらなかったんだ」

「今更何を言ってるんですよ。朝寝にとって初孫なら、わたしにも初孫ですからね、おきくに丈夫な子供が生れるよう、せいぜい気をつけておくんなさいまし。お願いしましたよ、政さん」

「へえ」

政吉は、まだ夢を見ているような気持でうなずいた。

階段をのぼってくる足音がして、女中が、やはり大きな土瓶をはこんできた。

おくらが笑いながらその盆を受け取って、苦《にが》そうな茶をついでくれる。

階下から、いらっしゃいませ——という声が聞えてきた。

先程からお二階でお待ちでございますと、女中の声が言っている。甚八がきたようだった。

おくらが、土瓶を持って立ち上がった。

「しっかりしてね、お父《とつ》つぁん」

片方の目をつむってみせて、おくらは廊下へ出て行った。

「まあまあ、いつもご贔屓《ひいき》をいただきまして。ええ、三鶴《さんかく》さんは、こちらでお待ちでございます」

愛想のよい声と一緒に階段を降りて行く。狂歌などやめて、煙草屋の商売に精を出せと言っているところを、甚八に見せてやりたいものだと政吉は思った。

甚八の、気忙《きぜわ》しい足音が聞えてきた。政吉は、敷居際まで立って行った。手すりの向うに甚八の顔があらわれて、足をとめずに会釈をする。目許がほころびていて、上機嫌のようだった。

「万事、うまくゆきました」

と、階段の上に立った甚八が言った。

「が、その話は、昼めしを食べながらゆっくりいたしましょう」

甚八は、あいかわらず気忙しげなしぐさで下座につき、「ま、お坐り下さい」と、上座《かみざ》をすすめた。おきくがみごもったという話に気持が落着かなくなり、甚八を立って迎えた政吉を見て、早く結果を知りたいのだと誤解したようだった。

「さ、どうぞ」

「いや、今まで俺がそこに――」

坐っていたのだと言う政吉を、甚八は、強引に上座へつかせた。

「これはまた、お茶でわたしを待っておいででしたか。女将も気がきかないな」

手あぶりのほかに、干菓子《ひがし》と湯呑みだけしかない座敷を見て、せかせかとまた立ち上がる。

「いそいで頼むよ」

手すりから身をのり出すようにして階下へ言いつけると、「さて――」と、政吉をふりかえった。

「太々九《たたく》先生は、三鶴さんにまとめ役をひきうけてもらえるならと、大喜びでしたよ」

昼めしを食べながらゆっくり話をすると言っておきながら、甚八は、障子を閉める前に喋り出した。

「太々九先生は、はじめっから三鶴さんをまとめ役にしたかったそうじゃありませんか」

と、腰をおろし、政吉が茶を飲んでいた湯呑みを手あぶりのうしろへ片付ける。

「太々九先生は、先生の代になって、春睡楼《しゆんすいろう》狂歌がすたれたらどうしようと、ずいぶん気になすっていられたのだそうで」

「すたれるだなんて、そんなことはありませんよ」

「でも、太々九先生の狂歌は、下手の横好きって部類ですからね」

甚八は、言いにくいことをはっきり口にした。

「ともかく、三鶴さんがまとめ役をひきうけてくれるなら、盛大にお披露目《ひろめ》の会をやろうと、喜んでおいででしたよ」

「で、松風《まつかぜ》さんや掻捨《かきすて》さんは？」

「こちらの方は、ちょいとむずかしゅうございましたがね」

甚八は片頰で笑い、目上瘤成《めのうえのこぶなり》の名前を吐き出すように言った。

「このお方が、松風さんをまとめ役にと、熱心に動いておいでだったもので」

「瘤成さんが松風さんを？」

「ええ。あのお方が、ただで松風さんのために動くとはとても思えませんでしたが、案の定——」

「ごめん下さいまし」

廊下から女中の声がした。料理をはこんできたようだった。

甚八は、喋りかけていた言葉を飲み込んで、「さあさあ、ここへ、ここへ」と、女中に催促をした。

酒と料理をならべた女中が、階段を降りて行く。

甚八はすぐに銚子《ちょうし》を取って、政吉に盃を持つようにすすめた。

「瘤成さんというお方も、策士《さくし》でございますなあ」

甚八は、政吉の盃になみなみと酒をついだ。

「どうやら松風さんのうしろにいて、春睡楼狂歌を瘤成風にねじ曲げようというお考えのようでしてね」

桝蔵《ますぞう》の考えそうなことだと、政吉は思った。

「わるいことに、瘤成さんの狂歌が、太々九先生のよりも面白い」

思わず、政吉は甚八を見た。

甚八は、飲みかけの盃を置いて両手を振った。

「誤解なすっては困ります」

「誤解なんざしちゃいませんさ。瘤成さんの狂歌は、昔っから一ぷう変わっていて、面白かった。瘤成さんを頭《かしら》にして、社中《しやちゆう》ができていたこともある」

「存じてますよ。何やら恐ろしげな狂歌ばかりつくっている会でした。若い社中は一時、瘤成さんを狂歌の神様のように思っていたようですが、本にしたらまるで売れなかった」

それは、桝蔵自身が、苦笑いをしながら政吉に打ち明けたことだった。

「そんなお方が、四方赤良《よものあから》を信奉なさる朝寝先生の社中となったのだもの、うまくゆきっこありませんよ」

甚八は、桝蔵が朝寝に不満をもつ人々をそそのかし、別の会を結成しようとしたのだと政吉に言った。桝蔵が政吉を誘ったことは、さすがに知らないようだった。

「若い人達に、神様のようにあがめられていた時のことが忘れられぬのでしょうなあ」

甚八の言う通りだろうと、政吉は思った。

桝蔵は、江戸の狂歌をいつかは瘤成風に変えてみせると思いつづけているにちがいない。が、富五郎と二人だけが取り残されたかつての轍《てつ》を踏まぬようにと、政吉や松風など、人望がある割には扱いやすい者を頭にすることを考えた。政吉や松風の狂歌を、少しずつ瘤成風に染めてゆけば、やがて社中一同、桝蔵の狂歌でなければ夜もあけなくなる。

女中が、次の料理をはこんできた。

「ま、そういうわけでしてね」

と、甚八は、階段を降りて行く女中の足音を聞きながら言った。

「ご自分がまとめ役になる気でいた松風さんを口説《くど》き落とすのは、ちょっと骨が折れました」

「申訳ありません」

政吉は思わず頭を下げたが、甚八は、つがれたばかりの盃に口をつけ、上目遣いに政吉を見て笑った。

「申訳ありませんとは、わたしが申し上げることかもしれません」

「なぜですえ？」

「実は、春睡楼狂歌集のほかに、松風、三鶴、風呂主《ふろぬし》、掻捨の四人集を開板すると、松風さんに約束してしまいました」

政吉は笑い出した。盃を持っている手が揺れて、酒の滴《しずく》が、膝や畳に飛び散った。それを、甚八は、政吉が手拭いを出す前に懐紙《かいし》で拭きとってしまう。気忙しい男のように見えるが、なかなか抜け目がないにちがいなかった。

甚八は、おそらく、四人集の開板をちらつかせながら、瘤成狂歌集の失敗を何気ない風をよそおって言ったことだろう。松風は、少なからず動揺する。数日後に訪れた甚八は、太々九が、自分のまとめ役では社中が減ってしまうと、髪が薄くなるほど心配していたと言う。

そこでまた、松風は迷う。

桝蔵には妙な人気があり、あれほどの狂歌師がなぜ無名に近いままなのかと、我が身のことのように怒る者さえいる。現在の狂歌への怒り方が派手なので、瘤成狂歌は一見、大勢の支持を得ているように見えるが、実は、いつも一握りの若者が桝蔵をかこんでいるに過ぎない。それも、瘤成狂歌集が売れないとわかれば、一人去り、二人去り、ついには誰もいなくなってしまうような、もろい集まりなのだ。

社中を減らしても、桝蔵を後楯《うしろだて》にして春睡楼のまとめ役となるか、政吉をまとめ役にして四人集を開板し、春睡楼重鎮《じゅうちん》の肩書を得るか。桝蔵の離反《りはん》を朝寝に告げ口したのは政吉だという富五郎の言葉も、頭の隅にひっかかっていたことだろう。

甚八は、根気よく菓子問屋を営んでいる松風の家へ足をはこんだ筈だ。名物の菓子〝松梅〟を、そのたびに食べたかもしれない。

餡《あん》を求肥《ぎゅうひ》でくるんだ〝松梅〟の甘さに悲鳴をあげながら、甚八は松風に、一つ間違えば皆から背を向けられてしまう桝蔵のあやうさを繰返し説いた。政吉が桝蔵の離反を朝寝に告げ口したというが、それを松風の耳に囁《ささや》くのも、富五郎の告げ口ではないか。

思い通りの結論を松風が出してくれて、甚八はにんまりする。丸屋三鶴の名があれば売れるとさえ言われている狂歌本を、政吉のまとめ役を松風に認めさせるため――という口実で、一冊よけいに開板することにしてしまったのだ。

「ま、これでお互いに一安心というわけで」

甚八は、目のあたりまで盃を持ち上げて見せた。

政吉も、勢いよく盃を干した。

いい気持だった。

親なしっ子の、かっぱらいのと罵《ののし》られ、石を投げつけられて育った喧嘩政が、横丁を曲がれば五七五七七と狂歌をつくる声が聞えると言われる時に、多数の社中をかかえる春睡楼の頭《かしら》に立ったのである。

べらぼうめ、ざまあみろってんだ。

胸のうちで、誰にともなく悪態《あくたい》をついたが、甚八のように一安心とは言っていられなかった。大変なのはこれからだった。

春睡楼社中でいるうちは、みなしごという境遇も、かっぱらいをしたことがある経歴も、面白い狂歌が詠めると羨まれることはあっても、そしられることはない。

が、これからは違う。自分では公平な点をつけているつもりでも、みなしごに親子の情はわからないなどと言う者も出てくるだろうし、かっぱらいの下で狂歌をつくりたくないと、政吉の悪口を触れまわる者もあらわれるだろう。

皆が皆、俺の足を引っ張ろうとするにちげえねえ。

ふっと、木戸番夫婦の姿が目の前をよぎっていった。お捨も笑兵衛も、口許には穏やかな笑みを浮かべていた。

くそ――。

政吉は、その姿を振りきるように、かぶりを振った。

俺あ、江戸で一番の狂歌師になる。これから一花《ひとはな》も二花も咲かせるんだ。俺の足を引っ張ろうとする奴は蹴倒《けたお》してやる。

武者ぶるいというのだろうか、緊張が軀の中を突き抜けて、盃を持つ手が揺れた。

「それにしても、三鶴さんは人気がある」

と、甚八は、政吉を見つめながら言った。

「春睡楼狂歌集をわたしのところで開板すると知って、三鶴さんにおひきあわせ願いたいというお人が、四人もあらわれましたよ」

「ご勘弁下さい。俺あ、粋《いき》な遊びってえのが苦手で……」

「何を仰言る《おつしや》」

甚八は声を上げて笑った。遊び方もなかなか粋になったと言ってくれるのかと思ったが、そうではなかった。

「三鶴さんに、添削をお願いしたいのだそうですよ」

「それなら、うちへ送っておくんなさればいい」

「だが、それでは、いつ見ていただけるかわからないじゃありませんか。添削をしてくれと、三鶴さんに送られてくる狂歌は山ほどある。下積みになるのはいやだと、わたしに頼みにこられたのですよ」

「そいつはどうも」

「お暇をつくって見てやって下さいまし」

甚八は、盃を置いて口を閉じた。八つの鐘が鳴っていた。

帰ると言い出すのではないかと、政吉は思った。案の定、甚八は、少し座を下がって畳に手をついた。

「申訳ありません、今日はゆっくり飲むつもりだったのですが」

「どうぞ、こっちにはおかまいなく」

話している間は忘れていたおきくの顔が、脳裡に浮かんだ。

おきくのお腹《なか》には、小さな命《いのち》が宿っているのである。政吉は、春睡楼の頭になってからのことが不安になったが、お腹の子を丈夫《じょうぶ》に育てるためのおきくの気遣いは、それどころではないにちがいなかった。

「気忙しい思いをおさせいたしまして。店の者ばかりでなく、女房や娘にまで、せわしない男だと叱られるのですが」

どういうわけか、用事のある時に用事ができてしまうのだと、甚八は、女房や娘達に非難されても仕方のないあわただしさで部屋を出て行った。

政吉は、甚八を送り出す階下の声が静かになってから腰を上げた。

階段を小走りに降りて行く。

帳場から、おくらが顔を出した。

「帰ります」

と、政吉は軽く頭を下げた。

おくらは、おきくの好物の卵焼が入っているらしい折詰を持って政吉に近づいてきた。

「ねえ、おきくがみごもっているとわかったら、ちゃんと教えておくんなさいよ。おしめにする浴衣《ゆかた》も集めておかなくちゃならないし」

気の早い話だったが、政吉はその時はじめて自分は父親になるのだと思った。お腹の子へのおきくの気遣いは大変だろうなどと、他人事《ひとごと》のように言っていられない立場にあるのだった。

卵焼の折詰を持って、政吉は明石屋を出た。

凪はつめたいがよく晴れていて、八幡宮への参詣客は、今日も大通りを絶え間なく行き交っている。

その中に交じって、政吉は足早に歩き出した。

子供か――。

わけもなく、口許がゆるんでくる。

男の子だったら、狂歌だけじゃなく、喧嘩のしかたも教えてやれるぜ。

無性に抱いてみたくなったが、政吉は、生れてくる子を待つよりほかはない。あと七《なな》月《つき》待てばよいのか、六月《むつき》でよいのかと思うと、足がなおさらに早くなった。

団子屋の看板が見え、その角を曲がる。

いつものように、菓子屋の看板の向うで煙草屋の看板が揺れ、その先に茶漬屋の看板があった。

が、菓子屋や茶漬屋へ入って行く客はいるのに、煙草屋の前で足を止める者はいない。

玩具屋の息子も、煙草屋のようすを窺《うかが》ったりせずに、母親に玩具をねだっている子に愛想よく話しかけていた。

政吉は、参詣帰りの客達を避けて走った。

煙草屋の店は、大戸がおりていた。

おきくがいなくなった――。

なぜかわからなかったが、咄嗟《とっさ》にそう思った。

政吉は、菓子屋との間にある細い路地へ飛び込んだ。玩具屋の息子が、子供の髪を撫《な》でながら、じっと自分を見ていたような気がした。

「おきく」

政吉は、裏口の戸を力まかせに開けた。鍵のかかっていなかった戸は、おきくが丹念に拭いている敷居の上を滑ってゆき、柱にぶつかって大きな音をたてた。

「おきく。いないのか、おきく」

「いますよ、ちゃんと」

奥の部屋から声がした。

政吉は、勝手口から上がり、階段の横を通って店へ出た。

勘太はいず、おきくは寝床から半身を起こして、袢纏《はんてん》を羽織っているところだった。

「どうしたんだ、いったい」

政吉は、驚くより、おきくがいたことにほっとして言った。

裏口から入る明りが届いているのは、いつも勘太が煙草を刻んでいるあたりまでで、奥の部屋は明りが欲しいほどの暗さだった。

「ごめんね、昼間っからお店を閉めちまって」

闇に目が慣《な》れているらしいおきくは、床から滑りおりると、その布団を二つに折った。

「どうしたんだ。具合がわるいのか」

「ええ、ちょっと」

「まさか、流産したんじゃ……」

「まさか」

おきくは政吉と同じ言葉で打消して、長火鉢の前へ坐った。火箸を取って、炭火を掘りおこす。

ほのぐらい炭火の明りが、おきくの頰を赤く染めた。毎日顔を合わせている筈なのに、政吉は、その時はじめて、おきくがやつれていることに気がついた。

「つわりか」

「明石屋の女将さんから聞いたの？」

おきくは顔を上げずに尋ねた。

「ああ。早く言ってくれりゃよかったんだ。俺あ、そんなことにはうといから、知らん顔であちこち素《す》っ飛んでいた」

政吉は、おきくと向いあって腰をおろした。が、火箸を置いたおきくは鉄瓶の蓋《ふた》を取って、その中をのぞいた。

「いいんですよ。そうとはっきりわかったわけじゃないんだもの」

「わかったわけじゃないって、それじゃまだ、取上婆には診《み》てもらってないのか」

おきくは、ちょっとためらった末にうなずいた。

「どうして」

政吉は、おきくににじり寄った。

「どうして行かねえんだ」

「だって」

おきくは、ちょっと答えに詰まったようだった。

「だって——、四年の間も子供に恵まれなかったんですよ。行けば、がっかりするに決まってるもの」

「行って、大喜びすることになるかもしれねえじゃねえか」

「そうね」

うなずいたものの、おきくの表情は晴れなかった。

「どうしたってんだ。六人も七人も子供が欲しいって言ってたくせに」

「ごめんなさい」

ようやく、おきくが顔を上げた。

「どうかしてるんですよ、わたし。具合がわるいせいかしら」

「そうかもしれねえな」

お腹に赤ん坊がいる時は、妙に気持がささくれだつこともあると聞いている。

政吉は、おきくが二つに折った布団を、ていねいに敷きなおした。

おきくは長火鉢に寄りかかり、駄々をこねた子供が涙のにじんだ目で親を睨んでいるような表情で、政吉を見つめていた。

政吉は、長火鉢の前から動こうとしないおきくの背をあやすように叩き、床の中に入らせた。

おきくは枕をはずし、両手を重ねた上に額をつけて、俯伏《うつぶ》せになっている。

湯の沸く音がした。

政吉は、おくらが持たせてくれた卵焼の折を開けた。

が、茶筒を引き寄せたものの、急須《きゅうす》にどれくらいの茶の葉を入れればよいかわからない。

「おい」

と、政吉は、俯伏せたままのおきくを呼んだ。

「こんなものか」

茶筒の蓋に入れた茶の葉の量を見せる。

ちらと見たおきくが、とんでもない——と起き上がった。

「そんなに入れちまったら、苦くって飲めなくなる」

「ふうん」

政吉は、おきくに言われたまま、茶の葉の半分以上を茶筒に戻した。

湯は、鉄瓶の蓋を押し上げるほどに沸いている。そのまま急須にそそごうとすると、おきくがまた、「とんでもない」と金切り声をあげた。

いったん火からおろして、煮えたぎっている湯が落着いてからいれてくれと言う。

「ふうん」

政吉は不器用な手つきで鉄瓶をおろした。

折詰をおきくの前に差し出したが、おきくは苦笑いするばかりだった。言われて気がつくと、卵焼は大きいままだし、箸も出してない。

「わかりましたよ。お前さんとお茶を飲むっていうのに、のんびり寝ていられると思ったわたしがわるかった」

おきくは、笑いながら立ち上がった。いつもの陽気なおきくに戻ったようだった。

たちまち皿に盛られた卵焼と、熱くて濃いめの茶が猫板《ねこいた》の上に並んだ。政吉はわざと箸を使わずに、指で厚切りの卵焼をつまんでおきくを見た。

おきくは小皿にとったのを、箸でちぎって食べている。いい女だと、あらためて思った。

「さ、食ったら、また寝ていねえ」

「いやですよ。すぐに寝たら、牛になっちまう」

「なりゃしねえよ。何にでも、目こぼしってものがあらあな」

「ねえ――」

おきくは、ふいに政吉の手をとった。

「わたしのお腹に赤ちゃんがいるとわかったら、どうする？」

「ばかなことを聞くねえ」

政吉は、笑っておきくの手を叩いた。

「どうすると言われたって、男の俺にはどうしようもねえが」

そう言いながら、茶の葉の量もわからず、卵焼の折をそのままおきくの前に置いたことを思い出した。

おきくは、日に幾度となく茶をいれて、器《うつわ》に食べ物を盛り、その器を洗っている。簡単にやってのけているので、簡単なことだとばかり思っていたが、ことによると、狂歌の添削より骨が折れるかもしれない。骨の折れる仕事を煙草の商売の合間にこなし、お腹で赤ん坊を育てているのだから、疲れて気分がわるくなるのは考えてみれば当り前だった。

幸い、煙草の商売は順調で、勘太も「やめさせてくれ」とは言いにくくなっているようだった。勘太がいてくれて、めし炊きや掃除をしてくれる小女を雇えば、近所の噂も消え、おきくは軀も心も楽になるだろう。

「店番だって、俺がすらあな」

添削依頼の狂歌が山ほどたまり、眠い目をこすりながら行燈を引き寄せることになるだろうが、それもやむをえまい。

第一、子供が生れ、五つ六つのいたずら盛りになったなら、狂歌の半紙を引き裂かれるのを防ぐに手いっぱいで、添削は、やはり夜になってしまうのではあるまいか。

子供か――。

店番をしている背に、「お父っちゃん」と飛びついてくる小さくてやわらかい軀の感触を想像すると、どうしても口許がゆるんでくる。

「丈夫な子を生んでくんなよ」

と、政吉は言った。

おきくは、握っている政吉の手に額をつけた。それが、政吉にはうなずいていたように見えた。

翌日、勘太は店へ出てこなかった。

おきくは、もう一日店を休むつもりで、勘太に休暇を与えたのだと言った。

どうせ政吉は家を留守にすると考えたらしいが、めずらしく政吉に出かける予定はなかった。

主人がいるのに、店を閉めたままにしてはおけない。政吉は、黒江町の長屋まで勘太を迎えに行くことにした。

油堀沿いの道から裏通りへ折れて、近頃たてかえたばかりの木戸をくぐったが、勘太の家は戸が閉まっていた。

路地で遊んでいた子供に尋ねると、昨日からいなくなったという。近所への挨拶もきちんとすませて行ったようだった。

寒さも忘れて急いできた背がつめたくなった。店の戸をおろした暗い部屋で、じっと俯伏せているおきくの姿が目の前をよぎった。

なぜだ。なぜ、勘太に休みをやったなどと嘘を言ったのだ。

もしや――と思った。噂はほんとうだったのではあるまいか。

「違う」

と、おきくを疑う政吉に、もう一人の政吉が必死に反対をする。

おきくは、勘太と浮気をしながら、その一方で煙草の値段の相談にのってくれないと、頬をふくらませるような女ではない。

だが——と、疑心暗鬼の政吉は言う。
浮気を悟《さと》られぬために、おきくも懸命に芝居をするだろう。いや、ことによると、疑《うたぐ》られたことが引金《ひきがね》になって、勘太とそうなってしまったのではあるまいか。
くそ——。
政吉は、どぶ板を鳴らして走り出した。
が、すぐに足をとめ、だらしなく開いているような気がする衿をきっちりと合わせた。おきくが勘太と駆落をしていても、——いや、万に一つ、そんなばかなことがあっても、近所にそれと悟られたくなかった。
政吉は、入堀にかけられた橋を渡り、山本町へ出た。
落着いているつもりなのだが、足が思うように動かない。町の裏側を流れている十五
間川を、干鰯《ほしか》の俵を積んだ舟がのんびりと下って行くのも、妙に苛立たしかった。
八幡宮をめぐる小川に突き当って道を右へ折れ、用ありげな顔をして歩いているうち
に裏門の前へ出た。
茶漬屋の看板は、茶屋が二軒ならんでいる向うにある。その隣りに、煙管の看板が見
え、「いらっしゃいませ。お孫さんでございますか」と言う、玩具屋の息子の声が聞え
てきた。
政吉は深い息を吐き、懸命に平静をよそおってその前を通り過ぎた。

路地へ入って、裏口の戸へ手をかける。手は、しびれたようにそこで動かなくなった。

開けろ。

政吉は、自分を叱りつけた。

開けろ、早く、落着いて。おきくは、暗い奥の部屋で寝ているかもしれぬではないか。

「今、帰った」

と、政吉は言った。菓子屋の台所から物音が聞えたので声を張り上げたのだが、少しふるえていたような気がした。

「勘太はどこかへ遊びに行っちまったよ」

政吉の手が戸を開ける前に、うしろの戸が開けられた。

政吉は、身震いをしてふりかえった。菓子屋の女房が顔を出していた。

「おきくさん、具合がわるいの？」

と言う。

「昨日《きのう》っから見かけないのでどうしたのかと思ってさ。心配していたんですよ」

「ちょいとね、寝込んでいるんだよ」

政吉の舌はもつれそうだった。

「鬼の霍乱《かくらん》だよ」

「そんなことを言って。おきくさんに怒られますよ」

「だから、鬼さ」

「何を言ってるんですよ。おきくさんが寝込んでいなさるのだったら、お粥でもつくっ

てあげましょうか」

「いや、いいんだ。有難いが、粥はつくったんだ」

政吉は、うろたえて言った。

菓子屋の女房は、好意を無《む》にされたと思ったのか、ちょっと不満そうな顔をしたが、

亭主の呼ぶ声に家の中をふりかえった。

「それじゃ、何か欲しいものがあったら、遠慮なく言っておいでなさいな。うちにある

ものなら差し上げるし、なかったら買ってきてあげますよ」

「すまねえ。頼りにしています」

女房が中へ入って行ったのを機に、政吉も戸を開けた。

家の中は静まりかえっていて、耳をすましても人の動く気配はなかった。

政吉は、膝頭《ひざがしら》がきしんで鳴りそうな足を、一歩ずつ踏みしめて歩いた。

まだ人の動く気配はない。

階段の横を通って、勘太が煙草をきざんでいた店へ出た。

奥の部屋には何もなかった。寝床も針箱も戸棚の中に片付けられていて、つめたい空

気ばかりがよどんでいた。

政吉は、その場に蹲《うずくま》った。

おきくが勘太と逃げるわけはないと自分に言い聞かせたが、取上婆の家へ行ったとはどうしても思えなかった。

「ばかやろう——」

情けなかった。知りあったきっかけを考えてみるがいいと思った。

政吉が宵張朝寝という狂歌師に弟子入りしたればこそ、おきくも政吉と言葉をかわすようになったのではないか。

狂歌に力を入れ過ぎて、煙草屋の商売がおざなりとなってしまったのは確かにわるかった。政吉が出かけると言うたびに、「また狂歌?」と、おきくが顔をしかめたのも無理はない。

が、もし、政吉が春睡楼社中とならず、狂歌も詠まず、塩を売り歩いていたら、おきくは所帯をもつ気になっただろうか。

「ばかやろう——」

俺もわるかった。わるかったが、なぜお前も、俺が春睡楼のまとめ役にまでなったのを喜んでくれなかったのだ。

政吉は、着物の裾を握りしめた。やりきれなさか、口惜しさか、それとも悲しさなのだろうか、熱湯のような涙が一粒、頰をつたっていった。

四つ（午前十時頃）の鐘で、政吉は我に返った。一刻近くもぼんやりと虚空《くう》を眺めていたようだった。

何とかしなければ――と思った。

寝込んでいるなら粥をつくってやろうかと言った人のいい菓子屋の女房も、すぐにおきくがいないことに気づくだろう。気づけば、井戸端で喋らぬ筈がない。

煙草屋の政吉が女房に逃げられた、煙草屋の女房が勘太と駆落したという噂は、たちまちこの界隈《かいわい》にひろまって、玩具屋の息子の耳に入る。

息子は何だかだと政吉をたずねてくるようになり、ついこぼす政吉の愚痴に同情するようなふりをして、おきくと勘太との間にどんなことが起こっていたかを、逐一《ちくいち》聞き出そうとするだろう。

それは、まだいい。

噂は、大口太々九や峰松風、目上瘤成らの耳にも届かずにはいない。

政吉は春睡楼のまとめ役、頭《かしら》となったところだった。

狂歌と女房の駆落は関係ないとは言うものの、太々九は、「しょうがねえ男だな」と顔をしかめるだろう。松風は狂歌集開板の誘いにのらなければよかったと舌打ちし、瘤成は、いつも人の前を歩いている目障《めざわ》りな存在になりたいという狂名にこめられた願いの邪魔をして、自分の前を歩きはじめた政吉を引きずりおろす絶好の機会だと舌なめずりりをするにちがいなかった。

そうなれば芝の地本問屋、丸屋甚八も、政吉の狂歌本開板をためらうようになる。

冗談じゃねえ。

と、政吉は思った。

確かに、朝寝の弟子となってからは何もかも順調だった。怖くなるほど幸運だったといってもいい。

が、弟子となる前の政吉は、働いても働いても貧乏だった。懐に一文の銭もなく、井戸の水で飢えをしのいだことも、差配の弥太右衛門に小遣いをせびり、二杯の夜鷹蕎麦《よたかそば》だけで翌日の昼まで働いたこともあった。

あの暮らしには、二度と戻りたくない。時折、妙になつかしくなることもあるが、それは、煙草屋の商売が順調で、懐に多少よけいな金が入っているからだろう。有名な料亭の味を知り、絹物《きぬもの》に身をつつんでしまったあとでは、井戸水で飢えをしのぐ暮らしなどできるわけがない。

第一、添削を頼む狂歌が山のように届けられる丸屋三鶴ともあろう者が、女房に逃げられ、社中にも去られて塩売りに戻ったというのでは、洒落《しゃれ》にも狂歌にもならぬではないか。

俺は、狂歌師の丸屋三鶴だ。江戸で五本の指に入る、それも、一番はじめにかぞえられる狂歌師だ。

江戸随一の狂歌師でありつづけるためには、女房が年下の男と駆落したなどと人に知られてはならない。

政吉は、ふらふらと外へ出た。澪通りの木戸番小屋へ行こうと思った。

が、一の鳥居をくぐり、黒江川にかかっている八幡橋を渡ろうとしたところで足が止まった。

「もし──」

もし、お捨と笑兵衛が、一部始終を聞いて政吉をなじったらどうするか。

お捨がおきくに逃げられたあとの政吉の身のまわりを心配せず、おきくのかたばかり持ち、笑兵衛が、江戸随一の狂歌師でいたい政吉を、おきくに愛想をつかされてもまだそんなことを言っているのかと怒ったら、どうすればいい。

木戸番小屋は、最後の頼みの綱だった。お捨と笑兵衛になじられたなら、政吉は、ほかに頼ってゆくところも、相談する相手もなかった。

「ひとまず、明石屋の女将さんに相談してみるか」

朝寝夫婦は、おきくの親がわりでもあった。真先に相談に行くのは、考えてみれば当り前かもしれなかった。

政吉は踵《きびす》を返した。

昨日、おくらにおきくがみごもっていることを教えられたばかりで、また明石屋の暖簾をくぐるのはためらいがあったが、やむをえなかった。政吉は、横手のくぐり戸をそっと開けた。

鯉の泳いでいる池に陽が当っていたが、落葉の浮いている水は氷がとけたばかりのように寒々として見える。つめたい風を避けて、縁側の障子も閉まっていた。

政吉は、裏口の戸を叩いた。

「誰？」

と言うおくらの声がした。

「政吉で」

「どうしたの、そんなところから。表へ廻りゃいいのに」

そう言いながら、立ってくる気配がした。

戸が開いた。

古い帳簿の入っている戸棚が見え、「うう、寒」と言いながら、おくらが顔を出した。

「どうしたの？　顔色がわるいじゃないの」

「実は、おきくが――」

勘太と姿を消したと、政吉は短く言った。

火鉢の横に坐っていた軀には、なおさら風がつめたく感じるのか、袂で衿もとを押えていたおくらが、その一言で外へ出てきた。

「そんなばかな」

政吉は、黙って鯉の跳ねた池を見て、それから自分の足許を見つめた。その足許に、風が落葉を吹き寄せてきた。

しばらくたってから、おくらは、独り言のように呟いた。

「おきくのお腹にいるのは、勘ちゃんの子だったの？」

「わかりません」

「で、どうする気？」

「逃げちまったものはしょうがねえ」

政吉は、かわいた唇を舐《な》めた。

「放っておきます」

「放っておくったって……」

「どうやって探せます？」

口の中までがかわいてきた。

「だから、おきくが遠縁のうちへ行ったように見せたいんで」

おくらが政吉を見た。

「頼みます、女将さん。明石屋のなかで一番口のかたい人と、そっと、なるべく人に見つからねえようにきておくんなさい」

　すがりつくような目つきだと、自分でも思った。

「女将さんとその人がきなすったら、俺が駕籠を呼びに行きます」

「うちの女中をおきくにして、ごまかそうってんだね」

「へえ」

「お断り」

　おくらは横を向いた。

「そんなことをして、いったい何になるってんですよ」

「わかっておくんなさい。俺は今が一番大事な時……」

「だから、おきくが逃げたんですよ」

　思わず声が高くなったらしい口許を袂で押えて、おくらはあたりを見廻した。

「どうして一緒におきくを探してくれと言ってくれないんですよ」

　やはり、おくらはおきくのかたを持つ気だと、政吉は思った。おきくにはおきくの言い分があり、おくらは、それをもっともだと思っているのかもしれないが、政吉にも言いたいことはある。

　勘太といつからそうなって、いったいどれくらいの間、政吉を騙《だま》しつづけていたのだ。

「勘太と暮らしたくって逃げた女を、どうして探さなくっちゃならねえんで？」

な気がした。

「今は違う」

と、政吉は言った。胸のうちに貼りついていたものを、自分でむりやり剝《は》がしたよう

「女房に逃げられた上、春睡楼の社中からもばかにされて、隅っこへ押しやられたんじゃ、俺の立つ瀬がねえ」

「そうなったのも、自分のせいじゃありませんか」

政吉はおくらを見た。おくらも政吉を見返した。

そのおくらの顔に、お捨の顔が重なった。お捨は、心配そうな表情で政吉を見つめていた。

木戸番小屋へ行くのをあとまわしにしてよかったと、政吉は思った。おくらに何を言われ、どんなに後味のわるい思いをしようと、木戸番小屋へ行けば消えてしまう筈だった。

政吉は、澪通りへ急いだ。

風がつめたいせいか戸をたてて、わずかばかり開けている薄暗い土間をのぞくと、お

捨が床几《しょうぎ》に腰をおろして、弥太右衛門あたりから借りたらしい絵草紙を読んでいた。

土間の薄闇に濃い影がさして、人のきたことに気がついたのだろう。お捨が絵草紙から顔を上げた。ふっくらとした、なつかしい顔だった。

政吉は、土間へ飛び込んだ。できることならお捨の膝にすがり、女房に逃げられたと泣き出したかった。

が、政吉は、むしろひややかな口調で、おくらに話したのと同じことをお捨に打明けた。

「まさか、そんな……」

想像していた通り、お捨は絵草紙を落として立ち上がり、寝ている笑兵衛を起こしに行った。

「ね、あなた、どうしましょう?」

「探しに行くよりほかはない」

笑兵衛は、寝床から出て土間へ降りてきた。すぐにおきくを追って行くつもりのようだった。

「心当りはないのかえ?」

「いや」

また口の中がかわいてきた。政吉は、低い声で、おきくが遠縁の家へ行ったように見せかけたいのだと言った。

「ほんとうに、それでいいのかえ？」

笑兵衛が政吉を見た。政吉は、黙ってうなずいた。

「それじゃ、うちの婆さんと、太九郎さんにでも行ってもらうことにしようよ」

でも——と、笑兵衛は言い添えた。

「おきくさんが逃げて行きそうな、心当りを教えてくんな」

「へえ」

政吉は、深々と頭を下げた。笑兵衛は、あちこちにいる知りあいを頼んで、おきくを探すつもりらしかった。

明りの色

外は宵の口の闇だが、家の中には夜更けの闇がこもっているようだった。それが、店の戸の間からあふれ出しているように見える。

政吉は、路地へ入った。

店は三日前にお捨が掃除をしてくれたのだが、昨日、砂まじりの大風が吹いて、どこも埃《ほこり》だらけだった。錠をおろしていないのに、砂埃のせいで素直には開かなくなった戸を、政吉は力まかせに開けた。

その音を聞きつけて、立ってきてくれる人のいるわけがない。おきくは、半年も前に家を出て行った。

笑兵衛に頼まれて、炊出しにいる勝次や、岡っ引の伝次などが、川崎や板橋あたりまで足を延ばしてくれたようだが、おきくと勘太らしい二人連れを見た者はいなかった。

二人は落ちあう先をきめて、別々に江戸を離れたのかもしれなかった。

政吉は、

た。

「今、帰った」

と、口の中で言ってみた。かびくさい闇が、濃くなっただけだった。さほど酔っているわけではないのだが、政吉は、わざと足をふらつかせて部屋に上がった。

夜更けの闇がこもっていると見えた奥の部屋に、開け放しの窓から月の光がそそがれていた。そのかわりに、間もなく梅雨のはじまるむし暑さがたっぷりとたまっていて、軀中にまつわりついてきた。

あれからすぐに新しい賃粉切《ちんこぎ》りを雇い、講宿《こうやど》でまごまごしていた女を女房の病が癒《い》えるまでという約束で雇いはしたのだが、簞笥《すさ》に女物の衣類があり、台所の戸棚に小ぶりの茶碗や湯呑みがのっていても、どこか荒んだ感じがしたのだろう。

まず小女が暇をとり、間もなく賃粉切りの男もやめていった。

この半月はほとんど店を閉めたままで、商売をする気がないのなら、裏通りの仕舞屋《しもたや》へ引越してくれりゃいいのにと、隣りの茶漬屋あたりが言いはじめている。

茶漬屋にいわれるまでもなく、引越は政吉も考えた。

が、賃粉切りと小女は、政吉が二階から降りてきたことも知らず、外へ聞えるような大声で喋っていたことがあった。

「旦那は、じきにおかみさんが帰ってくるようなことを言っていなさるけど、おかしいとは思わないかえ？」

「おかしいともさ。おかみさんが病気になったからって、何で賃粉切りまでが暇をとるんだ」

「それさ。わたしゃ、旦那に、おかみさんはどこへ行っておいでなんですかと聞いてみたけれど、旦那は、へどもどするだけで答えられなかったもの」

政吉に気づいて、二人はあわてて口を閉じたが、階段を降りる足音にも気づかぬほど夢中で話していることなら、井戸端でも喋るだろう。

賃粉切りは菓子屋の女房に喋り、小女は茶漬屋で働いている女に喋る。菓子屋の女房はすぐ亭主に言って、茶漬屋の女は、多少その気があるらしい玩具屋の息子に、ひそひそ話のできるよい機会だと、喜んで話しに行くだろう。

煙草屋の政吉が女房に逃げられたという噂は、おそらくもう、この界隈《かいわい》にひろまっている。

が、人々は、その噂を面白がりながらも、まだ半信半疑でいるにちがいなかった。

あの夜、お捨は、弥太右衛門の女房を連れて、政吉の家をそっとたずねてきてくれた。政吉は急いで駕籠を呼びに行き、弥太右衛門の女房が手拭いで顔をかくしてその駕籠に乗った。

お捨と政吉が駕籠脇について、弥太右衛門の幼馴染《おさななじ》みだという医者の家まで行ったのである。

その声や物音を、菓子屋の女房も茶漬屋の亭主も聞いている筈だった。小女や賃粉切りの話にうなずいても、あの物音はいったい何だったのだろうと考えているだろう。

だから引越はできないと、政吉は思った。

ここで引越をすれば、やはり政吉はおきくに逃げられたのだということになる。狂歌の添削《てんさく》で手いっぱいなのだ、煙草屋の商売ができなくなったのだと、どれほど政吉が弁解しようと、いたたまれなくなって店をたたんだのだと、人々は笑いながら噂するにちがいなかった。

が、引越をしなければ、噂は、おきくがいなくなったのは駆落かもしれないというところで足踏みをする。

何としても噂に足踏みをさせておかなければならなかった。

大口太々九《おおぐちのたたく》は、おきくが箱根で湯治《とうじ》をすることになり、小田原に住んでいる遠縁の者を頼って行ったというお捨の言葉を信じているらしいが、目上瘤成《めのうえのこぶなり》や峰松風《みねのまつかぜ》は、噂の方に真実味があると、冗談のように言っているそうだ。松風先生もひどいことを仰言《おつしや》ると、告げ口をよそおいながら政吉のようすを探りにきた社中もいた。

俺あ、塩売りにゃ戻りたくねえ。

だから、どれほど居心地がわるくても引越はしない。そして、折を見て、おきくが死んだことにする。

政吉は、月の光を頼りに台所へ立って行き、甕《かめ》の水を湯呑みに汲んだ。一口飲んだが、水までがかびくさいような気がした。さすがのお捨も、甕の水を新しくするのは忘れたようで、五日前にきてくれた時のままになっている。かびくさくなるのも、当り前かもしれなかった。

政吉は、残りの水を流しにあけて部屋へ戻った。

狂歌の添削も食事も、それ一つですませている机を隅に寄せ、仰向《あおむ》けになる。一眠りしたかったが、眠れそうになかった。つめたい水を飲みそこねたのどが、今にも貼りついてしまいそうに粘ついていた。

政吉は、半身を起こした。

井戸端まで行くのは億劫《おっくう》だったが、のどのかわきにはかなわない。政吉は、手桶《ておけ》を持って庭へ出た。

井戸は、幾枚かの板で蓋《ふた》をされていて、その上につるべが置かれている。当然のことだが井戸端には誰もいず、板の蓋を開ける音も、妙に物哀しく響いた。

「おきくさんは、きっと見つかりますよ」と、お捨は、政吉と顔を合わせるたびに言う。伝次が手をまわしてくれて、下っ引達がそれとなく行方を探っているようだが、今になっても見つからぬのではもう無理だろう。

お捨も、「おきくさんは、きっと帰ってきますよ」とは言わない。家を出た女が戻ってくるとは、お捨も思っていないのだ。

政吉は、手桶へ汲む前の水を、つるべに口をつけて飲みながら、あらためて自分はおきくに捨てられたのだと思った。

手桶の水を台所へはこんだものの、今度はむし暑さのたまっている部屋へ戻る気がなくなった。

政吉は、水のついたあごを撫でながら裏口を出た。つい近頃山本町の裏通りに店を出した茜屋《あかねや》という縄暖簾《なわのれん》なら、まだ入口の掛行燈《かけあんどん》に明りが入っているかもしれなかった。八幡宮の立木がおおいかぶさってくるような裏門前の道を、化物が出はしないかとおびえているのだろう、若い女が下駄の音を響かせて、一目散に駆けて行く。湯屋へ行くのが遅くなった茶店の女のようだった。

おきくも臆病《おくびょう》だったと、ふと思った。湯屋へ行くのが遅くなると、遠廻りをして帰ってきたものだった。

風の強い夜に柱のきしむ音を怖がって、二階に何かがいそうだと、政吉にようすを見に行かせたこともある。

政吉は、そんなおきくを放っておいた。子供ではあるまいしと、夜の留守居をいやがるおきくを笑い、吉原で三日も流連《いつづけ》をしたことがあった。風の音におびえたおきくが、帰らないで——と勘太の袖を掴《つか》むことがあったとしても不思議ではない。

「それが、どうしたってんだ」

今更、何を言ってもはじまらない。逃げて行った者は逃げて行った者、残された者は残された者だ。お互いにこれから先を考えた方がいい。

政吉は、小石を蹴って歩き出した。小石は、八幡宮の周囲を流れている小川に落ちた。その水音を背にして、政吉は、小川沿いの道を右に曲がった。

八幡宮の木立の中では、鳩が鳴いている。小川のせせらぎに混じって、足音が聞えたような気がしてふりかえったが、誰もいなかった。

突き当りは、このあたりでは十五間川と言っている油堀で、月の光を撥《は》ね返しながら流れている。

深川は、川と堀割《ほりわり》の町であった。ほとんどの町の表や裏、或いは横で川か堀割が水音をたてていた。そして、川と同じくらいに岡場所《おかばしょ》も多かった。

政吉の住んでいる門前仲町にも、子供屋と呼ばれる店の並ぶ一劃《いっかく》があり、深川七場所の一つにかぞえられている。

団子屋の角を曲がらずに歩いて行くと、すぐ道の右側に、店の名を記した札のかかっている木戸がある。その木戸をくぐれば、濃化粧《こいげしょう》の女達が声をかけてくる子供屋が両側に並んでいた。

かつて政吉が煙草を売り歩いていた越中島町の新地、新石場《しんいしば》、古石場《ふるいしば》も七場所のうちで、居酒屋へ行くつもりの山本町にも、表櫓《おもてやぐら》、裏櫓《うらやぐら》、裾継《すそつぎ》などというところがある。

政吉は、十五間川に沿って左へ曲がった。

山本町の裏河岸通りで、そこに五、六軒の子供屋がある。裾継だった。

流行るものの一つにかぞえられたほど、繁盛していた時もあったというが、今は新地や仲町におされ、その頃の面影はない。

茜屋は、裾継の先、十五間川からの入堀にかかっている亥ノ口橋《いのくちばし》のたもとにあった。

「ちょいと、いい男の旦那」

茜屋の掛行燈に気をとられていた政吉の袖を、濃化粧の女が引いた。

「用事があるんだよ、俺あ」

政吉は、その手を邪険《じゃけん》に振り払った。

店の明りも、こころなしか薄暗く見える流行らない場所の女は、道行く男の袖を引くのもおざなりなのだろうか、政吉の手が肩を押しただけで、女は他愛なく尻餅をついた。

「おっと。勘弁してくんな」

引き起こしてやろうと政吉が差し出した手を、女は力まかせに叩いた。

「一人で起きられるよ、ばかやろう」

叩かれた手を思わず撫でた政吉に、女の罵声《ばせい》が降りかかった。

「ふん、間の抜けた面をしやがって。用事があるなら、こんなところを通るんじゃねえや。裏の路地でも走って行きな」

「ちげえねえ」

「妙なところで納得するんじゃないよ」

女は、政吉の足許に唾を吐いた。

月の光のせいだろうか。青白い肌の、切長な目の淋しげな女だった。

政吉は、もう一度詫びを言って歩き出した。女は腰のあたりについたらしい泥を払っていて、返事もしなかった。

したたかに酔って、足許もあやうい男とすれちがった。そのあとを、これも足許のふらつく男が、前の男を呼びながら追いかけてくる。名前を呼ばずに、「兄哥《あにい》」と言っているところをみると、居酒屋で意気投合した仲なのだろう。裾継へ行くつもりなのかもしれなかった。

罵《ののし》りあう声がする。裏櫓あたりで、喧嘩がはじまったらしい。

が、ここまでくれば耳に入る筈の、居酒屋での騒ぎが聞えてこない。

このあたりの居酒屋では、舟ではこんできた荷を川岸の蔵へ引き上げる男達が、夕飯がわりの酒を飲んでいることが多く、雇い主の吝嗇《りんしよく》ぶりやその女房の縹緻《きりよう》などを肴《さかな》にして、女将が暖簾をしまいはじめるまで騒いでいるのだった。

茜屋へ飛び込もうとした政吉は、外へ出てくる女将と鉢合せをしそうになった。たたらを踏んで立ち止まって、店の中をのぞいてみると、客は、酔いつぶれて寝ている男のほかには誰もいない。入れ込みの座敷の行燈も消されていた。

女将が、たすきをはずしながら言った。

「すみません。今日はもう、おしまいにしたのですけど」

「早いじゃねえか。まだ宵の口だぜ」

「ええ。実は先刻、ここで一悶着《ひともんちゃく》ありましてね。人数の少なかった方が、仲間を集めて仕返しにくるってんで、皿や丼をわられちゃたまらないから、戸を閉めることにしました。このお人も今、追い出します」

裏櫓での罵声も、次第に大きくなっている。

「この間は、この店の中ではじまっちまってね。腰掛けの樽までこわされました」

そういえば、面白い店ができたと言って裏通風呂主《うらどおりのふろぬし》がこの店へ連れてきてくれた時は、焼魚の皿が一人一人違っていた。

政吉は、苦笑して店を出た。

裾継の女の言う通り、路地を通って家へ帰ろうかと思った。が、数日前から家にこもったままの、むし暑い空気の中へ戻る気はしない。

政吉は、十五間川沿いの道を風に吹かれて歩き出した。

　喧嘩の声は、まだ聞えている。家に帰るつもりではあったが、あの女がまだ店の前に立っていたら上がってもいいと、頭の隅で考えてもいた。

　裏櫓での言い争いに茜屋の喧嘩の意趣返《いしゆがえ》しが加われば、このあたりまで大騒動になるかもしれない。政吉は、ひさしぶりに天秤棒をふりまわしてみたくなった。大声でわめきちらし、誰かれかまわず力まかせに殴りつけたなら、おきくが逃げたことをひた隠しにして穏やかな笑いを浮かべていなければならない胸のうちが、どれほど清々《せいせい》とすることか。

　が、できはしない。

　政吉の武勇伝は、茜屋の女将から、そこへ時折顔を出すらしい風呂主に伝えられ、たちまち太々九に報告される。お捨の言葉を信用している人のよい太々九も、天秤棒をふりまわして幾人かに傷を負わせた政吉には苦い顔をする筈だ。

　いや、それ以上に、地本問屋の丸屋甚八がいやな顔をするだろう。荷揚げを正業《なりわい》とする男達に傷を負わせ、奉行所沙汰になるところを十手持ちに金を渡し、額を地面にすりつけて見逃してもらった男の狂歌本など、つくれはしないと言い出すかもしれない。

　商人は奉行所沙汰を極端に嫌う。十手持ちに目をつけられた男の狂歌本が、正月の挨拶に使われるわけがなかった。

「喧嘩もできねえのかよ。くそ——」

力まかせに小石を蹴った。

十五間川へ蹴込むつもりだったのだが、力があまって見当が狂ったらしい。

小石は反対の方へ勢いよくころがっていって、「痛――」という悲鳴があがった。先刻の女だった。

「ちょいと。お前さんは疫病神かよ。お尻に痣《あざ》をつくってくれたかと思や、今度は向う脛《ずね》だ」

「すまねえ。そっちへころがるとは思わなかったんだ」

「こっぴどく振られたんだろう。相手は誰だえ。茜屋の女将さんかえ?」

「ひょっとすると、お前かもしれねえぜ」

政吉は、女に近寄った。月の光を浴びている淋しげな顔立ちに、うっすらと笑みがひろがった。

「お前、名前は?」

「うた。三春屋のおうたさんだよ」

「気に入ったぜ。可愛い顔をしてらあ」

「ちょいとお待ち」

おうたは、自分の背に手をまわして店に入ろうとする政吉を押しとどめた。

「先に言っておくけど」

長い睫毛《まつげ》にかこまれた、おうたの淋しい目が政吉を見た。

「近頃、妙な咳が出るんだ。わたしゃ労咳《ろうがい》かもしれないよ」

政吉もおうたを見た。おうたは、溜息のような短い笑い声を漏らして横を向いた。

「なぜ、そんなことを言う」

「伝染《うつ》ったら困るだろ」

「そりゃ困るが」

客をとれない遊女ほど惨《みじ》めなものはない。食事もろくにあたえられず、すさまじい折《せっ》檻《かん》をされて、死んでゆく者も少なくないのだ。

「お前の縹緻《きりょう》だ。黙っていりゃ、いくらでも客はつくだろうに」

「そりゃ、板頭《いたがしら》になったこともあったさ」

おうたは、また短く笑った。

路上で客を引かず、子供屋で客のつくのを待っていればよい、呼び出しという遊女であった時代もあるらしい。最も流行《はや》る遊女を板頭といい、板頭となった時に仲間達へ蕎麦をおごる風習があることくらいは政吉も知っている。

が、今のおうたは、客に呼び出されてゆく遊女ではなかった。かかえられている妓楼で客をとるのである。呼び出しの頃から自分の病いを客に打ち明けて流行らぬ遊女となり、格下の店へ移されたにちがいなかった。

政吉は、おうたが声をかけてきた時を思い出した。あれは、店の者の目をごまかすためのものだったのかもしれなかった。おうたは、簡単に振り払われるように、政吉の袖を軽く握っていたのだった。

「なぜ病いを隠さねえ」

「隠してるさ。隠さなかったら、たださえ少ないおまんまを、まるで食べさせてもらえなくなっちまうもの」

「それは、店の者に隠しているのだろうが」

「店の者に隠しておきゃあ沢山だ。遊女はわたし一人じゃない、わざわざ労咳《ろうがい》持ちの遊女を抱いて、病いを背負い込むことはありゃしないよ」

「そんなことをしたらお前が……」

「ちょいちょい、ひどい目にあうけどね」

女は、声をあげて笑った。力のない声だった。

「でもさ、客を沢山とって、おまんまを食べさせてもらえたとしても、どうせ病いで死んじまうんだよ。だったら病いを伝染《うつ》させないようにして、よくやったとお閻魔《えんま》さまに褒《ほ》めてもらった方がいいじゃないか」

「一人、物好きがいたと、お閻魔さまに言ってくんな」

政吉は、女の薄い肩に手をまわした。妓楼の入口にかかげてある明りの色も淋しかった。

絶　縁

政吉の顔を見ると、おうたは、いそいそと机を部屋の真中へはこんできた。

政吉は、持参した風呂敷包みをといて、添削希望の狂歌をその上にひろげた。

おうたが、箪笥の上に片付けられていた硯箱をとってくれる。その手をとると、おうたは、笑みをひろげた頬へ政吉の手を押しつけてから、すっと手をひいて立ち上がった。

若い衆にも遣手《やりて》にも、たっぷりと祝儀を渡し、酒も肴もそちらで片付けてくれと頼んであるので、誰もくる気遣いはない。

おうたは手あぶりに寄りかかって、灰へ文字を書きはじめた。

政吉は、添削に没頭する。三春屋へ通いはじめた頃は、おうたを抱いていてもどこかで苛立っていたが、今は、この塗りのはげた机に向っている時が、一番気持が落着いた。

ちらとおうたを見ると、おうたも政吉を眺めていた。

身の上話をしたことがないので詳しいことはわからないが、父親の借金を返済するために売られてきたらしい。若い衆も遣手も同じようなことを言っていたから、嘘ではないのだろう。もっとも、苦界（くがい）へ身を落とす女は皆、肉親の不幸や失敗を一人で背負っているようなところがある。

おうたが咳をしはじめた。

このところ顔色もよく、咳込むこともなかったのだが、近頃の寒さがこたえたのかもしれない。手拭いを口に当て、肉づきの薄い肩をふるわせて、いつまでも力のない咳をしている。

政吉は筆をおいた。背をさすってやろうと思った。が、その前に咳はやんで、おうたが「大丈夫だよ」と言った。

「ごめんよ、仕事の邪魔をしちまって」

「なに、もうお終《しま》いさ」

政吉は、硯箱の蓋を閉めた。

おうたが部屋を出て行った。茶をいれてくれと頼みに行ったのだろう。

その間に、政吉が添削のすんだ狂歌を風呂敷に包んだ。

部屋へ戻ってきたおうたが、嬉しそうな顔をして、政吉によりかかる。「待て待て」と言いながら、政吉も片方の手で机を隅に寄せ、おうたを抱き寄せた。

おうたの口を吸う。

病いのことが始終頭にあるらしいおうたは懸命に顔をそむけ、両手で口をおおったが、政吉は、強引《ごういん》にその手を取り払った。

遣手が、はこんできた茶を敷居際へ置いていった。

「ばか――」

と、おうたが言った。

「伝染《うつ》ったらどうするのさ」

「伝染りゃしないさ」

唇に、おうたのにおいが残っていた。

「万一、伝染った時は、一緒にお閻魔様へご挨拶に行くよ」

おうたが政吉の胸に顔を埋めた。政吉もおうたの髪へ頬をつけた。そのとたんに、

「お直しで」

と言う若い衆の声が聞えた。

「もう一本頼むよ」

政吉は、ふりむきもせずに答えた。

深川は、線香の燃えつきるまでが遊女と一緒に過ごせる時間なのだが、一本は狂歌の添削をしている間に消え、直したあとの一本も、どうかすると、ただ黙って寄り添っているうちに消えてしまう。

政吉は、遣手がおいていった湯呑みへ、おうたの髪に頬をつけたまま手をのばした。

「何だ、これは」

茶ではなく、ただの水だった。

「あら、それはあたしの……」

顔を上げたおうたが、あわてて湯呑みを取り上げた。湯呑みには、赤い縞《しま》模様が入っていた。

「遣手の婆あを呼んでくんな」

政吉は、不快そうに言った。

「俺あ、お前が茶も飲ませてもらえねえほど、少ねえ祝儀を渡しちゃいねえぜ」

「わかってるよ、そんなこと」

おうたは、両手で湯呑みを持って俯《うつむ》いた。

「わたしには水をくれって、頼んであるんだよ」

「どうして」

「水が好きなんだよ」

「嘘をつけ」

政吉は、もう一度敷居際へ手を伸ばした。まだ生温かい湯呑みが指先に触れた。

「俺がはじめてここへ上がった時は、のどがかわくと言って、茶ばかり飲んでいたじゃねえか」

「そうだったかね」

おうたは水を飲み干して、また政吉の胸に頬を埋めた。

「黙っていようと思ったんだけど」

と言う。

「お稲荷《いなり》さんに願《がん》をかけたんだよ。お前さんに病気が伝染りませんようにって。それで、お茶断ちをしているんだ」

「そうか――」

政吉は、遣手がおいていった盆の上へ湯呑みを戻した。おうたは政吉にもたれかかり、政吉の袖を指にまきつけている。

「俺もつきあうぜ」

と、政吉は言った。

「俺もお稲荷さんに願をかけて、茶断ちをする」

「伝染りませんようにって？」

おうたが政吉を見上げた。

「ばか」

政吉は、おうたの額に自分の額をつけた。おうたの切長な目がますます大きくなって、幾度もまばたきをした。

「お前の病いが癒《なお》るようにと頼むんだよ。何なら鳥居の中で天秤棒を振りまわして、早く癒してやれと、お稲荷さんを脅《おど》してやってもいい」

「何を言い出すのかと思ったら」

おうたは、政吉の頰を両手ではさんだ。

「お稲荷さんを脅したら、罰《ばち》が当るよ」

「いいさ。今の俺にゃ怖いものはねえ」

おうたは、ひっそりと笑って口を閉じた。

おうたが心底から愛《いとお》しく、大事にしたいと思っているのなら、稲荷大明神に罰を当てられては困る筈であった。罰を当てられてなお、おうたを大事にできるわけがないのだが、政吉はそのことに気づいていない。

女房に逃げられた淋しさや、それを隠しつづけねばならぬつらさで開いた政吉の胸の空洞に、たまたま自分がおさまっただけだと知っても、おうたは不平を言うような女ではなかった。おうたが、政吉の頰をはさんでいた手を首にまわしてくる。瘦せた軀を、政吉の膝の上へのせるつもりのようだった。

政吉も、黙っておうたの背へ手をまわす。時折は、このまま死んでもいいと思うことがあった。

「まことにどうもあいすみやせん。旦那、お直しの時刻になりやしたが」

若い衆の声が聞えた。

「わかったよ。今日はこれで帰る」

おうたが、政吉の膝から降りた。

障子が開いて、若い衆が顔を出す。

「ええ、本日は有難うございやした」

政吉におうたが遊女であることを、いやでも思い出させる瞬間であった。

政吉は、おうたをふりかえった。おうたは窓に寄りかかって、暮れきった十五間川を眺めていた。

大盤振舞い《おおばんぶるま》の祝儀がきいて、政吉が帰る時には、三春屋の女将は無論のこと、若い衆に遣手から、女中までが見送りに出る。政吉は、おうたに近いうちにまたくることを約束して木戸口を出た。

酔った足音が近づいていることには気がついていたが、まさか木戸の前で立ち止まるとは思わなかった。

おうたをふりかえった政吉は、酔った男に突き当り、男は道の真中に、政吉は木戸の中に尻餅をついた。

かかえていた風呂敷包みが、どういうはずみか木戸の外へ飛んでゆき、くるんであった半紙の束《たば》が散らばった。

「気をつけろい、頓馬《とんま》め」

酔った男が、起き上がろうともがきながらろれつのまわらぬ舌で罵《ののし》った。

木戸の内ではおうたと女将が政吉に駆け寄ってきて、そのうしろを走ってきた若い衆は、立ち止まらずに外へ出て行った。起き上がれずに地面へ寝てしまいかねぬ男を、抱き起こしに行ったのだろう。

「大丈夫かえ?」

おうたがのぞき込むのへいい加減にうなずいて、政吉は、風呂敷包みを取りに行こうとした。

右の足首に痛みが走った。尻餅をついた拍子にひねったらしい。

が、大半の添削を終えた狂歌が、川風にあおられて飛んでいっては一大事だった。政吉は、おうたの肩を借りて立ち上がり、木戸の外へ出た。

酔った男は、懸命になだめている若い衆に、手に傷がついたの足の骨を折ったのとわめいている。おうたに寄りかかって出てきた政吉を見て、その声が大きくなったようだった。

政吉は、風呂敷包みへ手を伸ばした。

それよりも一瞬早く、十五間川から吹いてきた風が、二、三枚の半紙をさらっていった。

「手前《てめえ》、ここへきて、あいすみませんでしたと手をついてあやまりゃあがれ」

わめいている男にはとりあわず、風呂敷包みを拾っているおうたもそこへ置いたまま、政吉は、足をひきずりながら狂歌の半紙を追った。

「野郎、逃げる気か。俺の手と足の傷はどうしてくれるんだ」

「擦《す》り傷ですよ、旦那。が、膿《う》んではいけやせんので、うちで洗って差しあげやす」

「ばかやろう、酔っていたって、そんなことでごまかされるかってんだ」

人だかりがしはじめて、調子にのった男の声が次第に大きくなった。

風にあおられて飛んでゆく半紙は、足をひきずってゆく政吉には、なかなか追いつけない。

「おっと――」

茜屋から出てきた男の一人が、地面に落ちた一枚を踏みそうになった。あわてて拾い上げて、政吉に渡してくれる。地を這《は》うように飛んでいた残りの二枚も、連れの男が押えてくれた。

「三枚だけで、よろしゅうございますかね。これも踏んでないと思いますが」

「有難うございます。お蔭で……」

礼を言いながら頭を上げると、相手の持っている提燈《ちょうちん》の火が連れの男の顔を照らしていた。政吉は、あとにつづく言葉を飲み込んだ。

提燈の火は、同時に政吉の顔も照らしていたにちがいない。

「お前さんは——」

二枚を拾ってくれた連れの男が言った。

「三鶴さんじゃないか」

裏通風呂主だった。

その足許を照らしていたらしい提燈を、今は政吉の方へ向けているのは目上瘤成、大和屋桝蔵で、しきりに政吉のきた方角を眺めている。

政吉も思わず木戸のあたりをふりかえったが、桝蔵の視線は、ふいに政吉の手にそそがれた。

政吉は、拾ってもらった半紙を持っていた。あわてて懐へ入れたが、それが何であるかは、風呂主にもわかっただろう。

酔った男はまだ、手をついてあやまれとわめいている。

こないでくれと思っていた足音が近づいてきた。おうたが駆けてきたのだった。

何も知らぬおうたは、酔った男に連《つ》れがいるようだから、気をつけて帰れと息をはずませて言った上、「これ——」と、風呂敷包みを差し出した。

中に入っているのは、添削を頼まれた狂歌だと、桝蔵ばかりではなく、風呂主にもわかったにちがいなかった。

家まできてくれという大口太々九からの使いがきたのは、その翌日のことだった。

用件はわかっていた。風呂主も桝蔵も、昨夜の出来事を黙ってはいない。早速、太々九へ知らせに行った筈で、太々九は、遊女屋にまで添削の仕事を持ち込むとは——と、苦い顔をしているのだろう。

政吉は、すぐに行くと答えて使いの男を帰した。

昨夜から、言訳の言葉を考えてもいるのだが、太々九に、岡場所の女とは縁を切れと言われた時のそれだけは、どうしても思いつかない。

おうたの淋しげな顔を脳裡《のうり》に描きながら、政吉は家を出た。

太々九は、佐賀町の家で、酒の支度をして待っていた。

「ま、楽にしておくれ」

今は障子が閉められているが、鉤《かぎ》の手に曲がった縁側を歩いてきた時に見た庭は、質素な門構えからは想像もできない凝《こ》った造《つく》りで、一間足らずの高さながら、岩をのぼっていったところに四阿《あずまや》までつくられている。

「いいだろう?」

と、太々九が、政吉の視線の先を見て言った。

「もう少し暖かかったら、あそこで酒を飲んでもいいのだがね」

太々九は、大仰《おおぎょう》に寒そうなしぐさをしてみせた。

「ここ二、三日、夕暮れから急に冷え込むようになっただろう。年齢《とし》をとると、風流も何もあったものじゃない。風邪をひかぬのが一番だ」

銚子をとって、政吉に猪口を持つようにすすめる。なみなみとつがれた酒は、三春屋で出されるものとは比べものにならぬほど上等なのだろうが、太々九が何を一番先に言い出すかが気がかりで、味はわからなかった。

「わたしがお前さんを何で呼んだのか、見当はついているのだろう?」

と、太々九は言った。

政吉は、猪口を置いて頭を下げた。

「申訳ないことをしました。みっともない真似をしたと、今でも冷汗が出ます」

「お前さんのおかみさんは長患《ながわずら》いをしているんだ、誰も岡場所へ行くなとは言わないさ」

太々九が銚子をとった。一口飲んだだけの政吉の猪口へまずついで、自分のそれもいっぱいにする。

「が、遊女とふざけっこをしながら添削をしているとわかったら、社中みんなが顔色を変えて怒るぜ」

「すみません。――ふざけっこはしちゃいませんが」

「茜屋の女将が風呂主に言ったそうだぜ」

猪口をとろうとした政吉の手が止まった。

「お前さん、大分、三春屋へ通っているそうじゃないか」

政吉は、答えずに俯いた。

「それでは添削をする暇がなくなる筈だよ」

太々九は、政吉の言訳を待つように言葉を切った。

政吉も、いつもは添削をすませてから遊びに行くのだが、たまたまあの日は思うようにはかどらず、つい持って行ってしまったのだという、用意してきた言訳を口にした。が、
太々九は、あまり熱心には聞いてくれなかった。

「ま、仕事を持って行ったのは、たまたまであったとしようよ。が、たまたまであったにせよ、仕事をかかえてまで遊びに行くのは、よほどのことではないのかえ？」

「一言もありません。昨日は、どういうわけか、無性に会いたくなっちまって」

「昨日だけかえ？」

ちょっとためらってから、政吉はうなずいた。

「ほんとうだね？」

太々九は、この男にはめずらしく、強い口調で念を押した。

「いいかえ、お前さんは、春睡楼のまとめ役なんだよ。まとめ役は女と遊んではいけな

いなどと、野暮《やぼ》なことは誰も言やあしない。遊ぶのは結構だが、店は閉めたきり、添削は遊女屋でというような、だらしのなさは困るんだよ」

「へえ――」

「三鶴は女房に逃げられたと、瘤成などは言っている。が、おきくさんは病気だと、木戸番小屋のお捨さんや笑兵衛さんは言っている。ほんとうかと疑わしそうな顔をしたら、あの無口な笑兵衛さんが、病気とは気の病いと書くのだとこわい顔をしたよ。いいお人が、お前のそばにいるじゃないか」

政吉は口を閉じた。

「だから、わたしも、お前さんが逃げられましたと言わないかぎり、瘤成の言うことは信じないことにしている」

太々九は、そこで言葉を切って政吉を見つめた。

政吉は、酒をつがれたままの猪口へ目をやった。が、手を伸ばすのもためらわれて、やむをえず太々九へ視線を戻した。太々九は、それを待っていたように口を開いた。

「が、裾継の女にのぼせあがって入りびたりじゃ、線香の消えるのが気になって、添削に身が入るわけがないじゃないか。そういう男に、まとめ役はまかせられないんだよ」

答える言葉は見つからなかった。政吉は、黙って頭を下げた。

ま、飲んでおくれと、太々九は苦笑しながら言った。

「あまり、うまい酒じゃないだろうがね」

「いえ、俺のまわりはいい人ばかりだと、しみじみ思いました」

「そうさ。お捨さんや笑兵衛さんのような人は、ざらにゃいない。お捨さんは、めしを持って行ってもお前さんがいないと嘆いていたよ」

太々九は、目許にまで笑みをひろげて銚子を持った。

「そのぬるいのは、この丼にでもあけちまいな」

と、左手で空にした小鉢を出す。

「わたしはね、お前さんが好きなんだよ」

「恐れ入ります」

政吉が持った猪口に酒がつがれた。

「だから、よけいなことを言うと思うかもしれないが、聞いておくれ」

「へえ。何でしょう」

「怒らないでおくれよ。仮に、――仮にだよ、おきくさんがいなくなっちまったのだとしたら、そんなやけっぱちな暮らしをしているより、新しいおかみさんをもらった方がいいんじゃないかと思うんだよ」

「とんでもねえ、新しい女房だなんて」

「いやかえ？」

政吉の脳裡を、おうたの淋しげな顔が横切っていった。

おうたには、今こうしている時でも会いに行きたい。あの細い軀の中へ、溺《おぼ》れてゆきたかった。

「裾継の女か」

と、太々九が、政吉の胸のうちを見透《みす》かして言った。

「それほど可愛いかえ？」

「へえ」

「身請けの金を都合しようか」

「え？」

猪口に口をつけていた政吉が思わず顔を上げ、手が揺れたのか、酒が膝の上にこぼれた。

太々九は、横を向いて笑った。少々がっかりしたような笑い声だった。

「顔色が変わったよ。その女を女房にしたいのかえ」

「いえ」

政吉は猪口を置いた。

「労咳病みの女なんです、病いが伝染らねえかと心配しているのが可哀そうで――」

会ってやらずにはいられなくなると言いかけて、政吉は、胸の底によどんでいたものに気がついた。

おうたは可愛い。哀れな女だとも思っているし、やみくもに会いたくなることもある。が、もし、おうたが前途を悲観して、心中してくれと言い出したなら、首を縦に振るだろうか。しなだれかかるおうたの髪を撫でながら、このまま死んでしまってもよいと思ったのは、おきくに逃げられたことを内緒にしていたり、三度の食事を独りでとるのが惨《みじ》めで、何もかも面倒くさくなっていたからではあるまいか。

「わかった」

と、太々九が言っていた。

「お前さんがそこまでその女に惚れているのなら、わたしがよけいな世話をやくのはよしにしよう。実は、嫁いだ早々に亭主に死なれ、実家へ帰ってきているのが遠縁にいるのだが……」

黙っていれば、太々九はおうたを身請けして、佐賀町の裏通りの仕舞屋を借り、住まわせてしまうにちがいなかった。

「勘違いをしないでおくんなさい」

と、政吉は言った。

「俺あ、あいつが可哀そうでならねえだけなんで」

言っているうちに、木枯らしの吹きすさんだあとのように心が冷えてきた。

政吉は、猪口に残っていた酒を一息に飲み干した。言いかけたことは、言ってしまわねばならなかった。

「だから三春屋へ上がっても、あいつのそばに坐っていただけで帰ってくることがある」

「それが、惚れてるってことではないのかね」

政吉は、しばらく考えてから答えた。

「わかりません」

おうたには会いたかった。が、身請けをして囲い、戻ってくる筈のないおきくを待ちながら佐賀町あたりの裏通りへ通う自分を想像すると、何か違うような気もするのである。指折りの狂歌師として、春睡楼の頭《かしら》として、もっとほかの暮らし方があるようにも思えるのだ。

「正直に言います。俺あ、あいつを身請けしたら、面倒みのいい小女をつけてやって、俺は会いに行かなくなるような気がする」

「薄情な奴だ」

太々九は苦笑したが、不機嫌な顔ではなかった。政吉が、自分の気持を正直に打ち明けてくれたことが嬉しいのだろう。

「それじゃ、遠縁の出戻りをもらってくれるかえ」

「有難いお話ですが」

目の前を淋しげなおうたの顔が横切っていって、さすがに即答はできなかった。

「いやかえ？」

と、太々九が政吉の顔をのぞき込む。

「縹緻《きりよう》も気立ても、それほどわるい女じゃないよ」

「いえ、もったいないくらいのお話なのですが、俺にゃまだ、おきくという女房がいることになっているんで」

「死んだことにすりゃあいい」

太々九は、苦労したことがない人間特有の、おおらかな口調であっさりと言った。

「遠縁の家であずかってもらっていることになっているのだろう？　そこで死んだことにして、お前さんは、箱根へ湯治にでも行きゃあいい。わたしが、三鶴は女房の葬式に行ったと言っておいてやるよ」

「へえ――」

うなずいたものの、まだおうたの顔が目の前にちらついている。

太々九は女房を呼んで、熱い酒を持ってくるように言いつけた。話はまとまったと思ったようだった。

「裾継の女のことは、わたしにまかせておくれ。わるいようにはしない」

「へえ」

「よかったよ。わたしは、狂歌のうまい人に、春睡楼の頭になってもらいたいんだ。お前さんが裾継の女に夢中で、どこで添削をしようが俺の勝手だなんざと言い出したら、どうしようと内心では思っていたんだよ」

太々九のすすめる女なら、政吉が狂歌に明け暮れても不平を言わず、所帯を持てば、春睡楼狂歌を代表する丸屋三鶴らしい暮らしができるかもしれなかった。が、政吉は、それも少し違うような気がした。


太々九の使いが、三春屋にきたようだった。

それを、政吉は、おうたの口から直接聞いた。三春屋に上がったのである。太々九の家をたずねてから、三日後のことだった。

「身請けをしてくれるんですってさ」

と、おうたは言った。

寄りかかってきた軀が妙に熱い。熱を出しているのだろう。

おうたは、いたずらを見つけられた子供のように首をすくめて笑った。

「でも、断っちまった」

政吉は思わず寄りかかっているおうたから身を引いて、その顔を見つめた。行燈の薄暗い明りが揺れて、おうたの顔は、笑っていても淋しげだった。

「どうして断った。身請けしてもらえば、ゆっくり養生《ようじょう》できるだろうが」

おうたは、笑うつもりだったらしい。が、笑い声のかわりに咳が出た。

「大丈夫か」

背を撫でようとした政吉の手から逃げて、おうたは、夜具の上に俯《うつぶ》せた。

「いいんだよ」

と、咳込みながら言う。

「この病いは、養生したって癒りっこないもの。わたしなんぞに大金を払うなんざ、無駄遣いもいいところさ」

「が、……」

それでは俺の気がすまねえと、政吉は言いそうになった。いつの間にかおうたを捨て、太々九の遠縁の女をもらう気になっていたのかもしれなかった。

「ねえ――」

咳のとまったおうたが、袂で口をおおってふりかえった。

「身請けをしたいって言ってくれた人、政さんの先生だろ？」

政吉は曖昧《あいまい》にうなずいたが、おうたの目が嬉しそうに輝いた。

「有難う。心配してくれて――」

政吉は、あぐらの膝に置いている自分の手を眺めた。嬉しそうなおうたと、まともに顔を合わせてはいられなかった。

「わたしゃ、政さんのその気持だけで沢山。布団部屋へ打棄《うっちゃ》られたって、幸せだよ」

「おうた――」

政吉は、おうたを抱き起こした。血の通う余地があるのだろうかと思うほど細い軀が、熱く火照《ほて》っていた。

「およしよ、政さん。わたしゃ、今日かぎりこないでくれと言うつもりだったんだ」

「なぜ」

「裾継の女を身請けしようなんざ、みっともなくって人に言えやしないだろ。まして、先生に言えるわけがない」

おうたの頰に涙がつたった。

「そのみっともないことを先生に頼んでくれたお人に、病いが伝染っちまったら、わたしゃ死んでも死にきれないじゃないか」

「いいよ。一緒に地獄へ行ってやる」

太々九の遠縁にあたる女のことも、春睡楼狂歌のことも、政吉の頭の中から消えた。政吉は、逃げるおうたを押えつけるように抱いて帯をといた。口といわず頰といわず唇をつけ、盛り上がりの失せた胸や骨のかたちを見せているような腰を飽かずに撫でて、やがておうたの中へ埋もれた。おうたは、政吉の背にすがりつきながら、まだ頬を涙で濡らしていた。

伝染らぬうちに帰れと言いながら、背にもたれかかっているおうたを突き放しもできず、政吉は、お直しの声を二度聞いた。

三本の線香が消えるまでのせわしない逢瀬《おうせ》で、裾継の木戸を出たのは、夜の五つ半（九時頃）にもなっていなかっただろう。十五間川沿いの道にはまだ人通りがあり、政吉は、頬かむりをして歩き出した。

八幡宮の木立ちが降らせる枯葉を、川からの風がはこんでくる。風は、衿首にも素足にも、ひんやりとつめたかった。

翌日、丸屋甚八からの使いがきた。

使いの男は、店を閉めきったままの濁った空気に顔をしかめながら、二冊の狂歌本が摺《す》りにまわったことを知らせた。師走の末には本となるようにと、摺師達をいそがせているらしい。

男が帰ったあとで、政吉は階段を上がった。留守の間にお捨がきてくれたのか、埃がなくなっている。店同様に閉めたままの二階の窓を開けると、さっぱりとした風が流れ込んできて、濁った空気を階下へ押し流していった。

政吉は、胸を反《そ》らせて息を吸った。俺は江戸で指折りの狂歌師なのだと思った。考えてみるがいい。政吉は親の顔も知らず、蜆売りとかっぱらいで育ち、旗本屋敷の中間や塩売りでその日を暮らしていた男ではないか。

それにひきかえ、遠縁の女をもらってくれと言っている大口太々九は、曽祖父以前の代から大地主なのである。かっぱらいで育った喧嘩政に、大地主と縁つづきの女を女房にして、正月には狂歌本が開板される暮らしが待っているのだ。

とりあえず、二階へ机をはこんでこよう。この少々つめたい風に吹かれて、頭の中も胸のうちもすっきりさせて、狂歌の添削にとりかかった方がいい。

政吉は尻端折《しりはしょ》りをして井戸へ行き、水をはねとばしながら顔を洗った。そのあとで、はこび上げた机の前に坐ると、ひさしぶりに、背筋を伸ばしたような気持になった。

が、開け放したままの窓から薄い闇が入り込んでくると、気持が落着かなくなった。おうたの部屋の、甘酸っぱい熱がこもっているようなよどんだ空気が恋しくなってくるのである。

政吉は、机の脇へ目をやった。

添削をすませた狂歌が、山のように積まれていた。

「これだけ片付ければ――」

遊びに行ってもよいのではないかと思った。

その考えにうなずいて、狂歌が書かれている半紙の上におうたの顔が重なった時に、裏口の戸が開いた。

「政吉さん、おいでですか」

お捨の声だった。政吉は、筆を放り出して階段を駆け降りた。

「ま、笑兵衛の言う通り――」

お捨は、笑靨《えくぼ》のできる手を口許にあてて笑った。

「政吉さんに会えないのは、わたしの出かける時刻がわるいって、そう言うんですよ。政吉さんのようなお仕事を持っている人が、昼間、おうちにいられるわけがないって。夜中にお掃除に行けるわけがないって、わたしはふくれっ面《つら》をしたんですけど……」

ともかく会えてよかったと、お捨は愛《いと》しい男に会えたような笑顔を見せて、風呂敷包みを差し出した。

「政吉さんのお弁当ですよ。海苔やら梅干やら、お粗末なしろものだけど、ま、召し上がって下さいな」

「すみません。いつもご心配ばかりかけて」

「いいえ、たまには政吉さんみたような、いい男の顔が見たくなるんですよ。気むずかしそうな笑兵衛の顔ばかり見ているのじゃねえ」

お捨は、首をすくめて笑った。

俺はどこかで道を間違えたのじゃないか、そう思った。地道《じみち》な商《あきな》いをする煙草屋の主人でいたら、いや塩売りでもいい、喧嘩をやめたただの政吉でいたら、今もあの狭い木戸番小屋で湯気のたつ味噌汁を吸い、屈託《くったく》なく笑っていられたのではないか。

「たまには政吉さんの方からうちへおいでなさいな」

と、お捨が言っている。政吉は、てれくさそうに衿首をかいた。

「その顔を見て安心しましたよ。それじゃ、これから笑兵衛がいそがしくなるので帰りますけど、今度は、いつくればいい？」

「いつでも。俺あ、いつでもお捨さんを待ってるんだぜ」

嘘ではなかった。嘘ではなかったが、お捨が帰ったあと、しばらくすると添削の筆がとまった。

おうたの熱さが、軀の中に甦《よみがえ》ったのだった。

「一緒に地獄へ行ってやる――か」

政吉は、おうたに言ってやった言葉を呟いた。あの時は、その言葉に嘘はなかった筈だった。

「地獄か」

政吉は、呟きながら立ち上がった。

蛤町まで行って蕎麦屋に入り、酒を飲みながら日の暮れるのを待った。町の裏を流れている黒江川に潮の入ってくる筈はないのに、なぜか、蛤町には海の香が漂っている。暮六つの鐘を聞いて、それからもう一度、一合の酒を頼み、普請や荷揚げの仕事を終えて、湯屋へ行く人影も少なくなってから腰を上げた。

裾継の木戸の前には、二、三人の若い衆が立っていた。六つ半になるかならぬかという時刻なのにもう喧嘩があり、燈籠が押し倒されているのだった。

おうたは、熱がひいたとかで、青白い顔に微笑を浮かべていた。あいかわらず、病いが伝染らぬうちに帰れと呪文のように唱えていたが、政吉がお直しを頼むのをとめようとはしなかった。

翌日も、蛤町の蕎麦屋で日の暮れるのを待って裾継へ行った。

その次の日は、黒江町の蕎麦屋で日暮れを待った。大分迷ったが、添削依頼の狂歌を幾枚か懐に入れた。太々九の顔と、お捨笑兵衛夫婦の顔が脳裡に浮かんだが、裾継へ向う足はとめられなかった。

添削の依頼はあいかわらず多かった。が、政吉の仕事は、まったくはかどらなくなっていた。

裾継から帰ってきた翌朝の目覚めは遅く、二階へはこび上げた机に向ったかと思うと昼になり、気をとりなおして筆を持つ頃には日暮れの七つが鳴って、目の前に裾継の明りがちらついてくるのである。

入会を希望する者も多く、月並《つきなみ》の会のほかに、噺家《はなしか》を呼んで陽気な『木枯しを聞く会』を開こうと言う者もあった。そんな話につきあっていると、添削をするどころか、食事をする暇もなくなった。

それでも、おうたに会いたかった。

しばらくすれば、太々九と縁つづきの女を女房にすることになる、いやでも春睡楼のまとめ役にふさわしい暮らしをすることになるとわかってはいるのだが、その日をひたすら待って、添削と入会の相談に明け暮れるのも、あじけない話だった。なるようになれ——と、政吉は思った。

その日は、さすがにおうたも、お直しを頼もうとする政吉をとめた。政吉は、「病いが伝染らぬうちに」と言うおうたに追い出されるように、早い時刻に裾継を出た。

十五間川の川岸に立ち、明りに背を向けて懐を探る。添削をすませた狂歌は、確かに入っていた。

ほっとして踵を返すと、裾継の木戸をくぐって行こうとする男が目に映った。見覚えのある軀つきだった。

政吉は、その男の顔を確かめようとした。が、男は子供屋へ上がることに決めたらしく、唇をへの字に曲げて木戸をくぐって行った。目上瘤成、——大和屋桝蔵であった。

その翌日は月並の会の打合せで、昼過ぎに太々九の家へ集まることになっていた。打合せのあとは、当然のように酒宴となる。政吉が裾継へ通っているとは知らぬ太々九は上機嫌で、昨日、裾継の木戸をくぐった桝蔵も、彼にしてはおとなしく盃を重ねていた。

酒宴がはて、政吉が家へ帰ってきたのは、夜の五つ半に近かった。木戸口まで出てきて政吉を待ち、今日はこられぬのかと、十五間川に吹き寄せる闇を透かして見ているかもしれないおうたの姿が脳裡をよぎったが、政吉も、さすがに出かける気にはならなかった。太々九は、政吉を『身内』と言ったのである。

次の日は、お捨がきた。それでしばらくは裾継への足が遠のくかと思ったが、その翌《あく》る日、おうたの顔ばかりが目の前を通り過ぎた。政吉は、それだけは添削をしておかなければならぬ狂歌を懐へ押し込んで家を出た。

蛤町で時間を潰し、闇の濃くなったところで、いつものように裾継へ向った。

先日の喧嘩のあとは跡形《あとかた》もなく片付けられていて、木戸にかかげられた子供屋の屋号が、燈籠の明りに見え隠れしている。

おうたは、また熱を出していた。

心細かったのだろう、いつもは病いの伝染ることしか心配しない女が、「近いうちに布団部屋へ投げ込まれるかもしれない」と、呟くように言った。

「俺が通ってくるうちは大丈夫さ」

と、政吉は笑った。おうたも、本音を洩《も》らしたことを後悔したらしく、「嘘だよ、嘘、嘘」と、政吉の腕の中へ這い寄ってきた。

「こう見えたって、まだ売れっ子なんだからね、縹緻よしのおうたさんは」

「知っているともさ」

政吉は、おうたを抱き寄せた。

「だから俺がやきもちをやいてさ、こうして通ってくるんじゃないか」

病いが伝染る——と、おうたがもがくものと政吉は思っていた。が、おうたは、痛いと言って笑い出した。二つに折って懐へ入れた狂歌の半紙が、かたい角《かど》をつくって、おうたの痩せた軀を突いたのだった。

政吉は笑いながら懐の半紙を出した。

「そういえば」

と、おうたは言った。

「昨日、わたしと仲のよいおひろさんが、政さんは狂歌師かと聞いていたっけ」

「何だって？」

政吉の声が尖《とが》って、おうたがうろたえながらつけ加えた。

「政さんのお知りあいらしい人が、おひろさんのお客になったんだって」

木戸をくぐって行った桝蔵を、いやでも思い出す。

「まさか、その通りだと言わなかっただろうな」

「言やあしないけど」

と、おうたは心配そうな顔をした。

「おひろさんも、政さんがここで添削をしているのを見たって言うんだよ」

部屋の障子は閉めきりではない。遣手が祝儀の礼を言いにくることもあるし、若い衆がお直しの時刻を知らせにくることもある。礼を言っている遣手のうしろを、おひろという女が通りかかり、机に向っている政吉を見たことがあるのかもしれないのだが、政吉は、桝蔵がおひろの客となり、探りを入れさせているような気がした。

「起請文《きしょうもん》を書いていたとでも、言っておけばよかったかねえ」

と、おうたが言った時だった。よろめきながら廊下を歩いてきた足音が、何につまずいたのかたたらを踏んで、おうたの部屋の障子に突き当った。

「痛いな。誰だよ、こんなところに文鎮《ぶんちん》なんざ置いとくのは」

おうたが間髪《かんはつ》を入れずに立ち上がったが、それより早く障子が開いた。

「おうたさん。お前んとこのお客だろう」

「いえ、わたしのお客様は……」

「何を気取ってやがる。ほら、大事にしまってお置き」

それがおひろという女なのだろう。細長い文鎮を部屋に投げ入れたが、勢いあまってか、部屋の中へ倒れてきた。酔っているせいかもしれない、両手で軀をかばおうともせぬ妙な転び方をして、「痛《いた》――」と大騒ぎをする。七転八倒まがいに転がって、ようやく半身を起こした顔をみると、少々けばだっている畳ですりむけて、頰に血がにじんでいた。

が、その痛さで酔いが醒《さ》めたのかもしれない。手を貸そうとしたおうたを押しのけて立ち上がったおひろは、案外にしっかりした足どりで自分の部屋へ帰って行った。

狂歌の半紙が、部屋の隅にはじき飛ばされているのに気づいたのは、そのあとだった。政吉は、あわてて半紙を拾い上げた。きちんと二つに折ってあった筈のそれが、一、二枚むしり取られたように、強くつかまれたあとがついていた。

「おうた、今の女をつかまえてくれ」

政吉は、頰をひきつらせて叫んだ。

事情を察したらしいおうたは、青白い頰を赤く染め、裾をからげながら部屋を飛び出して行った。

すぐにすさまじい罵《のの》りあいが聞えてきた。

狭い廊下を、遣手や若い衆が走って行く。政吉も、じっとしてはいられずに部屋を出た。

おひろの部屋へ入って行った遣手と若い衆が、二人の女をひきずり出した。丸顔の女は、咳込んでいる痩せた女の髪をつかんで懸命に自分から引き離そうとしていたが、痩せた女は、激しく咳込みながらも丸顔の女の衿もとを離そうとせず、もう一方の手を懐へ入れていた。

「その手を離せったら。お前の病いが伝染るじゃないか」

「だったら、盗んでいったものをさっさと返しやがれ」

「妙な言いがかりをつけるんじゃないよ、この病い持ちめ」

「この懐にあるのは何だよ、この泥棒女」

「ただの鼻紙だよ」

若い衆がおひろの手首を押えて髪をつかんでいる指を開かせ、おひろは、その仕返しに、思いきりおうたの頬を叩いた。

「ただの鼻紙だが、泥棒女とまで言われちゃあ、わたしもあとへは引き下がれない。ここで裸になってやろうじゃないか」

「ふん。なれるものなら、なってみやがれ」

遣手におひろから引き離されたおうたは、青白い頬を歪《ゆが》めて笑った。おひろは、落着きはらっておうたを見返した。

「いいんだね？　素っ裸になって何にも出なかったら、お前とお前のお客が恥をかくことになるんだよ」

あとへは引き下がれなくなっていたのだろう、「恥をかくのはそっちだ」とわめいているおうたの袖を、政吉はそっとつかんだ。

おうたがふりかえった。切長な目が、興奮に吊り上がっていた。

「よせ」

政吉は、低い声で言った。

おひろを裸にさせたところで、むしりとられた一、二枚の出てくる筈がない。縁の下へ投げ捨ててしまったかもしれないし、おうたが駆けつけるわずかの間に、火鉢の灰の中へ埋めてしまったかもしれない。三春屋中を探しまわれば、丸められた半紙が見つかるだろう。が、そんな大騒ぎをすれば、たちまち櫓下《やぐらした》の話の種になる。仮に、おひろが桝蔵に頼まれたのだと白状しても、政吉の評判が落ちることに変わりはなかった。

その上、三春屋での大騒ぎがひろまれば、春睡楼の狂歌までが嘲笑《わら》われる。裾継で添削をするようなまとめ役がいるから、春睡楼には遊女に盗みを頼む社中がいるのだと、太々九や風呂主までが、世間に顔向けできなくなるだろう。

俺は、おうたと地獄へ落ちてもいい。が、地獄へ落ちても俺は狂歌師だ――。

大地主と縁つづきになるなど、分不相応《ぶんふそうおう》、ちょいとの間見させてもらったうたたねの夢かもしれないが、春睡楼狂歌だけは、決して嘲笑いものにさせはしない。

「政さん。何をぼんやりしているんだよ」

おうたに揺さぶられて我に返ると、遣手と若い衆が、おひろをかばうように立って政吉を見つめていた。

政吉は、黙って懐へ手を入れた。

「とんだ騒ぎを起こしちまって」

懐紙を出して、余分に持ってきた金をくるんだ。

「迷惑をかけたが、ま、これで機嫌を直してくんな」

「政さん――」

遣手に金を渡そうとした政吉の手を、おうたが血相を変えて押えようとした。

「何を言ってるんだよ。政さん。そんな弱腰でどうするのさ」

「お前は黙っていねえ」

「黙っていたらどうなるのさ。お前が懐から出したものを、おひろに、持ってかれたってのに……」

「よせ」

「何が、よせ――だよ。気取ってる場合かい。あれがなくなったら、お前はどうするんだよ」

わめきつづけるおうたを、政吉は抱きかかえるようにして部屋へ入り、後手《うしろで》に障子を閉めた。

「どうして、どうして引き下がるんだよ。おひろを裸にすりゃ、あれが出てくるにきまってるんだ」

「やめねえか、もう」

「口惜しい——」

政吉の腕から逃れ、廊下へ走り出ようともがいていたおうたの肩が、突然小刻みに震えた。泣き出したのだった。

「堪忍《かんにん》しておくれ」

政吉の胸も、おうたの涙で濡れた。

「政さんを守っておくんなさいと、お稲荷さんにお願いしなかったわたしがわるいんだ」

「いいんだよ」

政吉は、そっとおうたの髪を撫でた。

泣きやまぬおうたを宥《なだ》めて、遣手には今日の不始末《ふしまつ》を詫び、おうたにその責めがゆかぬよう気を配って、政吉は三春屋を出た。

茜屋から出てきたらしい男が、鼻歌をうたいながら木戸の前を通り過ぎた。燈籠の横に立ち、今夜の酒をどちらがおごるか、銭の表裏で決めている二人連れの男もいた。が、政吉は、顔を隠そうともせず、川べりに立った。

おそらくは明日、桝蔵がおひろの客となって三春屋に上がる。そして、おひろがむしり取っていった狂歌を受け取るだろう。

その作者に、桝蔵は政吉の添削ぶりを教えてくれとせがむ。何も知らぬ作者は、早く添削をすませて返してくれと、政吉へ言ってくるにちがいない。

そうなってから、実はなくしましたとうろたえたくはない。

明日、太々九の家へ行こうと、政吉は思った。

温厚な太々九の怒りくるうさまが目の前にちらついて、さすがにその夜は眠れなかった。

政吉は寝不足で腫れ上がった目のまま、佐賀町を訪れた。

太々九は、縁側に油紙を敷いて、鉢植の松の手入れをしていた。庭へまわってくれと政吉に言い、油紙の横へ腰をおろすように言ったのは、政吉が気楽な世間話をしがてら、縁談のすすみ具合を確かめにきたと思ったからかもしれなかった。

政吉は、縁側へは腰をおろさずに頭を下げた。

「とんだ不始末をしでかしました」

「裾継へ行ったのかえ」

太々九は、鋏《はさみ》を持っている手を休めずに言った。

「男が独りで暮らしているのだ。ま、一度くらいは大目に見ようよ」

「いえ、――裾継で、添削を頼まれた狂歌をなくしました」

太々九の手が止まった。

申訳ないと言って頭を下げたつもりだったが、政吉の声は、自分の耳にも聞えなかった。

「わかっています。詫びてすむことじゃねえ。まとめ役を辞めたからって、すまされることでもねえが、こうするよりほか、どうしていいのか俺にはわからねえ」

勘弁しておくんなさい、と政吉は繰返した。太々九は、持っていた鋏を叩きつけるように置いて、横を向いた。

「辞めると言うなら、止めはしないよ」

「へえ――」

「が、今度の月並の会をどうする気だ」

「俺は、具合がわるいと言って休みます。まとめ役は、松風さんにかわってもらっておくんなさい」

「ずいぶん、虫のいい話じゃないか」

「が、何もかもほんとのことを言っちまったら、春睡楼が嘲笑われます」

太々九が政吉を見た。

「では、なぜ、わたしにほんとうのことを聞かせるのだえ？　添削を頼まれた狂歌をどこでなくしたのか、わたしはまるで知らなかったんだよ」

「黙っていたって、三鶴が裾継の女にのぼせ上がって、とんでもないことをしでかしたと、すぐに知れわたります」

遊女屋に添削をしかけた狂歌が落ちていたなどと桝蔵が噂をひろめる前に、春睡楼の評判を落とさぬ手をうたねばならない。それが、政吉のせめてもの罪ほろぼしだった。

「俺の不始末がみんなに知れる前に、松風さんをまとめ役にしちまった方がいい。そうすりゃ、春睡楼の狂歌まで嘲笑われるこたあねえ」

「だが……」

「頼みます」

政吉は、敷石に手をついた。

「そうしておくんなさい」

「わかったよ」

太々九は、横を向いたままで言った。

「お前さんの言う通りにするが、そのあとはどうする気だえ？　松風をまとめ役にしたあとで変な噂がひろまったら、お前さん、春睡楼にゃいられないよ」

政吉は口を閉じた。添削依頼の狂歌を遊女屋でなくしたばかな男、間抜けな男と罵《ののし》られても、春睡楼社中として狂歌をつくっていたかった。

「春睡楼と縁を切るのかえ？　裾継の女と別れずに」

うなずくつもりだったが、首筋はこわばって動かず、声も出なかった。

そのつもりだったではないかと、政吉は自分に言い聞かせた。政吉に残された者は、おうたしかいない。心中を考えたくなるところだが、そんな思いからは、多分狂歌が救ってくれるだろう。

金のつづくかぎりは三春屋へ通い、その一方でまた塩売りになって、別の結社の社中となれるよう一文、二文と入花料をためてゆく。それでいいではないか。

「ほんとうに、いいんだね？」

「へえ」

「それじゃもう、帰っておくれ」

太々九は、鋏を拾って松の枝を切った。腹立ちまぎれに剪《き》ったらしい小枝が、白い切りあとを見せて油紙の上に転がった。

政吉は、もう一度詫びを言って庭の枝折戸《しおりど》を押した。

燈《ひ》ともし頃

向いの長屋のうしろにようやく陽が沈んで、破《や》れ畳の上を薄闇が這ってきた。が、入口の戸を開け放しにしておいても、まるで風は入ってこない。いつものことながら、西陽が容赦《ようしゃ》なく射し込んで、へっついにかけた釜のようになった暑さも、こもるだけこもったどぶの臭いも、消えてゆくのをじっと待つほかはなさそうだった。

赤穂浪士の脱落者、小山田庄左衛門が町医者となって隠れ住み、直助という賊に殺されたという話が残っている深川万年町、その一丁目の裏長屋であった。

損料物《そんりょうもの》の蚊帳《かや》があるだけの部屋に寝転んでいた政吉は、背に汗をかきはじめたので俯せになった。

それだけのことでも、大仕事をしたあとのように疲れはて、藁《わら》がむきだしとなっている畳へ頬をつけてしまう。

この長屋へ越してきた当座は、小山田庄左衛門の逸話《いつわ》を聞いて、面白い狂歌がつくれそうだと思ったのだが、今は庄左衛門が住んでいようが大石内蔵助が暮らしていようがかまわなかった。ただ、茶碗一杯の白いご飯が欲しかった。

春睡楼を抜け、門前仲町の煙草屋をひきはらったのが昨年霜月《しもつき》の末、それから八月《やつき》が過ぎようとしていた。

芝の丸屋甚八は、狂歌の本が開板《かいはん》される正月まで、何とか春睡楼のまとめ役でいてくれと、両手をつかんばかりにして頼んだが、政吉は首を横に振った。本は二冊とも、ほとんど摺《す》り上がっていたらしく、甚八は、「生涯、恨みますよ」という捨科白《すてぜりふ》を残して帰って行った。

風の頼りに聞いたところによると、春睡楼狂歌集の方は、松風や太々九が幾冊も買って知人に配ったという。が、甚八の考えていた売れゆきには、遠く及ばなかっただろう。政吉は、丸屋から渡された金を返した。迷惑をかける詫びとして、いくらかの金も包んだ。

そのせいとは言わないが、この長屋へ移ってきた時に、蓄《たくわ》えは考えていた以上に少なくなっていた。

しかも、塩売りで稼いだ金のほとんどは、裾継で消える。三度のめしを二度にしても、いや、一度にしても、三春屋へ上がってやらなければ、おうたが食べ物さえろくにあたえられない状態になってしまうのである。

いやな咳をする遊女を名指しする客のいる筈もなく、今の政吉に、遣手や若い衆に祝儀をはずむ余裕のあるわけもない。半月以上も行ってやれぬ時のおうたを思うと、政吉は、ごみ箱をあさって飢えをしのいでも、三春屋へ上がってやりたくなるのだった。

どぶ板を踏んでくる足音がした。

政吉の家の前を通り過ぎて行ったが、板を蹴って行くような足音は、向いに住んでいる三五郎にちがいなかった。

案の定、足をとめぬうちに「長さん、いるかえ」と隣りの男を呼ぶ、三五郎の声が聞えてきた。

「何でえ何でえ、あいかわらず地べたへ落っこちた鮟鱇《あんこう》のような恰好《かっこう》をしてやがるな」

「へん、朝から、たった今まで、汗水流して働いていたんだ。一日働いちゃあ一日休む、お前とはわけがちがわあ」

「鮟鱇のような面《つら》でふくれるねえ、福笑いのおかめが、まともに見えるぜ」

「手前こそ、ひょっとこが煙でいぶされたような面をしているくせに」

「何だと――と言いてえところだが、ま、いいや。一杯、おごるぜ」

「へええ。どういう風の吹きまわしだえ」

「実はゆうべ、中間部屋《ちゆうげん》でちょいといい目が出てね」

「やっぱり博奕《ばくち》か」

「それが、さ。朝から飲むつもりが、何の因果か、親方にばったり出会いの、河岸《かし》へ連れて行かれの、一日中海産物問屋の荷揚げの——という始末《しまつ》よ。これから一人で飲むのも気のきかねえ話だから、お前を誘ったのさ」

それならうまい肴を食わせるところがあると隣りの長太が言い、政吉の全身が耳になった。

「まず一風呂浴びて、と」

暮六つの鐘が鳴った。

「こたえられねえな」

長太が外へ出てくる気配がした。

政吉は、重い軀をひきずるようにして上がり口まで這って行った。寝転んでいるのを三五郎か長太が目にとめて、一緒に行こうと誘ってくれぬだろうかと思った。が、二人は、立ち止まりもせずに政吉の家の前を通り過ぎた。

もう鳴く気力も失せたのではないかと思っていたのだが、政吉の腹に巣くっている虫が、情けない声で鳴いた。

筋向いの女が、いたずら盛りの子を叱りつけながら路地へ出てきた。あちこちにひびの入った七輪《しちりん》で、干物でも焼くつもりなのだろう。どこの家からか、味噌汁のにおいも漂《ただよ》ってきた。

政吉は、そっと軀を起こした。

だるい手を背中へまわし、帯をきつく締め直す。めまいがしそうになるのをこらえて立ち上がり、路地へ出た。女よりも先に、網の上の干物が目に入った。

「おや、これからお出かけかえ」

からかったとも受け取れる女の挨拶に、政吉も曖昧《あいまい》な笑顔を返した。ちょっとそこまでという言葉は、声にならなかった。

木戸を出たものの、行くあてはない。食べ物のにおいに追われてきたのだが、裏通りにも、蕎麦や魚を焼くにおいが漂っていた。

政吉は、豆腐屋の前にある井戸の水を飲んで歩き出した。

万年町から平野町の裏通りを抜け、油堀を渡って、ふっと我に返ると、黒江川にかかる坂田橋のたもとに立っていた。中島町へ向って歩いていたのだった。

そうだった――と、政吉は、救われたような気がした。

中島町澪通りの木戸番小屋には、お捨と笑兵衛がいる。お捨と笑兵衛なら、よくきてくれたと言って、また夕飯を食べさせてくれる。

政吉は、坂田橋を渡った。

「でも、――」

一月《ひとつき》ほど前に夕飯を食べに行った時には、お捨も笑兵衛も何も言わなかった。が、もうそろそろ明石屋のおくらから一部始終を聞いているのではあるまいか。聞いていれば、どれほど温厚《おんこう》な夫婦でも、呆れたものだと思うだろう。

そういえば、政吉が一月《ひとつき》あまりも木戸番小屋へ顔を出さぬというのに、お捨からも笑兵衛からも音沙汰がない。今の暮らしを見せたくないと、いくらお捨が尋《たず》ねても万年町の住まいを教えなかったことがあるにせよ、一月《ひとつき》も姿を見せぬ政吉を、お捨夫婦が心配せぬわけがなかった。どう考えても、おくらから話を聞いて、政吉に愛想《あいそ》をつかしたにちがいなかった。

ひとりでに、足がうしろを向いた。お捨夫婦にそっぽを向かれたら、おうたと心中したくなるかもしれなかった。

「心中するのは、ちっとばかり早えや」

おうたはまだ、死にたいと言ったことがない。いやな咳をしながら懸命に生きているおうたの命を横取りしようとは思わないし、自分も凄《すご》みのある狂歌が詠めるようになってから、あの世へ旅立ちたい。江戸の狂歌師ってなあ、ざっとこういうものだと、地獄で狂歌を詠んで、閻魔をうならせてやりたいのだ。

「それには、めしだ」

腹が減っては戦《いくさ》ができぬというではないか。

どうせ、ここまで恥をかいているのだ。呆れた男にめしを一杯めぐんでくれと、お捨夫婦を前にして笑うくらい、何ということもない。

もう一度、坂田橋を渡りかけた時だった。

奥川町の横町から足をひきずって出てきた女が、「政吉さんじゃありませんか」と大声で言った。

ふっくらと太った背の高い女で、輪郭のやわらかな顔が、夕闇の中でも白く光っている。お捨だった。

「ああ、よかった。一昨日から、みんなで政吉さんを探していたんですよ」

足をひきずっているお捨は、太った軀を左右に揺らせながら橋の上を急いできた。

「いくらお住まいを尋ねても、教えてくれないんですもの」

こういう時に困るんですよと、お捨は、恨めしそうに政吉を見た。

「おまけに、わたしが転んで怪我《けが》をしちまって。一月《ひとつき》も顔を見せない政吉さんも、患《わずら》っているんじゃないかと気になっていたのだけど」

お捨は、政吉の手を引張って歩き出しながら、ころがるような声で笑い出した。

「うちの人がね、わたしをおぶってお医者さんへ通ってくれたんですよ。そうしたら、五日目で腰が痛くなっちまったの。わたしの太っているのがわるいと言うのだけど、笑兵衛もだらしがないでしょう?」

政吉は、その場へ蹲《うずくま》りたくなった。空腹のせいではなかった。お捨夫婦に愛想をつかされていたのではないとわかって、安心したのだった。

「あら」

お捨が、二重瞼《ふたえまぶた》のやさしい目をしばたたいた。

「私もそそっかしいこと。どこかへお出かけになるところだったの?」

政吉は、苦笑してかぶりを振った。この身なりで出かけられるところは、澪通りの木戸番小屋のほか、どこもなかった。

「ちがうの? それなのに、こんなところでばったり出会えるなんて、やっぱりご縁があったのですよ」

政吉にはよく意味のわからぬことを言って、お捨は黒江川沿いの道を指さした。

その道を歩いて行けば、中島町澪通りの土手に突き当る。が、お捨は、黒江川が中島町に沿って曲がるところで足をとめ、八幡橋を渡った。

渡ったところは、門前仲町へ向う道で、その途中に一の鳥居があり、鳥居をくぐったところに明石屋がある。

政吉の知りあいも少なくない通りで、なるべくなら歩きたくなかったが、お捨は、めずらしく政吉の気持には斟酌《しんしゃく》なく、まだ繃帯《ほうたい》のとれぬ足を嬉しそうに急がせていた。

「ちょっとお待ち下さいな」

一の鳥居をくぐったところで、お捨が政吉をふりかえった。やはり、明石屋へ行くつもりらしかった。

明石屋の入口では、掛行燈《かけあんどん》の明りが濃くなってきた闇を照らしていて、たった今入って行った客を迎えるおくらや女中達の声が、表まで響いていた。

お捨は、客が二階へ案内されてゆくのを待って、掛行燈の横に立った。

月がのぼってきた道の、人通りの中に見知っている顔があったのか、太った軀をふんわりと曲げて挨拶をしている。政吉は、あわてて明りの届かぬところまで歩いて行き、人通りに背を向けた。

幾度もその前を通り、見慣れている筈の明石屋の塀であったが、あらためて眺めると、落書を消したあとがささくれていて、目よりも少々低い位置に節穴《ふしあな》もある。

意味もなく節穴に指を入れてみたり、足許の小石を爪先で転がしているうちに、お捨が明石屋の中へ向って、手招きをした。おくらが階段を降りてきたらしい。

政吉は自分でも気がつかぬうちに節穴へ入れた指を曲げ、転がしていた小石を強く踏みつけた。

おくらが、暖簾の外へ顔を出した。

政吉は塀に額をつけた。顔を隠しても、政吉を連れてきたとお捨が言うことはわかっていたが、自分の身なりを考えると、少しの間でも目を合わさずにいたかった。

ちょいと、こっちをお向きなさいな――。

おくらにそう言われるのを、政吉は覚悟した。

が、「政吉さんに出会った」とお捨がはずむような声で言うのを聞いて、おくらは、すぐに店の中へ戻って行った。

お捨が政吉をふりかえって微笑する。

その微笑をどう解釈すればよいのか、政吉が迷っているうちに、おくらがふたたび暖簾から顔を出した。

「お捨さん、せっかくうちへきていただいたのに申訳ないけれど……」

政吉には、そのあとの言葉が聞えなかった。が、

「それでは、うちでお待ちすることにしましょうか」

と、お捨が言った。

「しばらくすると、きっとうちへきて下さいますよ」

お捨が、また政吉をふりかえったようだった。政吉は、きしんで鳴りそうな首を曲げて、二人の女を見た。

お捨は微笑したが、おくらは顔をそむけた。

「政吉さん、ごめんなさいねえ。遠廻りをさせてしまって」

「いえ」

お捨さんこそ足が痛いのにと言おうと思ったが、言葉にはならなかった。政吉は、お

くらに深々と頭を下げて歩き出した。

おくらは何か言いかけたようだったが、会釈を返しただけで暖簾の中へ入って行った。

「政吉さん、お腹が空《す》いていたのじゃない？」

と、お捨が言った。

大通りには、料理屋や茶屋の明りがまたたいている。お捨と二人、そんな大通りに残されて、おくらと顔を合わせた緊張もとけていたのかもしれない。お腹が空いているという言葉を耳にしただけで、政吉は目がまわりそうになった。

勘弁――と、お捨が両手を合わせた。

「政吉さんにご飯を食べていただいているうちに、私が明石屋へ走って行けばよかったのですよ。ほんとうに気がきかないこと」

そんなことはないと言おうと思った。が、声が出なかった。

「その辺で、お蕎麦でも食べましょうか」

「いや、俺は、お捨さんのおむすびが食いたい――」

甘え過ぎていると思ったが、お捨は嬉しそうな顔をした。政吉は、足をひきずっているお捨の腕をかかえた。政吉がぶらさがっているようだったが、お捨は何も言わなかった。

木戸番小屋では、笑兵衛が弥太右衛門と出がらしの茶を飲んでいた。

お捨は、中へ入りかねている政吉の背を押して、

「ほおら、ごらんなさい。私の勘も捨てたものじゃないでしょう」

と、転がるような声で笑った。

「弥太右衛門さんやうちの人が、足を棒にして探しなすっても見つけられなかった政吉さんを、私はこの通り、お連れしたのですからね」

「ま、政公――」

弥太右衛門が、こぶしを震わせて立ち上がった。

「手前《てめえ》、いったいどこで何を……」

「万年町で、塩売りをしていやす」

「何が万年町だ、何が塩売りだよ。時々お捨さんにめしを食わせてもらっている姿を見かけたから、次は挨拶をしにくるだろう、その次には行先も教えるだろうと思っていりゃ、いつまでたっても何も言ってきやしねえ。それが親代わりのわたしにすることかよ」

政吉は殴られるのを覚悟したが、弥太右衛門は、笑兵衛に袖を押えられたようだった。

「ばかやろう。そんな身なりになるまで、女にのぼせやがって」

「弥太さん、今はそこまでにしねえな。叱言《こごと》は空きっ腹にこたえるんだ」

笑兵衛が言った。その言葉も、政吉の空きっ腹に重たく響いた。

「お捨さん、すみません。こいつの食うめしが足りなくなったら、うちの婆さんに言っ

てておくんなさい」

「ま、有難うございます」

お捨が、赤ん坊のように笑靨のできる手を口許に当てて笑った。

弥太右衛門は、当番だったらしい自身番屋へ戻って行った。

お捨は海苔をあぶり、笑兵衛は、政吉に座敷を指さしてみせた。上がれと言ったつもりらしく、弥太右衛門の使っていたうちわもそこへ置いてくれた。

ためらいがちに上がった政吉の前に、海苔を巻いたにぎりめしが出された。政吉はちらと笑兵衛を見たものの、次の瞬間には恥も外聞もなく赤ん坊の頭ほどもありそうなそれにかぶりついていた。

笑兵衛が、黙って茶をいれてくれる。お捨は出入口へ向って、「大丈夫」というようにうなずいていた。

ふりかえると、自身番屋へ戻って行く弥太右衛門の後姿が見えた。ご飯が足りぬのではないかと心配して、ようすを見にきたらしい。涙がこみあげてきて、にぎりめしがふいに塩辛くなった。

「暑いね、今日は」

笑兵衛が、ぽつりと言って手拭いを放《ほう》ってくれる。

ゆっくりと闇がしのび込んできて、笑兵衛が表の戸をたてに行き、お捨が行燈に火をいれた。澪通りを行く足音が途絶えがちになって、川音が高くなった。

外の気配に気づいてお捨が立って行ったのは、それから間もなくのことだった。

「まあ、よくきて下さいましたねえ。どうぞ中へ——と言っても、すぐに壁に突き当っちまうお屋敷ですけど」

お捨の笑い声が聞えた。が、相手の答えは聞えず、中へ入ってくる気配もない。

「さあ、どうぞ。政吉さんもおみえになっていますよ」

政吉は、軀ごとふりかえった。

まさか——と思った。

お捨の手燭《てしょく》に照らし出された女は、頬がこけているし、油気のない髪には白髪も交じっていた。小粋《こいき》な着物を身にまとってはいるが、おくらからの借着なのだろう、袖丈が少々長過ぎるし、身幅も合っていない。

だが、大きな目も、富士山のようなかたちをした髪の生え際も、おきくによく似ていた。少々上を向いた愛嬌《あいきょう》のある鼻などは、おきくとしか思えなかった。

「何をしていなさるの、おきくさん」

と、お捨が言った。

「あんなに会いたがっていた政吉さんが、そこにいなさるじゃありませんか」

気がつくと、軀が土間へ降りようとしていた。が、政吉は横を向いた。

お腹にいた子はどうしたのだとも聞きたくない。勘太はどこへ行ったのだとは、なおさら聞きたくなかった。後足《うしろあし》で砂をかけるような真似をして出て行ったくせに、どの面《つら》下げて帰ってこられるのだと言ってやりたかった。

お捨の手燭がおきくを照らして、どれくらいの時がたったのだろう。

「お前さん、堪忍して――」

という声が聞えて、軒下から飛び出して行く足音が聞えた。

お待ち――と言ったのはおくらだった。お捨も、ちらと政吉をふりかえってからおきくを追いかけて行った。

政吉は、膝の上のこぶしをにぎりしめて俯《うつむ》いた。

笑兵衛の視線を痛いほど背に感じたが、そっと首を曲げて見た笑兵衛は、腕を組んで出入口を見つめていた。

おくらの声が聞えた。

おきくの手を引いて、戻ってくるようだった。

政吉の名が幾度か出ているのは、あやまれとおきくに言っているのではなく、政吉にも非《ひ》があるのだからと、おくらやお捨の手をふりほどいて逃げて行こうとするおきくを宥《なだ》めているらしい。

政吉は、出入口に背を向けた。笑兵衛の穏やかな視線が待っていた。

その視線にうながされたように、政吉の唇がひとりでに開いた。

「親爺さん。俺、女がいるんだ」

笑兵衛の口許がほころびた。

「裾継の女だが、俺あ今、あいつに惚れているんだ」

「男が女に惚れることもできねえようじゃ、どうしようもねえわな」

女達の気配がした。が、中に入ってこようとはしない。

政吉は、自分の膝へ目を落とした。

「俺あ、狂歌も好きだ」

「わかっているさ」

「でも、狂歌がもとで女房は家を出て行ったし、裾継へ遊びに行ったお蔭で、春睡楼をおん出る破目《はめ》になった……」

女の声がした。おきくだった。おくらとお捨の手をふりはらって地面に両手をつき、泣きながら、詫びているのだった。

「赤ちゃんは死んで生れたんだってさ」

と、おくらが言った。死産をしたあたりから、勘太との仲も険悪《けんあく》になっていったらしい。

「小田原あたりをうろうろしてたそうだけど」

おきくは、おくらに背を押されて家の中に入ってきた。

政吉は、笑兵衛夫婦の夜具が押しつけられているあたりまであとじさり、おきくは、少し軀を動かせば土間へ落ちてしまいそうなほど、座敷の端《はし》に坐った。行燈は、大柄なお捨と笑兵衛のうしろにあって、おきくの顔は薄暗く、自分の顔も陰になっているのが政吉には有難かった。

勘太は、街道筋の煙草屋《たばこや》で賃粉《ちんこ》切《ぎ》りをしていたという。家は、海からの風が容赦《ようしゃ》なく吹き込むあばら家を借り、はじめのうちは二人揃って雨戸の修理などに汗を流し、おきくは、これこそ自分の望んでいた暮らしと思っていた。

「でも、幸せだとは思えなかったんだろ？」

と、おくらが口を添《そ》える。

おきくは、しばらく黙って俯いていたが、やがて大きくうなずいた。

「勘ちゃんは、ほんとにやさしかった。煙草屋へ出かける前には必ず水甕《みずがめ》をいっぱいにしていってくれたし、わたしの具合がわるい時には、お店を抜け出してきてはご飯の仕度もしてくれました。嬉しかったし、有難さに涙も出たけれど、とうとう勘ちゃんを心底からは好きになれなかったんです」

ではなぜ駆落をしたのだと言いたかった。が、政吉は、かたく口を閉じていた。おきくを憎いと思う一方で、やっと帰ってきてくれたと思う気持もどこかにあり、おきくを憎んでいる自分には納得できても、おきくの顔を見てほっとしている自分は許せなかった。

燈芯《とうしん》の燃える音が聞え、政吉は何気なく顔を上げた。

おきくの顔が目に映った。おきくは口許まで流れてきた涙を指先で拭っていた。

「言っておやりよ、お腹の中じゃ政さんが好きだったんだって」

五人が口を閉じている静かさに耐えられなくなったのか、おくらが、小さな木戸番小屋には大き過ぎるほどの声で言った。

「店を放ったらかしにして飛び歩いている誰かさんへの顔当《つらあ》てに、つい飛び出しちまったんだとさ」

「勘太もいい面《つら》の皮だぜ」

「わかっています。みんな、わたしがわるいんです」

おきくが、はじめて政吉を見た。

お捨夫婦を見つめていた筈の政吉にもそれがはっきりとわかって、政吉は、軀ごと横を向いた。まだ、おきくとは視線を合わせたくなかった。

二人の間の溝は赤ん坊が死んで生れた頃から深くなったという。

勘太は、小田原宿《じゆく》のはずれにある茶店の女と親しくなった。女の住まいもやはり宿《しゆく》はずれにあり、勘太は、毎夜戻ってくるのさえ面倒に思えてきたのかもしれない。海風の吹き込む家で暮らすのは、おきく一人となった。

無論、蓄えはない。勘太が稼ぐ金は、茶店の女へ渡される。米櫃《こめびつ》は、たちまち空《から》になった。

「罰が当ったのだと思いました」

と、おきくは言った。

「罰当りな人間が飢えて死ぬのはしかたがない、そうは思ったんです」

が、おきくは死ねなかった。一粒の米さえ口に入らなかった日の夜、おきくは、宿の入口に立って、男の袖を引いた。

「お前さんにあやまらぬうちは死ねない、だからしかたがないのだと、その間中、思っていました。でも、お金をもらうと、お前さんにあやまることなんざ忘れて、蕎麦屋へ飛んで行きました」

おきくは、はこばれてきた蕎麦を夢中で胃の腑《ふ》へ送った。

自分へそそがれている視線に気がついたのは、二杯目の蕎麦を半分ほどたいらげた時だった。

おきくの髪にも背にも、こぼれ松葉がついていて、腰のあたりには泥さえついていた。おきくが何をしてきたのか、一目瞭然《いちもくりようぜん》であった。

恥ずかしさに軀中が熱くなった。おきくは、箸を置いて外へ出た。もし客の中に顔見知りがいたならば、明日の朝には噂がひろまっているにちがいなかった。

おきくは、そのまま小田原宿を離れて江戸へ向った。盗まれるもののない身には、夜道も恐ろしくはなかった。

ただ、死んでもいいとは思っていたが、死のうとは一度も考えなかった。おきくは、道連れとなった男にめしと一夜の宿をせがみながら、ひたすら江戸へ向って歩きつづけた。

「江戸に帰って中島町の澪通りへ行けば、お捨さんや笑兵衛さんのいる木戸番小屋がある。お捨さんと笑兵衛さんなら、わたしがどんなことをしていても相談にのってくれる、そう思ったんです」

政吉は、お捨と笑兵衛を見た。駆落をしたあげく、軀を売りながら江戸へ帰ってきた女と、もとの鞘《さや》へ戻れと言うのかと思った。

政吉の視線に気づいたお捨が微笑した。

「何にもできやしないんですよ、私達には。おきくさんにご飯を食べてもらって、政吉さんを探しただけ。それも、弥太右衛門さんやおくらさんの手をお借りしちまって」

「それだけで、もう充分」

と、おきくが言った。

「それより嬉しいことなんざ、ありゃしません。勝手なことをして飛び出して行ったのに、あそこなら帰れると思えるところがあるだけでも幸せなのに、何しに帰ってきたとも言われずにご飯を食べさせてもらえるなんて……」

おきくの声がくぐもる前に、政吉の目がうるんだ。

政吉も今日、中島町澪通りへ行こうと思った。澪通りの木戸番小屋なら、なぜ空腹で目がまわるまで裾継の女にいれあげたとなじる前に、黙ってご飯を食べさせてくれると考えたからだった。

「そりゃね、いくら図々《ずうずう》しいわたしだって、このまま帰っていいものかどうか、ずいぶん迷いました」

その気持も、政吉にはよくわかる。

お捨夫婦なら、必ず相談にのってくれると信じてはいるものの、もし万一――と思えば、澪通りへ行くのがこわくなる。お捨と笑兵衛に横を向かれたら、行きどころがなくなってしまうからだ。

「でも、帰らなけりゃ、一生、お前さんにも明石屋のおかみさんにもあやまれないと思って」

川崎でとまっていた足を、思いきって江戸へ向けたのだという。江戸に入って、その足をまた思いきって深川へ向け、澪通りの木戸番小屋をそっとのぞいて、お捨夫婦と顔を合わせた。

「あの時ほど、深川で生れて深川で働いていたことを幸せだと思ったことはありませんでしたよ」

と、おきくは呟くように言った。

「深川で働いていたお蔭で、お捨さんや笑兵衛さんとお知りあいになれたんですもの。お知りあいになっていたお蔭で、ぼろぼろの軀も休ませてやることができて、お前さんや明石屋のおかみさんに会うこともできた……」

おきくは明石屋を出て行くだろう。おくらも黙って見てはいないだろうが、どこかの料理屋で働けるようにとりはからってくれても、おそらく、おきくは、その料理屋から姿を消す。政吉とも、おくらとも、お捨や笑兵衛とも顔を合わさぬところで、ひっそりと生きてゆくにちがいなかった。

政吉は、痛々しげな目でおきくを眺めている自分に気がついた。勘太とのことは、遠い昔の出来事のように思えた。

「あの……」

おきくがためらいがちに口を開き、懐から垢じみた鬱金色《うこんいろ》の袋を取り出した。銭が入っているようだった。

「あの、おうたさんに会うお金の足しに……」

顔色の変わってゆくのが、自分でもよくわかった。おきくがおうたの名を口にするのは、ようやく落着いた胸のうちに手を突っ込まれて、かきまわされるような気がした。

「やめてくんな」

政吉の声が尖《とが》った。

「お前《めえ》が口を出すことじゃねえや」

「堪忍」

とまっていたおきくの涙が、またあふれ出した。

「よけいなことを言っちまって。堪忍……」

おきくは土間へ落ちるのではないかと思うほどあとじさったが、銭の袋は、政吉の前に置かれたままになっている。

鬱金の色はほとんど鼠色に変わっていて、男に抱かれてわずかな銭を得たおきくが、まだ汗のにじむ手で、一文、二文と袋の中をのぞき込みながら投げ入れている光景が目に見えるようだった。

そんな銭で、裾継へ行けるか。

だが、投げ返すのもためらわれる銭であった。

政吉は、さめきった茶を飲み干して立ち上がった。

「お捨さん、晩めしをご馳走になったのに申訳ねえが、俺あ、帰りたくなっちまった」

「そう——」

お捨が、めずらしく溜息をついた。

「おひきとめは、できませんよねえ」

笑兵衛を見たのだろうが、笑兵衛の返事はなかった。

おくらが呼びとめて、皮肉の一つも言うのではないかと思ったが、ちらと政吉を見上げただけで黙っていた。ひきとめられぬとお捨夫婦が言うのなら、しかたがないと考えたのかもしれなかった。

土間へ降りるには、おきくの前を通らねばならない。

おきくは深く首を垂れたまま、身じろぎもしなかった。

政吉は、他人のもののようにぎくしゃくとする足を懸命に動かして土間へ降りた。商売物の蠟燭《ろうそく》や手拭いなどが置かれている台の脇を、軀を横にして通り過ぎ、外へ出る。

大島川からの風が通り抜けてゆく外は、あと三日で満月になる月夜だった。

自分の名を呼ぶ声に気づいたのは、黒江川にかかる八幡橋の近くまできた時だった。いろは長屋に住んでいた頃か、門前仲町にいた頃の知りあいに見つけられたのかもしれなかった。

出会って、屈託《くったく》なく笑いあえるような身なりではない。政吉は、知らぬふりをして橋を渡ろうかと思った。

が、近づいてくる声に背を向けることもできず、政吉は眉間《みけん》に皺《しわ》を寄せてふりかえった。暑さに白茶《しらちゃ》けたような月に照らされ、がっしりした体格の男が、汗をふきながら走ってくる。笑兵衛だった。

「足が早いねえ、政さんは」

胸もとにまで汗をにじませた笑兵衛が苦笑したが、政吉は、笑兵衛に感心していた。もう五十を一つ二つ過ぎているのだろうが、黒江川沿いの道をずっと駆けてきて、息もきらせていないのである。あらためて眺めて見れば、政吉に負けない長身に、無駄な肉はついていなかった。

「ちょいと、渡してえものがあってさ」

笑兵衛は、無口な者に特有の重い口調で言って、懐を探った。政吉は横を向いたが、思った通り、笑兵衛は財布を出した。

「ま、そう怒らねえでくんな」

無骨な笑兵衛には、どうやって財布を政吉に渡したものか、わかりかねたのだろう。ごめんよ――と言って、政吉の手を取った。

「うちの婆さんが、どうしても渡してこいって言うんだよ」

そう言われてみれば、財布は女物だった。内職にささやかな商売をしているお捨が、ここ数日の売上を入れておいたのかもしれなかった。

政吉は、かすかに笑った。古武士のような風格のある笑兵衛が、お捨から財布を受け取って走ってくる光景は、拗《す》ねた表情をしていようと思っても、口許がほころびてくる。

「お節介《せっかい》だと思うだろうが、婆さんは、心底からお前が心配なんだよ。受け取ってやってくんなよ」

政吉は、また横を向いた。今度は涙がこぼれそうになったのだった。

「ま、時々は、うちの婆さんにも顔を見せてやってくんな。けたたましい声で笑うんで、少々うるさいかもしれねえが」

「とんでもねえ」

政吉はかろうじて涙を抑え、かぶりを振った。

「俺あ、あの笑い声を聞きたかったんだ」

「物好きだねえ」

笑兵衛は、目尻の皺を深くして笑った。

「あの声で笑われても、昼間は眠っている芸当を身につけるのには、ずいぶんと苦労をしたんだぜ」

「そんなことを言っていいのかえ、親爺さん。あの笑い声が聞えなくなったら、夜も眠れなくなるくせに」

笑兵衛は、黙って笑顔の皺を深くした。

「おきくも言っていたが、俺あ、深川へ流れてきてよかったよ」

「住めば都さ」

「違う。都にゃ、お捨さんも親爺さんもいねえ」

「どこにでもいらあな、こんな親爺と女房は」

「でも、俺が出会えたのは、お捨さんと親爺さんだった」

お捨夫婦に出会えて文字を習い、狂歌の会へ入ってみる気になった。自分の狂歌がはじめて本にのることになったのを喜んでもらったのもお捨夫婦なら、おきくの失踪を隠すため力を借りたのも、この木戸番夫婦だった。

気分が晴れぬ時に思い浮かぶのも澪通りの木戸番小屋であり、空腹で目がまわりそうになった時、すがりつきたくなったのも、二つの川の音が聞え、笑いころげるお捨を笑兵衛が見守っている木戸番小屋であった。

もし中島町澪通りに木戸番小屋がなかったら、そう思うと、政吉は背筋が寒くなる。木戸番小屋がなく、お捨夫婦がいなかったら、政吉は、万年町の長屋で飢えて死んでいたかもしれなかった。いや、その前に、狂歌の世界へ入ることもなく、喧嘩で命を落としていたかもしれないのである。いずれにせよ、世の波の中に、意気地なく溺れていたにちがいなかった。

「とんでもねえ。俺達なんざ藁《わら》だよ、藁。溺れる者がつかむ藁で、たいして役に立ちゃしねえのさ」

めずらしく早口に言って、笑兵衛は、政吉に背を向けた。てれたようだった。

白茶けた月夜の淡い闇の中を歩いて行く笑兵衛を見送ってから、政吉は、握りしめていた財布へ目をやった。無性においたに会いたくなっていた。

笑兵衛が渡してくれた財布は、神棚へ上げておくが、俺は、おうたが息をひきとるまで会いに行く。一文、二文ずつ竹筒にためて、人から何と言われようとも。

考えてみれば、おうたも遠慮がちに政吉という藁をつかみ、おきくは、政吉への自分の気持をもてあまして勘太という藁をつかんだ。

政吉は、懐へ財布を押し込んだ。笑兵衛の姿は、闇にかすんでもう見えなくなっているが、そのかわり、間もなく木戸番小屋に戻って、まだそこにいるおきくが、何となくほっとするにちがいなかった。

「俺は——」

ここでどう区切りをつければよいのか、まだわからない。が、木戸番夫婦もうなずいてくれる方法が、きっとある筈だと思った。

第二話　たそがれ

夕立

たった今まで明るかった土間が、ふっと暗くなった。お若は、内職の手をとめて顔を上げた。

開け放しの出入口や窓からは湿った風が吹き込んできて、どぶ板が反《そ》りかえるほど強い陽《ひ》の射し込んでいた路地も、日暮れのような色合いに変わっている。まだ遠いが、雷も鳴り出した。夕立がくるのだった。

お若は、土間へ降りた。

朝早くから黒地の着物を縫っていた目には、路地の薄暗さがむしろ有難く、汗ばんでいる軀《からだ》には、雨を含んでつめたくなった風が快かった。

舌のまわらぬ言葉で争っている声が聞えた。長屋の木戸の向う側で、隣りと筋向いの家の、どちらも三歳になる男の子が、独楽《こま》まわしの順番で喧嘩をしているのだった。

お若は、隣りの家をふりかえった。

子供の喧嘩は聞えぬのか、或いは、一歳の子の昼寝の間に自分も昼寝をしているのだろう。「うるさいね」とすぐ子供を叱るかわり、腹がへったと言う近所の子供にも、きゅうりや茄子《なす》のぬかみそ漬けを食べさせてやる隣りの女房は、木戸の向うが泣き声になっても姿を見せなかった。

お若は、苦笑して路地の外へ出た。

急に稲妻《いなずま》が光って、雷が大きく鳴った。

「おお、こわ。三ちゃんも清ちゃんも、早くおうちへ入らないと、ごろごろ様におへそを取られちまうよ」

お互いにひっかきあったのだろう、頰にみみず腫《ば》れをつくって雷鳴の轟《とどろ》いた空を眺めていた二人の子は、腹掛け一枚の小さな腹を押え、悲鳴をあげながら木戸の内へ走って行った。

また稲妻が走った。見る間に黒い雲が厚くなってきて、先刻よりも近いところで雷が鳴った。

お若も、首をすくめて家へ駆け込んだ。

お若の家は、路地の取付きにあるので、酔って木戸につまずいたまま寝てしまう隣りの亭主を起こすのも、おえいをたずねてきた男にその家は一番奥だと教えてやるのも、お若の役目になっている。いちいち針仕事《はりしごと》の手を休ませねばならず、内心お若は迷惑だと思っているのだが、長屋の者達は、内職をしているお若ならいつでも家にいるからと、頼りきっているようだった。

どぶ板に、大粒の雨がしみをつけはじめた。

雨戸を閉めようかなと思ったが、風は木戸の方から吹いてくる。家の中まで雨の吹き込む心配はなさそうなので、へっついの上の窓だけを閉め、出入口は開け放しておくことにした。

雷が鳴って、地面を叩きつけるような雨が降り出した。

雨は吹き込まないが、青白く光る稲妻や間髪《かんはつ》を入れずに鳴る雷が怖くなって、お若は、急いで戸を閉めた。

軒下へ顔を出したとたんに稲妻が走った。

すさまじい雷鳴が路地を揺るがして、お若は、耳と目を押えて蹲《うずくま》った。隣りの家に落ちたような音だった。

とにかく早く戸を閉めて、この家へ落ちないよう、お呪《まじな》いの蚊帳《かや》を吊ろうと思った。お若は、「桑原《くわばら》、桑原」と、これも雷が落ちないという呪文を唱えながら立ち上がった。

が、目を開くと、木戸口に人がいた。菅笠を深くかぶり、蛇の目の紋のついた薬箱を背負っている。藤八五文《とうはちごもん》と呼ばれている薬を売り歩いている男だった。

藤八五文は、オランダ渡りの製法でつくられたという薬で、長崎の岡村藤八が売り出した。癪《しゃく》や頭痛、めまいなどによく効《き》き、お若も時折、十八粒五文の薬のご厄介になっている。

諸国へ売り子をおくっているのは、駿府《すんぷ》の伊豆屋だそうで、いつもは二人連れで歩いているのだが、今日の商売を終え、わかれわかれに旅籠《はたご》へ帰る途中で、この夕立にあったのだろう。

また、稲妻が光って、雷が鳴った。

お若は悲鳴をあげて顔をおおったが、木戸口の男も、青白い光とすさまじい音の恐しさにこらえきれなくなったのだろう。空家の札の貼られた向いの家に飛び込むつもりか、路地へ飛び込んできた。

「開きませんよ、そこは。酔っ払いが入り込んだりして不用心なので、釘づけにしちまったもの」

思わず、お若は男に声をかけた。

男がお若をふりかえって、震えるような光に照らされた。

「早く、こっちへきて」

男が路地を横切るより早く、雷が鳴った。

「早く閉めて」

男が雫《しずく》のしたたる手で、戸を閉める。お若は、急に暗くなった座敷へ手さぐりで上がり、隅にたたんであった蚊帳をひろげた。

四つ目の吊り手に紐《ひも》を通す前に、戸を閉めきった筈の家の中までが稲妻で明るくなり、すさまじい音が地面に叩きつけられた。お若は、夢中で吊りかけの蚊帳へもぐり込んだ。

「大丈夫だよ」

と、土間に立っている男が言った。

「落ちるとすりゃ、お稲荷《いなり》さんの椎の木あたりだ。ここへは落ちやしねえ」

「ほんとうに？」

蚊帳から顔を出したとたんに、また家の中が明るくなる。

「嘘つき」

お若は男を罵《ののし》って畳に顔を伏せた。が、その稲妻のお蔭で、菅笠を脱いで雨の雫を拭っている男の顔が、ちらと見えた。

お若の動悸《どうき》が激しくなった。

雷鳴が轟いたのではない。日焼けして、栗の渋皮《しぶかわ》のようになった顔を何となく想像していたのだが、稲妻の射し込む戸の隙間を眺めながら汗をふいていた男の顔は、この界《かい》隈《わい》でもめずらしいほど垢抜《あかぬ》けしていたのである。

男が、お若をふりかえったようだった。

吊りかけの蚊帳から頭だけを出し、耳を押えて俯《うつぶ》せているお若の恰好《かっこう》が、滑稽だったのかもしれない。閉め切って、むし暑くなってきた狭い家に、男の笑い声が響いた。

お若は、耳朶《みみたぶ》まで赤くした。男の目には触れてない筈だが、夢中で蚊帳へもぐり込んだ裾は乱れているし、櫛《くし》もどこかに落としている。

お若は、蚊帳の中へ手を入れて裾の乱れを直し、櫛を探した。

「すまねえが、ここへ荷物を置かしてもらっていいかえ?」

男が上がり口を指さした。びしょぬれとなった風呂敷を肩にかけ、片方の手で薬の入った小さな柳行李《やなぎごうり》をかかえている。手甲《てつこう》をはめた指からも、胸当《むねあて》をはずし、衿《えり》をゆるめた胸からも、雫がしたたり落ちていた。

「どうぞ」

お若は、小さな声で答えて蚊帳から出た。

針箱にかぶさっていた蚊帳の裾に、針がささっていないかどうかを確かめて吊り手の一つを落とし、蚊帳も針箱も、縫いかけの着物も部屋の隅に寄せる。

男の坐る場所をつくったつもりだったが、男は行李《こうり》を置くと、出入口の戸を開けた。

稲妻が光った。

雷も轟いた。

が、男は軒下へ半身を出して、雨を含んでいた風呂敷や袖を、平然としぼっていた。

お若は、蚊帳へもぐるのも忘れて男をみつめていた。大木を薙《な》ぎ倒して燃やすこともある閃光《せんこう》の中で、顔色も変えずに袖をしぼっている男の剛胆《ごうたん》さに感心したのかもしれないし、役者より整《ととの》っている顔に見とれていたのかもしれない。

男は、戸を閉める前に、お若へ微笑《ほほえ》みかけた。

また稲妻が光り、多少頬がひきつれたかもしれないが、お若も微笑を返した。

「俺、綱七《つなしち》ってんだ」

「お若っていうの、わたし」

「雷も、そう怖いものじゃねえだろう?」

怖かったが、なぜかお若は大きくうなずいた。今から十八年前、お若が十七歳の時のことだった。

しじまの鐘

佐賀町の呉服屋、日高屋に仕立物を届けての帰り道だった。

遅れがちに歩いていたお針子のおちよが、小走りに追いついてきたかと思うとさりげない風をよそおって、お若に話しかけた。

「このあたりにも、お菓子屋ができたんですってね、お師匠《つしょ》さん」

「そうなの？　わたしは、ちっとも知らなかった」

お若は、笑いをこらえて答えた。

出かける時、おちよは、やはりお針子のおみやとおせつに、きんつばくらいはお若に買わせると約束をしたらしい。このところ、日高屋からの注文があいついで、おちよ達にも無理をさせたので、甘い物の一つや二つはおごってもらっても罰は当らないと、お若のいないところで気炎《きえん》を上げていたのだろう。

催促をされなくとも、お若は、三人がこの世で一番おいしいと言っている、近くの料理屋の卵焼くらいは食べさせてやるつもりだった。

が、きんつばも食べたいというのなら、それも、おまけとして買ってやってもいい。日高屋の主人、半右衛門は、六枚の着物を期限に間に合わせて縫ってくれた礼だと言って、かなりの金を包んでくれた。

「それじゃ、これでお前達の好きなものを買っておいで」

お若は財布を開けて、金を渡してやった。おちよは、礼を言って、今川町の横丁へ走って行った。

近頃開店した菓子屋がその横丁のはずれにあって、きんつばがうまいと評判だった。お若も、おちよ達が、どこそこの菓子屋とは小豆が違うとか、甘さに品があるなどと、いっぱしのことを言っていたのを幾度か耳にした。

いつも小さな行列ができているというので、おちよが戻ってくるのにも時間がかかるかもしれない。お若は、横丁をのぞいて見てから、仙台堀沿いの道をゆっくりと歩き出した。

米俵らしい荷を積んだ舟が二艘《そう》、堀を下ってきた。向い側は仙台藩の蔵屋敷で、舟がそのまま入って行ける小さな堀がある。米俵の舟は、二艘とも屋敷の中へ吸い込まれていった。

「あら――」

お若は、自分を追い抜いて行った女に声をかけた。

店の名だった。

「おえいさんじゃない？」

「やっぱりお若さんだったの」

追い抜いて行った女は、見つかったのならやむをえぬといったようにふりかえった。田島屋と書かれた紙包をかかえている。田島屋は、おちよがきんつばを買いに行った店の名だった。

「お若さんじゃないかなと思ったけど、まさか働き者のお若さんが、今頃こんなところをぶらぶらしているとは思わないから」

おえいは、皮肉な口調で言った。

年齢《とし》は、お若より一つしか上ではない筈だが、厚化粧《こいげしよう》でなおさらに目立つこまかな皺《しわ》が、目尻と目頭《めがしら》に何本もある。

十五年前、二十歳のお若が長屋を出て、同じ万年町の裏通りに移った時、おえいはまだ、長屋の一番奥の家にいた。

幼い時に両親をなくし、身よりがないという境遇が似ているせいか、表向き仲はよいのだが、何かにつけてお若と張り合っていたおえいは、かなりの無理をして長屋を出たと聞いている。近くの居酒屋で働いていたので、客の男に次々と言い寄り、金をむしり取ったというのである。

今は、お若が万年町の一丁目に、おえいは二丁目に住んでいるのだが、男の噂が絶えぬのはあいかわらずのようだった。

「綱さん、元気？」

と、おえいは先手を打った。藤八五文を売り歩いている綱七のことを言っているのだった。

「この間、ちらと耳にしたんだけど、綱さんに女房がいたんだって？」

お若は顔をしかめた。

「別れちまいなさいよ、そんな人とは。お若ちゃんは、まだまだきれいなんだもの、綱さんと別れりゃ、いくらでも男は言い寄ってくるから」

「褒《ほ》めてくれて有難う。でも、もう三十五ですからね。今更、亭主をもつ気にはなれないの。仕立屋のお若で充分」

お若は、つきあいはじめた時から綱七に女房がいたとは、さすがのおえいも気づいていないとわかって、ほっとしながら答えた。

小走りの下駄の音が聞えた。おちよが、きんつばを買って戻ってきたらしい。

また会いましょう――と、おえいが笑いながら言った。

「たくさん稼いで、今度会った時は、お酒をおごっておくんなさいな」

おえいは、踵《きびす》を返して駆足になった。

近づいてきたおちよが、「あの人、亀屋のおえいさんじゃありません？」と、お若の耳に囁《ささや》いた。

「お師匠さんのお知りあいですか?」

幼馴染《おさななじ》みだと、お若は答えた。

おちよは、ちょっとためらったが、お喋《しゃべ》り好きの性格で黙っていることができなかったのだろう。あの人は——と顔をしかめ、みるみる離れて行ったおえいには聞える筈もないのに声をひそめた。

「男にだらしがないんですってね」

「へええ、そんな噂があるの?」

初耳のような顔をしてみせたが、おえいが男にだらしないのは昔からだった。お若が路地の取付きに住んでいた頃、夜なべ仕事でいそがしいのに、おえいの家は奥の左側か右側かと幾人の男がたずねただろう。

そういえば、おえいが綱七の袖を引いたこともあったとお若は思った。

夕立の一件があってから間もなくのことだった。その折の礼だと言って、仕事を終えた綱七が、菓子を持ってたずねてきた。

菅笠も取り、胸当《むねあて》も手甲もはずしていたので、薬売りとは見えなかったにちがいない。居酒屋へ働きに行くおえいが、木戸口で出会った綱七を、自分に会いたくて長屋を訪れた男と勘違《かんちが》いをし、その袖を握って、「あとで——」と、意味ありげに笑ったというのである。

遊び慣《な》れている綱七も、さすがに驚いておえいの手を振り払い、路地へ飛び込んだらしい。

が、おえいの方も、まさか綱七が、お若の家へ駆け込むとは思っていなかったようだった。

「誰だえ？　あれは」

という綱七の低声《こごえ》に、お若が土間へ降りて木戸口を見ると、おえいは、これ以上意外なことはないといった顔つきで、お若の家を眺めていた。

お若は、はしゃいだ声で笑った。

今になってみれば、なぜあれほど浮々とした気分になったのかわからない。おえいは身持がわるいが男に好かれる、お若は身持がかた過ぎて男に好かれないという噂を、これで拭いさることができると思ったのだろうか。それとも、嫉《ねた》ましそうな顔つきになっていったおえいに、これがわたしの男だと見せびらかしたかったのだろうか。

が、綱七には妻子がいた。駿府の城下に、一つ年上の女房と、四歳と二歳になる女の子がいたのである。

それがわかったのは、お若が二十になった時だった。

所帯《しょたい》をもってくれと頼んでも、綱七が煮えきらぬ返事ばかりしているのは、藤八五文の薬売りで江戸に腰を据《す》えることができぬからだと思い、お若は、店を持たせようとしたのだった。

「いいよ」

綱七は尻込みした。

「大丈夫。わたしだってちっとは溜めているし、お金を貸してくれるって言う人もいるんだよ」

「でも……」

あの時の綱七の顔を、お若は忘れることができない。苦笑いのような、てれ笑いのような、何ともだらしのない笑《え》みを浮かべて、「実は――」と言い出したのだった。

「俺、女房も子供もいるんだ」

その言葉を聞いた時に、なぜ綱七を追い出さなかったのかと、お若は思う。駿府に妻子がいて、江戸へ出てきた時だけ夕飯つきの旅籠《はたご》のようにお若の家へ泊ってゆく男など、もう顔も見たくないと言って叩き出してやればよかったのだ。

が、お若は、反対に綱七に縋《すが》りついた。嘘でしょう? などと、みっともないことを尋ねもした。

綱七のてれ笑いが、いつもの自信ありげな薄笑いに変わった。妻子がいても、お若は自分から別れられないと思ったのだろう。

「俺あ、ただの一度も独り者だと言っちゃいねえぜ」

お若は、「そりゃそうだけど」と呟いた。それを聞いて、綱七は、「お前《めえ》がくるなと言うなら、それでもいい」などと、のぼせきったことを言い出したのだ。

なのに、お若は綱七の袖を摑《つか》んで泣き出した。おかみさんとは別れられないの？——などと、ますます綱七がつけあがる言葉まで口にした。

二人も子供がいると綱七が答えて、お若が自分はどうなるのだと泣きわめき、「すまなかった、別れよう」というお定まりの言葉が返ってきて、お若はかぶりを振りながら綱七にしがみついた。絵に描いたような喧嘩の場面だった。

それから十五年。綱七はまだ、江戸へ出てきた時だけお若の家に泊る。もう四十の坂を越えた筈なのだが、不思議にいやみなく年をとった。役者のような顔立ちに、しぶみが加わったのである。

瓦版を読んでいる横顔などを見ると、恥ずかしい話だが、ふるいつきたくなることさえある。

お若が綱七と別れられずにいる間に、おえいは、一まわりも上の男と所帯をもって長屋を出た。

両国米沢町にある料理屋の板前だというふれこみだったが、どうやらきまった職についたことのない怠け者だったらしい。

「あの小父《おじ》ちゃん、また酔っ払って寝ていたよ」

とは、当時七歳だったおとよが、しばしばお若に伝えたおえいの家のようすだった。

当時、まだあの長屋に住んでいたおとよは、饅頭《まんじゅう》や煎餅のお八つがめあてか、よくお若の家へ遊びにきたものだが、同じ目的でおえいの家にも行っていたのだろう。

妻子持ちでも働き者の綱七は、おとよが遊びにくる頃は家にいたことがない。ませているといっても七歳のおとよには、お若は一人で立派に暮らしている、おえいは妙な男を家の中へ引っ張り込んでいると思えたようだった。

そんな幼い噂話が影響していたのかもしれない。あの頃の長屋の人達は、お若には芋を煮た、豆を煮たといっては丼にふきんをかけて持ってきてくれたが、おえいを呼んで茶を飲もうという者はいなかった。

所帯をもっても長続きはすまいという陰口通り、おえいは、半年あまりで男と別れた。別れたあとで、騙《だま》されたと言って泣いた。働いているという料理屋まで見せられて、すっかり信用したのだという。おえいちゃんも、あれで案外人がいいんだねと、長屋の人達も近所の人達も、多少おえいを見直したようだった。

が、お若は、眉に唾をつけた方がいいと思っていた。男を騙しつけているおえいが、料理屋を見せられただけで男を信じるわけがない。博奕《ばくち》のほかは何もできない男とわかっていたのだが、ほかに所帯をもってくれそうな男が見当らなかったので、やむをえず一緒になったのにちがいない。

そんな思いまでして所帯をもったのは、お若に負けたくなかったからだろう。お若は綱七と一緒になった。少なくとも、ゆくゆくは綱七と所帯をもつように見えた。しかも、お若も綱七も働き者で、木戸口の「仕立物いたします」の貼紙をはがし、裏通りに家を借りて、お針子を一人置くまでになった。

同じ親なしっ子なのに——。

おえいには、その言葉が身を刺されるように辛《つら》かった筈だ。

お若もあの長屋へ越してきた時に、そう言われたことがある。同じ親なしっ子なのに、おえいは陽気で、お若は陰気だというのである。身よりがいなくても明るく生きてきたつもりのお若にとっては、辛い言葉だった。

今のお若を陰気だと言う人はいまい。綱七とのことが知れわたっていても、身持がわるいと陰口をきく者もいない。

が、「つきあいがせまいものだから、女房持ちにひっかかっちまってさ」と、苦笑する人はいるだろう。綱七が江戸へ出てこなくなる日を考えて、こつこつと金をためているので、けちだと言う人もいるかもしれない。

それにひきかえ、おえいの金の使い方は派手だった。捨鉢《すてばち》と言った方がいいかもしれない。

長屋住まいをしていた時からそうだった。嬉しいことがあったと言っては長屋中に鮨《すし》折《おり》をくばり、翌日、一粒の米も、一文の銭もないのだと、茶碗に一杯のご飯を借りにくる。ご飯にめざしの一本もつけてやれば、数日後に、山盛りのご飯といきのいい魚が返ってくるのだった。

男にだらしがないと言われ、何となく敬遠されていながら、さほど嫌われていないのは、人に損をさせないその気前《きまえ》のよさがあるからにちがいなかった。

「ね、お師匠さん――」

と、おちよがお若を呼んだ。

「亀屋のおえいさん、またいい人ができたんじゃありませんか」

「どうして?」

他人のことなど気にするなと言うつもりだったのだが、胸のうちにあった言葉が正直に口の外へ出た。

「だって、きんつばを買って行きなすったもの」

「きんつばを買うと、どうしていい人ができたことになるのさ」

「おえいさんが甘いものを好きとは、とても思えないじゃありませんか」

「近所の子に食べさせてやるのかもしれないよ」

「そうかなあ」

おちよは首をかしげた。

「いい人に買って行くような気がしたんだけど」

「ま、よけいな詮索《せんさく》はよしにしよ。おえいちゃんが誰ときんつばを食べようと、わたし達の知ったことじゃない」

「それもそうですけどね」

お若が先になって、松永橋を渡った。松永橋は、仙台堀からわかれて中島町の方へ流れてゆく枝川の口にかかっている。

渡ったところが永堀町で、万年町へはさらに仙台堀沿いに歩いてその町を通り過ぎ、もう一つ、仙台堀から油堀に流れ込む川にかけられた相生橋《あいおいばし》を渡らねばならない。深川の町のほとんどは、どこからか川の音が聞えてきた。

お若は、聞き慣れた仙台堀の水音を背にして横丁を曲がった。

「あ、お師匠さん――」

家の前に立っていたおみやが、「お帰んなすったよ」と中へ声をかけて走ってきた。お若の帰りを待ちかねていたようであった。

「大変なんですよ、お師匠さん。ほら、髪結床《かみゆいどこ》の裏のみみず長屋の政吉さん、あの人が裾継《すそつぎ》かどこかの女の人を身請《みう》けしたでしょう?」

「ああ、労咳《ろうがい》を患《わずら》っている人を身請けしたって話だけど」

「その人が、亡《な》くなったんですって」

「亡くなったって、お前、身請けしたのは昨日とか、一昨日とかの話だろう？」

おみやより先に、おちよがうなずいた。おとなしいおみやより、町内の噂には、おちよの方が詳《くわ》しいのかもしれなかった。

お若の知っているかぎりでは、塩売りの政吉に金を貸す者がいて、稼ぎのすべてをつぎ込んでいた裾継の遊女を身請けすることができたのだという。

金を貸したのは佐賀町に住んでいる大地主で、政吉とは狂歌の仲間であったようだ。それにしても、身請けの金は大金である。塩売りには一生かかっても返済できまいと思うのだが、中島町澪通りの木戸番夫婦が口をきいたらしい。

お若はまだ、その噂を耳にしているだけで、中島町の木戸番夫婦に会ったことはなかった。が、穏やかな品のいい夫婦で、日本橋の大店《おおだな》の夫婦だったとか、京の由緒ある家の生れだとか、武家の出であるとか、さまざまな憶測《おくそく》が囁かれている。

いずれにしても、収入は多寡《たか》がしれている木戸番夫婦の口ききで、地主が快く政吉に金を貸してやったというのだから、相当な信用があるのだろう。

身請けされた女も、地主が根岸あたりに借りてくれた家で養生《ようじょう》していたそうだ。手当ての甲斐《かい》もなく他界したのは、深川から根岸まで、駕籠《かご》で揺られて行ったのがわるかったのかもしれない。

「で、政さんはどこにいなすったんだえ?」

「商売に出ていなすったんですよ。根岸からお使いがきて、長屋の人もわたし達もびっくりしてね、手分けして政吉さんを探したんだす」

「根岸へ素っ飛んで行ったって、死に目には会えなかったんだろう? 可哀そうに」

「で、ご近所の人達が、根岸までお線香をあげに行ったものかどうかって」

女の病いが薄気味わるいのだろう。医者の話では、めったに伝染《うつ》りはしないというのだが、伝染らないという保証もない。伝染ったなら、労咳は癒《いや》しようがない病いなのだ。

「そうだねえ」

お若は、爪を噛《か》んだ。

お若も病いは怖い。女が死んだ根岸の家には、女の病いが霞のように漂《ただよ》っていて、線香をあげに行った者へまつわりついてきそうな気がする。

が、考えてみれば、裾継の女も好んでいやな病いにかかったわけではあるまい。この世に病いなどあるのかというような薄桃色のふっくらとした頰をして、政吉と所帯をもちたかったことだろう。

それを思うと可哀そうだし、線香の煙が病いの霞を薄めてくれるような気もした。

「わたしは行くことにするよ」

「大丈夫ですか?」

おちよが不安そうな顔をした。お若が労咳にかかり、自分達にも伝染することを想像したらしい。

「大丈夫だよ。お線香の煙が家の中にこもっているにちがいないもの」

何気なくお若は言ったのだが、おちよもおみやも真顔《まがお》でうなずいたところをみると、誰の思いも同じだったにちがいない。

おみやが、髪結床へ駆けて行った。その中へ飛び込むどころか、軒下へも入らぬうちに、うちのお師匠さんは行きますって——と、大声で言っている。

おみやの声に、髪結床——通称恵比寿床《えびすどこ》が騒がしくなった。中から出てきたのは、恵比寿床の女房、おまきだけではない。長屋の住人である建具屋の女房もいれば、易者《えきしゃ》の娘もいた。政吉をはげましには行きたいものの、女の命を奪った病いが気がかりで、たまたま月代《さかやき》をあたりにきていた差配《さはい》と相談をしていたのだという。

お若さんが行くのなら、わたしも——とおまきが言い、建具屋の女房と易者の娘は顔を見合わせた。心身ともに疲れはてているにちがいない政吉より、伝染する病いの方が心配だったのかもしれないが、大勢で出かけて行けば伝染《うつ》ることもあるまいという妙な結論を出して、小走りに路地へ入って行った。

お若も足早に家へ入った。二階へ駆け上がると、おちよやおみやも、きんつばを食べてはいられなくなったのだろう。あとを追うように階段を上がってきて、金具を鳴らしながら気忙しく箪笥《たんす》の引出を開けているお若に、着替えを手伝うと言った。髪を撫《な》でつけて外へ出ると、差配が長屋の木戸の前に立っていた。出かける時刻の打合せをしていたらしい。しばらく後に行くと言うので、お若はおまきと根岸へ向った。

おまきは、お若にしばしば夕飯の惣菜《そうざい》をはこんできてくれる。そのかわり、お若は、おまきの仕立直しを無料でひきうけていた。

お若と政吉のつきあいは、お針子のおせっにからんでいた男を政吉が追い払ってくれた時からだが、おまきの方は、政吉が空腹を井戸水でごまかしていた時からだという。世話好きなおまきは、お若へ持って行く筈の惣菜をけずって、政吉にはこんでいたようだ。

「政さんが有名な狂歌師だったってこと、お若さん、知ってなすった？」

と、おまきが言った。

浅草を過ぎて、道の両側は水田になっていた。時折、水田の中に浮かぶ小島のような樹木の生い茂った一劃《いっかく》が見えてくる。近づいてみると、周囲に小川をめぐらせた神社であったり、竹垣を結いまわした藁葺《わらぶき》屋根の寺院であったりした。

その間に、子供が鶏を小屋へ追っている農家があり、建仁寺《けんにんじ》垣《がき》に蔦《つた》を這《は》わせた風流な家がある。通夜に急ぐのでなければ、寺院の回廊《かいろう》にでも腰をおろしたかった。

「政さんのおかみさん、政さんが狂歌にうつつをぬかしているからって、駆落しなすったんだってね」

そういえば、おせつがそんなことを言っていたとお若は思った。去年か、或いは一昨年のことであったかもしれない。当時のお若は、江戸へ出てきた綱七をつかまえては、わたしをこのままにしておく気かと責めたてていて、政吉の女房が浮気をしようと駆落をしようと、気にとめるどころではなかったのである。

が、おまきは意外なことを言い出した。

「そのおかみさんが、裾継の人の看病をしてなすったんですと」

「まさか」

「ほんと」

おまきは、その必要もないのに声をひそめた。

「裾継の人の病いが病いだろ？　身請けしたって看病する人が見つかりゃしないわね。そうしたら、前のおかみさんが、わたしがやりますって、そう言ったんだって。裾継の人は何にも知らないらしいけど」

「前のおかみさんは、近くにいなすったのかえ」

「ほら、一の鳥居の下に明石って料理屋があるだろう？　あそこの女将《おかみ》が親がわりらしくってね、前のおかみさんは、品川の平旅籠《ひらはたご》で働いていたようだよ」

「ふうん」

「前のおかみさんもよっぽど政さんに惚れていたんだね」

「そうお？　年下の男と駆落をしたってえのに」

「あいかわらずのねんねだねえ、お若ちゃんは。おかみさんは、政さんに惚れていたから駆落をしちまったんだよ。狂歌に夢中で、かまってくれない政さんに腹をたてたんだ」

「相手の人は、いい面《つら》の皮《かわ》じゃないか」

「でも、おかみさんの気持もわからないじゃないよ」

それならわたしはどうなるのかと、お若は思った。

綱七は今、駿府にいる。ご城下は賑《にぎ》やかでも、女房子供を住まわせている家はそのはずれ、雨漏りもすれば隙間風も入り込むあばら屋だよと言っていたが、その通りかどうかはわからない。おそらくは、子供達が毬《まり》つきをして遊ぶくらいの庭がある、掃除のゆきとどいた家で暮らしている筈だ。

一月《ひとつき》ほど前、駿府へ帰る前にふと洩らしたところでは、野良猫が二匹も住みついてしまったと言っていた。下の子が綱七の膝の上に坐り、上の子が背にぶらさがるなどしていると、猫までが肩にのってくると苦笑いしたのだった。

日当りのよい縁側で子供達と遊んでいる綱七の姿が、お若にははっきりと見えた。女房は、そのうしろにいて、幸せそうな顔で繕《つくろ》い物などをしていることだろう。

五臓六腑《ごぞうろっぷ》の名など正確には知らないが、お若は、心の臓も胃の腑もみな焼けただれるような気がしたものだ。

「さっさと駿府へ帰れば？」

お若は、懸命に平静を装って綱七に言った。

「何を言ってるんだよ」

綱七は、蒼白になっていたにちがいないお若の顔を見て笑った。

「たまに帰るから、二、三日の間、子供が父親をめずらしがるだけさ。始終家を空けているのだもの、女房なんざ、いない方が清々《せいせい》していいと吐《ぬ》かしゃがる。つめたいものだぜ」

嘘をつけと思いながら、お若は、女房の欠点をあげつらい、連れ立って歩いたことすらないという綱七の言葉に、つい頰をゆるめてしまう。そして、綱七の好物である谷中《やなか》生姜《しょうが》を買いに、八百屋へ走ってしまうのだ。

そのうわずった気持も、綱七が駿府へ帰っている間に、ふと落着くことがある。そんな時には、綱七の嘘に喜んだ自分が哀れになり、男前はわるくても誠実な男を見つけようと思うのだが、実際にお若への思いをほのめかす者があらわれると、逃げ腰になる。自分に言い寄る者がいると、綱七に打明けたくなる。かまってくれない男に腹を立てて駆落をするなど、まるで考えられなかった。

「あ、そこらしいよ」

と、おまきが四ツ目垣の家を指さした。前を流れる小川に柳の枝が垂れ、檜皮葺《ひわだぶき》の屋根がついた小さな門のうしろで、松が手入れのゆきとどいた枝を伸ばしている。

「あれ、あの子は――」

おまきが、お若の脇腹を突ついた。

「三ちゃんだ」

と、お若はうなずいた。

政吉と同じ長屋に住んでいたおとよの弟で、十六歳になる三次郎が、柳の陰に佇《たたず》んでいるのだった。

「あの子、よくくる気になったね」

おまきが感心したように言った。

三次郎の姉、おとよは、四年前に本所の藍玉問屋《あいだまどんや》、葛西屋《かさいや》へ嫁いだ。葛西屋の一人息子、吾兵衛が、はきだめに鶴と評判だったおとよを見染めたのだった。すんなりとまとまった縁談《はなし》ではない。当時、十八歳だったおとよには、病いがちな父親と、奉公に出てはすぐ逃げ帰ってくる弟の三次郎がいた。暮らしを支えていたのは、お若の家で働いているおとよであった。

事情を知っているお若は、ほかの娘達には内緒で小遣いを渡してやったり、黙って薬代を払ってやったりした。

が、それだけでは父親にうまいものを食べさせてやることも、充分な手当てをうけさせてやることもできなかったにちがいない。その上、お若が渡した小遣いなどは、三次郎が姉の財布から抜き取ってしまうことが多かったようだ。

口やかましい姑《しゅうと》がいる葛西屋へ、おとよが苦労を承知で嫁いだのも、父親をいい医者に診《み》てもらえるようにすると、吾兵衛が言ったからだとお若は聞いている。

吾兵衛は約束を守ったが、父親は、お若やおまきにみとられて他界した。おとよは臨終に間に合わず、奉公先の味噌問屋から逃げ出してきた三次郎は、どこへ遊びに行ったのか翌日まで行方がわからなかったのである。一昨年のことだった。

以来、一人暮らしとなった三次郎は、奉公先を世話するという差配の言葉に耳も貸さず、人に突き当っては大仰《おおぎょう》に転び、怪我《けが》をしたと金をせびるような若者の仲間となった。

それでは死んだ親父《おやじ》さんも、葛西屋へ嫁いだ姉さんも安心していられないと、はじめのうちは意見をしていた人達も、次第に相手にしなくなり、三次郎は長屋の鼻つまみとなっているのだが、政吉だけは可愛がっていた。政吉もかっぱらいや掏摸《すり》を働いていたことがあり、自分の子供の頃を見ているような気がするのだという。三次郎も、政吉に声をかけられると、嬉々《きき》として塩売りについて行ったそうだ。三次郎が湯屋で政吉の背を流していたと、建具屋が笑いながら話していたこともあった。

それが、裾継の女の身請け話が長屋にひろまってから、三次郎は、政吉と塩売りにも湯屋へも行かなくなった。政吉の持って行ったにぎりめしを、土間へ叩き落としたこともあるらしい。

だが、柳の陰にいる三次郎は、洟《はなみず》をすすりあげては、乱暴に鼻の下をこすっていた。泣いているのだった。

家の中からは読経の声が聞え、線香をあげているらしい人の気配がする。お若とおまきは、足音をしのばせて柳の陰に近づいたが、三次郎は、二人に気づくと、険《けわ》しい顔をして、門の中へ入って行った。

「あいかわらずだね」

おまきが苦笑する。

お若は、三次郎を追って門をくぐったが、三次郎は家の中へは入ろうとせず、裏庭のしげみへ走って行った。そこへもぐり込むつもりなのかもしれなかった。

お若も強《し》いて三次郎を追わず、おまきにつづいて竹の上がり框《がまち》がついている板の間に立った。

佐賀町の地主が自分の隠居所にするつもりだったそうで、家は案外に狭く、唐紙《からかみ》をはずしてある三つの部屋がそこから見渡せる。

裾継の女は、一番奥の部屋に寝かされていて、政吉は、その枕もとに坐っていた。

政吉のかわりに挨拶《あいさつ》をしたのは品のよい老夫婦で、それが中島町澪通りの木戸番夫婦なのだろう。その隣りには、佐賀町の地主と思われる男がいて、さらにその隣りには、涙で目を赤くした小粋な女が坐っていた。政吉の女房だった女の親がわりという、料理屋の女将《おかみ》、おくらだった。

線香をあげているのは、意外なことに、葛西屋へ嫁いだおとよであった。長屋での出来事など耳に入らないだろうと思っていたのだが、三次郎が知らせに行ったのだろうか。吾兵衛との間にしばらく子供が生れなかったため、辛い思いをしていたらしく、父親の野辺《のべ》の送りにきた頃は、あごが尖《とが》って見えるほど痩せていたものだが、今は胸も腰も重たげに太っている。昨年、男の子が生れたのだった。

おとよは、お若とおまきに黙礼して隅に下がった。通夜の席が陽気であるわけがないが、それにしても重苦しく静まりかえっている。

お若は、おまきに目で合図をして経机の前へすすんだ。

政吉が、ようやく顔を上げて挨拶をする。線香をあげてから、お若は、数時間の間にひどくやつれたように見える政吉に近づいた。

「しっかりおしよ、政さん」

だらしがないじゃないかと肩を叩こうとしたのだが、ふいにお若の目頭《めがしら》も熱くなった。

反対に、政吉がお若を見て笑った。

「ま、見てやってくんなよ。いい顔をしているんだ」

かぶせてあった白布を取ると、透《す》きとおるような白い顔があらわれた。死ぬ前に大量の血を吐いたようだと政吉が言ったが、そんな苦しみなどまるで感じさせぬ死顔だった。口許に笑みさえ浮かんでいるように見えるのである。

「有難う——と言って、息をひきとったのだそうだ」

政吉の手が、いとおしそうに女の頬に触れた。その瞬間、女が嬉しそうに口許をほころばせた——と、お若には見えた。

政吉はまだ、女を見つめている。抱きしめてしまうのではないかとお若は思ったが、額にかかっていた髪をかきあげてやって白布をかけた。

「俺がつまらねえ欲さえ出さなけりゃ、もっと早く身請けしてやることもできたんだ」

「愚痴《ぐち》はおよしよ」

と、お若は、くぐもった声で言った。

「せっかく有難うと言って息をひきとったのに、この人が気持よくあの世へ行けなくなるじゃないか」

「ああ。わかってはいるんだ」

政吉は、赤く充血してきた目の縁《ふち》を指先でこすった。

表から人声が聞えてきた。

ふっくらと太った木戸番の女房が、思いのほかに軽い身のこなしで、出入口へ立って行った。ようすを見に行ったらしい。ふっとよい匂いが漂《ただよ》ったような気がした。

声は、弔問客のようだった。

男の声が混じっていたので、お若は、差配が長屋の人達を連れてきたのだと思ったが、部屋へ上がってきたのは、おえいと見知らぬ男だった。

「こんな時に何ですけれど」

と、おえいは、敷居際で軽く手をついた。

「亭主の仁吉です。政さんとは、昔、取っ組みあいの喧嘩をしたことがあるってんで、それも何かの縁だろうと思って」

「それはそれは」

と、木戸番の女房が言った。やわらかな声だった。その声を、おえいの甲高《かんだか》い声が消した。笑ったのだった。

おえいは、取っ組みあいの喧嘩も何かの縁と言った自分の言葉を笑ったようだった。が、お若は、色黒で背の低い男を亭主だと紹介した時から、おえいの声がうわずっていたと思った。

政吉とさほど親しかったわけでもないおえいが根岸まで出かけてきたのは、お若に言わせれば、「亭主の仁吉です」という一言を皆の前で、いや、お若の前で言いたかったからにちがいなかった。

おえいの笑い声に、おまきが顔をしかめた。おとよは驚いた顔をして、佐賀町の地主は苦笑いを浮かべ、おくらは咎《とが》めるような目つきでおえいを見た。

ころがるような笑い声が聞えた。木戸番の女房が、笑靨《えくぼ》のできるふっくらとした手を口許に当てて笑い出したのだった。

「さあさあ、おえいさん、早く仏様にお線香をあげて下さいな。そのあとで、これだけ大勢の方がお揃いになったのですもの、賑やかにお話をして、おうたさんをお送りしようじゃありませんか」

「お捨さんの言いなさる通りだ」

と、佐賀町の地主が言った。

「通夜だからって、みんなが黙りこくっていちゃ、おうたさんも気がかりだろう。おとよさんと言いなすったかね、お前さんもそんな隅っこに行きなさらず、真中へ出ておいでなさい」

「そうそう、政さんも、ちっとはこっちへおいでなさいな」

おくらは、地主との間に政吉の坐る席をつくった。

「それから、おきくもお勝手にばかり引っ込んでいないで」

おまきがお若の脇腹を突ついた。政さんの前の女房だよ――と、低声で言う。

家の中が重苦しく静まりかえっていたわけが、それでわかった。おうたという裾継の女の最期をみとったのは、政吉の女房であったおきくで、政吉は、おうたの枕許に坐り、目を赤くしているのである。

おとよが、丸髷《まるまげ》の鬢を指先でかきつけながら、わずかに膝をすすませた。

政吉は膝を叩いて立ち上がり、おくらの隣りではなく、木戸番夫婦と地主の間に割り込んだ。

線香をあげ、おうたに向って手を合わせていたおえいは、仁吉を目で促《うなが》して木戸番夫婦の横に腰をおろした。お若の真向いであった。

なかなか姿を見せなかったおきくは、冷酒を入れた湯呑みを盆にのせて部屋に入ってきた。お若やおえいに簡単な挨拶をして、酒の湯呑みを配る。

何と言ったのか、政吉と二言三言、言葉をかわしてまた台所へ入って行った。おくらが板前にはこばせた精進物《しょうじんもの》の料理を取りに行ったようだった。

「そんなもの、あとでみんながはこぶから、とにかくお前もお坐りよ」

おくらに言われておきくはその隣りに腰をおろしたが、かわりに政吉が立ち上がった。三次郎を呼びに行くという。

「いえ、三次郎は私が呼んでまいります」

おとよが、ほっとしたような表情を浮かべて言った。

「赤ん坊を置いてまいりましたので、そろそろお暇《いとま》をいたしませんと」

それを言うきっかけを、おとよは懸命に探していたのかもしれなかった。

一同に中座する詫びを言って、経机の方へ膝を向ける。もう一度、線香をあげてゆくつもりらしい。

が、経机の前にはおえいが坐っていた。片手に数珠《じゅず》を下げたおとよが近づいて行けば、何をしに行ったのかわかるだろうに、おえいは、おとよが戸惑ったような表情を浮かべるまで知らぬ顔をしていて、あわてて脇へ退く。

裾を踏んだのか、おえいは、よろけて仁吉の腕の中へ倒れかかった。さすがに仁吉は苦笑したが、人前もかまわずに抱きとめて、自分を見上げているおえいの軀を起こしてやった。

こんなところで――と、お若は舌打ちをした。仲のよいところを他人に見せつけなくてもよいではないか。

政吉は、おえいの振舞いなど目もくれず、立ったままでおとよの念仏がすむのを待っていた。

おとよは、あらためて一同に挨拶をした。言いかけた言葉を飲み込んで、数珠をまさぐっている。

「何か？」

と、お捨が言った。おとよは、ためらいがちに口を開いた。

「あの、三次郎をよろしくお願いします」

蚊の鳴くような声だった。

連れて帰らないんだね――と、おまきがお若の耳に囁いた。

葛西屋へは連れて行けないさ――と、お若もおまきに囁き返した。

三次郎が、わざと人に突き当って金をせびり取ったと知って、姑は吾兵衛に、おとよを離縁するよう言ったらしい。おとよも葛西屋を出る覚悟を決めたそうだが、吾兵衛は頑《がん》として離縁状を書かなかったという。

おとよを見送りがてら政吉も庭へ降りて行き、三次郎を呼ぶ二人の声が、裏庭から聞えてきた。世話をやかせないでと叱るおとよを政吉がたしなめて、次第に声が遠くなった。おとよを門の外まで送って行ったのだろう。

話のとぎれていた部屋の中へ、ふいに政吉の声が聞えてきた。勝手口からだった。

「さ、そこで足を洗って」

と、政吉は言っている。

「みねえ、あんなところにもぐっているから、芒《すすき》で頬は切るし、虫にゃ刺されるし」

「いいよ、ふいてくれなくたって」

三次郎の声だった。三次郎が喋るのなど、はじめて聞いたのではないかと、お若は思った。

「ばか。じっとしてろ」

痛え――という三次郎の声が聞えて、勝手口も静かになった。

お若とおまきは、何となく顔を見合わせた。おきくは部屋が静かになったのが自分のせいであるように軀を縮めていて、おえいと仁吉は、肩の触れ合っている方の手をうしろへまわし、その手をつないでいる。

大口太々九《おおぐちのたたく》という名の狂歌師でもあるらしい地主が、「仲のおよろしいことで」と、いささか腹に据えかねたような口ぶりで言ったが、おえいは、「この年齢《とし》になって、きちんと所帯をもったもので」と、いっそう仁吉に寄り添って答えた。仲のよいところを見せつけることで、男にだらしないという今までの評判を、帳消しにできると考え違いをしているのかもしれなかった。

表が、急に賑やかになった。長屋の人達が到着したのだった。

すぐにお捨が立って行ったが、「途中で道を間違えちまって――」という声を聞いて、おまきも部屋を出て行った。恵比寿床の主人も、店を閉めてきたようだった。

おくやみを言う声と、初対面の者達をひきあわせる声が部屋にあふれ、政吉は、三次郎を台所に置いて飛び出してきた。

建具屋の女房や易者の娘など、女達は挨拶もそこそこに、おうたの死顔を見せてもらっている。

「息をしているようだねえ」と、建具屋の女房が言い、「羨《うらや》ましくなるくらい、幸せそうな顔をしている」と、易者の娘がすすり泣いたが、差配と恵比寿床の主人は、線香をあげ、おうたの顔を女達のうしろからのぞくと、早々に笑兵衛や太々九の前へ戻ってきた。女房が死んだ時には、お経のかわりに習いたての常磐津《ときわず》をうたって聞かせてやると言っている二人には、おうたの笑っているような死顔を眺めて、目をうるませるのは性に合わなかったのかもしれない。

おきくが、台所へ酒を取りに行った。

勝手口の戸の開く音がしたのは、三次郎がまた外へ出て行ったのだろう。今度は、物置にでももぐり込むつもりかもしれなかった。

おきくのはこんできた酒を飲んで、差配は、太々九と狂歌の話をはじめた。恵比寿床の主人はお捨夫婦に、若者の根気のなさを訴えている。そういえば今年、下剃《したぞり》の若者がたてつづけにやめていったことがあった。

おうたの横で泣いていた女達も、赤く泣き腫《は》らした目をこすりながら、話の中に加わってきた。おとなしい易者の娘までが、建具屋の女房にお浄《きよ》めだと言われて酒を飲み、頬を赤く染めて、父親から聞いたらしい妙な客の話を、身ぶりをまじえて喋っている。おきくが台所へ酒を取りに行く回数がふえた。

お若は、中途半端な気持で酒を飲んでいた。陽《ひ》が傾いてきたらしい庭を見れば、やりかけの仕事を思い出して、早く帰らなければとひとりでに腰が浮く。が、息抜きに、おまきや建具屋の女房などと井戸端で話し込むことはあっても、木戸番や狂歌師、料理屋の女将という、首を突っ込んだこともない世界の人達の話を聞くのははじめてで、中座するのは惜しいような気もしていた。

勝手口の戸が開いた。物置では寒くなり、三次郎が戻ってきたのかもしれなかった。どうせ顔は出すまいとお若は思っていたのだが、何気なく目を上げると、敷居際に三次郎が立っている。お若は、驚いて目を見張った。

が、そのうしろで、ふっくらとした白い顔が微笑していた。お若が、物置にいることすら忘れていた三次郎を、お捨はいつの間にか席を立って、迎えに行っていたのだった。

「あなた、そろそろ、お帰りの時刻じゃありませんか」

「うむ――」

笑兵衛が、我に返ったように言って立ち上がった。

一瞬、静かになった車座を見て、お捨は、額に白い手を当てた。

「ごめんなさい、お話の最中に野暮《やぼ》なことを言って」

「いや、俺が、夜廻りの仕事を忘れていたのさ」

「そうですよ、いけないのは、あなたですよ」

お捨は、ころがるような声で笑った。

「けど、三ちゃんは、ここへ泊らずにおうちへ帰りたいそうだから、ちょうどいい用心棒ができました」

さ、おうたさんにご挨拶をして——と、お捨が三次郎に言った。

三次郎は、ふてくされたような顔つきで車座の真中を横切って行き、おうたの横に坐った。

政吉がそばへ行くのも待たずに白布を取る。何となく三次郎を見つめていた一同が、悲鳴をあげた。おうたを見つめていた三次郎が、「ねえちゃん、きれいだ」と叫ぶなり、おうたの顔を抱きかかえて頰ずりをしたのである。

「よせ」

政吉が、三次郎の腕からおうたの遺骸を奪い取った。

「病いが伝染ったらどうする気だ」

「うるせいやい。あんちゃんは、さっき、さんざん頰ずりをしていたじゃねえか」

「ばか。おうたは俺の女房だ」

「女房なら、伝染ってもいいのか。俺あ、あんちゃんの弟だぜ。あんちゃんの弟なら、この人は、俺のねえちゃんじゃねえか」

政吉は、言葉に詰まったようだった。

「みんな、そうやって俺を退《の》け者にするんだ」

三次郎は、手に持っていた白布を畳へ叩きつけた。

「おとよねえちゃんは、俺が心配だと口じゃ言っているが、俺が葛西屋へ行けば、あわてて物陰へ連れて行く」

「そりゃお前、葛西屋は……」

「葛西屋がどうしたってんだよ。——あんちゃんだって、俺をほんとうの弟だと思っていてくれるなら、おうたねえちゃんの病気で、兄弟一緒に死のうって、そう言ってくれたっていいじゃねえか」

「三ちゃん——」

お捨だった。お捨は三次郎の手をとって、自分の膝もとへ引き寄せた。

「十六にもなって、何を言ってるの。政吉さんとおうたさんは、夫婦じゃありませんか。三ちゃんはその弟、弟は夫婦の間に首を突っ込んじゃいけないの」

「さ、俺達は帰ろうぜ」

笑兵衛が、三次郎を手招きした。

「あんちゃんが長屋へ帰ってくるまで、よかったら俺んとこにいねえ。俺んとこなら、婆さんが帰《けえ》ってきても、お互《たげ》え飽《あ》き飽きしているから、遠慮することたあねえんだぜ」

笑兵衛が重い口調で冗談を言い、お捨が、ころがるような声で笑った。

「男は男どうしなんて、三ちゃんに朝酒の味を教えちゃいけませんよ。おうたさんだって、せっかくできた弟が酔っ払いだったら、嬉しくも何ともありませんからね」

黙って立ち上がった三次郎の袖を、お捨が軽く押えた。

「皆さんへのご挨拶は？」

三次郎は肩をそびやかしたが、微笑したまま三次郎の挨拶を待っているお捨を見て、しぶしぶ膝をついた。お先に帰りますという短い言葉が、聞きとれぬほどの低い声でその口から洩《も》れてきた。

「わたしも――」

と、お若は言った。

「ごめんよ、政さん。もう少しいたいのだけれど、おちよやおせつをうちへ帰してやらなくっちゃならないから」

「わかってるさ」

おせつが酔った男にからまれたのを思い出したのだろう。政吉は、大きくうなずいて礼を言った。

お若は、何気なくおまきに声をかけた。

「さ、お暇《いとま》しようよ」

「え？　わたしは……」

おまきは、目だけを動かして横を見た。恵比寿床の主人がそこにいた。根岸まで連れ立ってきたので一緒に帰るものと思っていたのだが、湯屋へも同じ頃に出かけて同じ頃に帰ってくると言われている夫婦が、別々に帰るわけがない。

ご勘弁——。

お若がおどけて額を叩き、笑兵衛が、簡単な挨拶をして立ち上がった。政吉につきそわれた三次郎が、そのあとにつづく。お若も、お捨とおまき夫婦にかこまれて外へ出た。女達はそこでまた、世間話をまじえた挨拶をする。

「早く、早く」という声にお若がふりかえると、出入口に立っているおえいが、腰を上げずにいたらしい仁吉を手招きしていた。

おえいに気をとられているお若を置いて、三次郎が歩き出した。

「おいおい、早足で年寄りを困らせるなよ」

と言いながら、笑兵衛が困っているようでもない足どりで三次郎を追う。

陽は西に傾いていて、根岸の里は、道も水田も、行手に見える森の木立も黄金色《こがねいろ》に染まっていた。

笑兵衛と肩を並べて歩き出したお若は、まだ見送っているらしいお捨やおまき夫婦に手を振ろうとして足を止めた。

お捨と政吉が、陽を浴びて立っていた。恵比寿床の主人は、お役目がすんだというように門の内へ入って行くところで、おまきがそのあとを追っていた。檜皮葺《ひわだぶき》の屋根がついた門は四ツ目垣に長い影を落とし、屋根には黄金色に染まった松の影がある。

おまき夫婦は、屋根の陰にいる人に会釈をして通り過ぎ、いれちがいに陰にいた人が通りへ出てきて陽を浴びた。おえいと仁吉だった。

「仲がいいこと」

お若は皮肉のつもりだったが、二人をふりかえった笑兵衛は穏やかに笑った。

「お若さんのご亭主は、駿府にいなさるんだってね」

酒を飲んでいる間に、おまきから話を聞いたのだろう。或いは、おえいが喋ったのかもしれない。

おまきもおえいも、駿府に綱七の妻子がいることを知っているが、おまきなら「お若ちゃんの我儘《わがまま》で離れ離れに暮らしている」と言ってくれただろうし、おえいなら、「亭主は駿府の人間ってことになってますけどね」と、意味ありげに笑っただろう。

「いつ帰ってきなさるのかね」

お若にとって、この質問が一番つらい。

「藤八五文《とうはちごもん》の薬売りですから。駿府のお店から、上方の方へ商売に行っちまうこともあるんです」

「そいつは、つらいねえ」

笑兵衛は、お若のおえいへの皮肉を、亭主がしばらく帰ってこられぬための苛立《いらだ》ちと受け取ったようだった。

「うちの婆さんなんざ、あの通り太っていて、そばにいられちゃ邪魔みたようなものだが、近頃、先に死なれたらどうしようと、ふっと考えることがあるよ」

夫婦はなるべく一緒にいた方がいい。

笑兵衛はそう言いたいのかもしれなかった。お若は、足許の小石を力まかせに蹴った。綱七と一緒に暮らせぬ情けなさを、人に悟られまいとしているつらさは、ぶつけるところがなかった。

「この間、婆さんに、わたしより先に死ぬなと言っちまったよ。ずいぶんと気が弱くなったものだと笑われたけれどね」

お若は、綱七より先に死にたい。できれば、綱七のいる時に、思う存分我儘を言って、綱七の腕の中で息をひきとりたい。が、綱七が江戸へきているのは、一年のうちの三月《みつき》か四月《よつき》、綱七に抱かれて死ぬ可能性は少ないのだ。

年齢《とし》をとって病気になったら――。

それを考えると、背に悪寒《おかん》が走る。

年齢をとって、足腰も目も衰えて、仕立物ができなくなる頃には、綱七も薬売りをやめているだろう。駿府の家にひきこもって、長年酷使《こくし》した足や腰に膏薬《こうやく》を貼っているかもしれない。

おちよも、おみやもおせつも、おそらくは所帯をもっている。はじめのうちは季節の挨拶に訪れるだろうし、赤ん坊が生れれば得意そうな顔で抱いてきたりもするだろうが、子供が二人、三人とふえてゆき、いたずら盛りとなってくれば、お若のようすを見にくる暇もなくなってしまう筈だ。

お若は、懸命にためた金が医者代や薬代に消えてゆくのを気にしながら、熱気のこもる布団で、一人、寝ていなければならない。仕立にかけては男に負けない腕を持っているの、みなしごからお針子を三人も使うようにまでなったのと言われた成《な》れの果《は》てが、ひとりぼっちの熱くさい布団だ。

ひとりぼっちは俺も同じだと、綱七は言う。女房にとっても娘にとっても、俺はいないも同然、あかの他人のようなものよと、口許に寒々とした笑いを浮かべてみせるのだが、心底からそう思ってはいない。薬売りの相棒をお若の家へ連れてきた時に、相棒が、「お前《めえ》の女房に――」と口を滑らせたことがある。駿府へ帰れば、相棒とも親しくつきあっているらしい綱七の女房が、綱七にひややかな態度をとるわけがなかった。

おまき夫婦は、多分、孫にかこまれていて、お若の不幸せ《ふしあわ》に気づかない。寝たり起きたりの暮らしをしているお若を見て、おえいが仁吉と炬燵《こたつ》でみかんを食べながら、「お若ちゃんって気の毒ね」と、あくびまじりに言う。

冗談じゃない。

お若は身震いをした。

おえいにだけは、同情されたくない。されないためにも早く綱七と別れた方がよいにちがいないが、この年齢になって綱七と別れ、そのあとをどうすればよいのだろう。

「暮れてきたね」

と、三次郎が言った。

もう浅草へ入っている筈だが、まだ左右には田圃《たんぼ》がひろがっている。大きく西に傾いた陽は周囲の雲を灰色にしはじめて、田圃の水も、その色を映しはじめていた。

「秋の風になった」

と、笑兵衛が言う。

「暮れ六つ前に、深川へ着けるかな」

ふりかえって笑兵衛を見た三次郎には、お若にもうっすらと記憶のある、幼い頃の表情が戻っていた。

「どうした。六つ前に着かないといけない理由でもあるのかえ?」

「そうじゃねえけれど。笑兵衛さんが夜廻りに出かける前に、湯屋へ行ったり、めしを食ったりするんじゃねえかと思って」

「あら」

お若は、目を見張った。

「三ちゃん、やさしいんだ」

とたんに三次郎は、不愉快そうに頬をふくらませた。てれかくしのようだった。

笑兵衛は、低いが穏やかな声で笑った。

「褒められて怒るのは、お前くらいだな。で、わたしのうちへきて、婆さんのかわりに留守番をしてくれるのかえ」

「ああ」

三次郎は、頬をふくらませたままでうなずいた。なついてしまえば、案外に役に立つ子なのかもしれなかった。

六つの鐘は、小名木川《おなぎがわ》にかかる万年橋を渡る時に鳴った。

なぜこんなに静かなのだろうと、笑兵衛までがあたりを見廻したほど、橋の周辺は静まりかえっていた。

澪通《みおどお》り

「あら、三ちゃんじゃないの」

おちよの縫った着物の褄《つま》につれがあったという苦情があり、本所松坂町の米問屋まで出かけた帰り道のことだった。

芝居見物に着てゆく着物だったとかで、縫い直していては間に合わないと泣きそうな顔をする娘に幾度も頭を下げ、憂鬱《ゆううつ》になった気分を晴らそうと、お若は、見世物小屋の立ち並ぶ東両国へ出てきたところだった。

やれつけという品のよくない出し物の小屋で、三次郎が、中間《ちゆうげん》や地方から出てきたらしい男達に交じって絵看板を眺めていた。

「八文じゃ安い」という木戸の男の囃言葉《はやしことば》を聞いて、お若は耳朶《みみたぶ》まで赤くなり、三次郎をあわてて絵看板の前から引き離した。

「いやだ。三ちゃん、あんなものを見ようと思っていたの?」

三次郎は、黙って横を向いた。

その頰が、陽《ひ》に光ったような気がした。

泣いていたらしい。また米を買う金に困り、姉を頼って行って、追い返されたのだろう。

姑に気兼ねをするおとよの気持もわからないではないが、空《す》き腹《はら》をかかえて追い返される三次郎も哀れで、お若は、横を向いている三次郎を見つめた。

「こういうものを見ちゃわるいってのかよ」

三次郎が、くってかかるように言う。が、以前のように、お若を突き飛ばそうとはしない。おうたの通夜から一緒に帰ってきた記憶があるからだろう。笑兵衛の隣りで、「あばよ」と手を振っていた三次郎の姿には、愛嬌があった。というより、子供じみていた。幼い頃に両親を失くし、ひとりぼっちとなった三次郎は、手本となる大人を知らぬまま年齢だけを重ねたのかもしれなかった。

「見ちゃいけないとは言わないけど」

お若は、三次郎の腕を摑んで歩き出した。

「ご飯は食べたの？」

返事はない。

「そこらで、お蕎麦でも食べて行こうか？」

「やだよ」

三次郎は、間髪《かんはつ》を入れずに言った。

「小母《おば》さんと蕎麦を食ってたら、あとでみんなに嘲笑《わら》われらあ」

「あら、そう」

お若は、三次郎の憎まれ口に本気で腹を立てた。

「それじゃ、わたしはこのままうちへ帰るからね。三ちゃんは、やれつけを見て帰るなり、一人でお蕎麦を食べて帰るなり、勝手にすりゃあいい」

「そんなに怒るねえ、小母さん」

三次郎が、乾いた声で笑った。

「俺は、小母さんを褒めたんだぜ」

「どこを褒めたのさ」

「だってさあ」

三次郎は、てれくさそうに鼻の下をこすった。

「俺が木戸番小屋のお捨さんと蕎麦を食ってたって、誰も嘲笑やしねえぜ」

「わたしだと嘲笑うのかえ」

「うん。小母さん、半端な年齢《とし》だもの」

半端な年齢か――。

その通りかもしれなかった。

男など鬱陶《うっとう》しいだけだと割り切ることもできず、といって、綱七と別れるには、不安があり過ぎる。江戸は、男の方が多いというが、いいと思う男には、必ず女房や許嫁《いいなずけ》がいた。

「静かになっちまったな、小母さん」

三次郎が顔をのぞき込んだ。

「生意気を言うんじゃないの」

お若は、三次郎の額をかるく叩いた。

「褒められたのじゃしょうがない。鰻《うなぎ》でもおごろうか」

「無理しなくってもいいぜ」

「お前だけにおごりゃしない。うちのおちよや、おみやにも食べさせてやるんだよ」

はじめて晴着の仕立をまかせてもらったおちよは、米問屋からの苦情に悄気《しょげ》かえっていることだろう。

おちよは、手先が器用で仕立も達者なのだが、器用をたのんで気がゆるむのかもしれない。時折、とんでもない間違いをする。二月《ふたつき》ほど前には、待針《まちばり》をとめたまま袷《あわせ》に裏をつけ、点検をした呉服屋の番頭に見つけられて雷を落とされた。

幾度も間違いがつづいては、お若も甘い顔をしてはいられない。今朝は、おちよを台所へ呼んで叱った。当分、おちよには高価なものの仕立は頼まず、年下のおみやにその分を引き受けてもらうつもりだが、それは、おちよにもわかっているにちがいない。お若が出かける時に、おみやのいれた茶が熱過ぎると怒っていたのは、後輩に仕事をとられる口惜しさが、つい噴《ふ》き出したのかもしれなかった。

「小母さんとこの娘達におごってやるのなら、俺も一口ご馳走になろうかな」

三次郎は、上目遣いにお若を見た。

「いいよ。一緒にお食べ」

その方が、おみやも機嫌のわるいおちよに気を遣わなくてすむだろう。

呼び込みの声で賑わう東両国を抜け、竪川《たてかわ》の一之橋を渡った。

隅田川沿いに石置場、御船蔵《おふなぐら》などが並び、ふっととぎれたところに新大橋がかかっている。対岸には武家屋敷がならび、そのうしろに日本橋の繁華街が控えているのだが、両国橋のような人通りはない。御籾蔵《おもみぐら》と大名屋敷にはさまれた深川元町の家並も、真昼の陽射しの中で静まりかえっていた。

その静けさにつられたように、お若と三次郎も、黙って小名木川にかかる万年橋を渡った。深川万年町へ行くには、これから仙台堀の上ノ橋を渡り、今川町から永堀町へ、永堀町から万年町へと、仙台堀の枝川にかかる橋を二つ、渡らねばならない。

少々遠廻りをして鰻屋へ寄り、人数分の蒲焼《かばやき》を頼んでから、お若は家に戻った。

反対側の方角から、お若が戻ってくるとは思っていなかったのだろう。おみやが、豆腐屋の横にある路地に蹲《うずくま》って泣いていた。おちよに、嫌味を言われたにちがいなかった。

お若は、おみやの背をそっと叩いた。

驚いておみやが顔を上げた。涙に汚れている若い顔が、お若ですら、一瞬はっとしたほど美しかった。

「お昼はまだだろう？」

おみやは、掌《て》で涙を拭いながらうなずいた。

「お豆腐屋さんの井戸で、顔を洗っといで。みんなでご飯を食べよう」

言いながらお若は、おみやに手拭いを出してやろうと袂《たもと》を探った。

その目の前に、多少汚れている吉原つなぎの手拭いが差し出された。三次郎だった。

おみやは、茶を飲んでいる時でも、菓子鉢をのせた盆の汚れに気がつけば、湯呑みを置いて台所へ立って行く。盆を洗いに行くのだった。

癇性《かんしょう》なおみやが、三次郎の手拭いなど借りはすまいと思ったが、おみやは、ためらいもせずに三次郎の手拭いを受け取った。礼を言って、小走りに路地を出て行くおみやを、三次郎が追って行く。

お若は、苦笑しながら裏通りへ出た。

水で濡らさぬよう袖を帯にはさみ、裾をからげているおみやのそばで、三次郎がつるべで水を汲んでいる。

お若は、足をとめた。三次郎は、汲み上げた水を少しずつ、おみやの掌にこぼしてやっている。昔、おとよにも、三次郎がそんなことをしてやっていた時があったような気がした。

「ま、いいだろ」

ひとりごちて、お若は、先に家へ戻った。

出入口には幅一間《いっけん》ほどの板の間があり、正面の障子を開ければ茶の間、右手の障子の向う側が仕事場で、お針《はり》の娘達はいつもそこにいる。が、そこにいたのは、おせつ一人だった。

「おちよは？」

おせつは、黙って台所の方を指さして見せたが、台所に人の気配はない。おちよは、猫の額ほどの庭に佇《たたず》んでいるようだった。

お若は、おせつにおちよを呼んでくるように言いつけて、茶の間に腰をおろした。

おみやが、三次郎と一緒に帰ってきた。三次郎は、おみやが使って濡れているらしい手拭いを首にかけている。

背丈は小柄なおみやより頭一つ高いが、おみやにうながされて板の間に上がり、草履《ぞうり》を揃えてもらっている姿は、どう見ても姉と弟であった。お若は、おみやが三次郎より一歳年上であるのを思い出した。

おせつに呼ばれたおちよが、茶の間に入ってきた。茶筒に新しい茶の葉をいれていたお若の前に両手をついて、自分の不注意で得意先を怒らせたことと、両国まで出向かせたことの詫びを言う。

「すんだことは、もういいよ。これから気をおつけ」

とお若が言い、おちよが神妙にうなずいたところへ、おみやが茶の間へ入ってきた。

障子は開け放してあったので、おちよが両手をついていたのは、おみやにも見えた筈だった。詫びを聞かれていたようで、おちよは不愉快だったのだろう。庭に七輪を持ち出して湯を沸かしてくるつもりか、お若のうしろにあった炭籠を下げて立ち上がったが、そこへ三次郎が顔を出した。ものめずらしそうな表情が残っているのは、仕事部屋をのぞいていたのかもしれなかった。

「あら、どうしたの、三ちゃん」

おちよでなくとも、そう言ったにちがいない。だが、三次郎はとたんに顔をしかめ、踏石の上の草履をつっかけるなり、外へ飛び出して行った。

「待って」

おみやが、あわててあとを追った。

おちよも気が咎《とが》めたのか、ようすを見に出て行ったが、戻ってきたのはおみやだけだった。途中で姿を見失ったのだという。

「打棄《うっちゃ》っておおきよ」

と、お若は言った。どうしたの？　と尋ねられただけでつむじを曲げた子に、機嫌を直してくれと頼むのは、つけあがらせるだけではないか。

「でも――」

と、おみやは、まだ外をのぞいている。

「お腹《なか》がぺこぺこだと言っていたのに」

「十六にもなっているんだもの、少しは働く気になりゃいいんだよ」

涙をにじませながら、やれつけの看板を見上げていた三次郎の顔が目の前にちらついてはいるのだが、お若は、わざと厳しいことを言った。

「お師匠さんは、あっさりと言われますけど」

おみやが、むきになった。

「三ちゃんを雇ってくれるところがあるんですか」

「ああなっちまっては無理だろうね」

「だったら、働きたくっても働けないじゃありませんか」

「そうなる前に、働けばよかったのさ」

「誰も世話してくれる人がいなかったんでしょう？」

「ま、そりゃそうだけど」

お若は苦笑した。

台所の戸が開いて、鰻が届いたようだった。

「それじゃ一人前をうちのお皿に移してさ、あの子のうちへ持って行っておやり」

おみやは嬉しそうにうなずいて、台所へ立って行った。

鰻屋の若い衆と無駄口をたたいているおせつの声に混じって、一言二言、おみやの声も聞えたが、猫にとられないよう蠅帳《はいちょう》へ入れてこいというお若の言葉が聞えたかどうか、おみやは、蒲焼を皿に移すとすぐに長屋へ走って行った。

何をしているのか、なかなか戻ってこない。勝手口の戸が開いたのは、こちらの蒲焼がさめてしまうから先に食べようかと、三人が箸をとった時だった。

「三ちゃん、うちに帰っていましたよ」

と、おみやは、はずんだ声で言いながら茶の間へ入ってきた。

「意地を張ってね、こんなもの食えるかって言っていたんですけど、わたしがお隣りのうちでご飯を借りてやったら、食べるの何の」

その時の三次郎を思い出したらしい。おみやは、自分の前に置かれた箸をとりながら笑い出した。

「はじめは、ご飯にお味噌をつけて食べていたんですよ。でも、我慢しきれなくなったんでしょうね、ついでに食ってやるって恩に着せて……」

「蒲焼を食べたのかえ?」

「ええ」

「甘ったれるんじゃないって、頬っぺたをひっぱたいてやればいいのに」

と、おせつが言った。

お若も同感だったが、「どうして?」と、おみやは目を見張った。

「可愛いじゃないの。ひねくれきっていて、蒲焼をどぶへ叩っ込んだりしたら憎らしいけど」

おみやは、蒲焼をほおばった。鰻の脂《あぶら》が唇について、懐紙で拭う。性格も顔立ちもおとなしく、あまり目立たない娘であったが、性格が表に出るのか、いつも湯上がりのような感じのする娘であった。その娘が、上気した頬を桃の花のように染めている。

「でも、お蔭で、お隣りにご飯を返すことになっちまった。今日は大急ぎでうちへ帰って、ご飯を炊かなくっちゃ」

ふと気がついて、お若は箸をとめた。

「お前――まさか三ちゃんに、夕ご飯を食べにおいでなんぞ言ったりすまいね」

「言いましたけど」

なぜそんなことを尋ねるのかと言いたげに、おみやは首をかしげた。

「お隣りから借りたご飯はみんな食べちまったし、三ちゃんとこの米櫃は蜘蛛の巣が張っているし。食べるものがないと、わかっているんですもの」

「おみやちゃん、三ちゃんだって十六だよ」

おちよが、お若の言いたかったことを口にした。

「二人っきりでご飯だなんて……」

「あら、いやだ」

おとなしいおみやが、めずらしくおちよに逆らって肩をすくめた。

「おちよさん、妙なことを考えないでおくんなさいな」

軽蔑したような目でおちよを見る。お若の留守に意地のわるいことを言ったらしいおちよへの、報復《ほうふく》かもしれなかった。

「わたしは三ちゃんにご飯を食べさせてやりたい、三ちゃんはご飯を食べたい、それだけのことなんですから」

おちよは、口をつぐんだ。鰻の脂に汚れた唇を拭おうとして懐へ手を入れたが、懐紙が入っていなかったらしい。おみやがすぐに差し出したが、おちよは、あとから出したおせつのそれを受け取った。

おみやが、ちらとおちよを見た。お若は、おみやが持っている懐紙を取って唇をふいた。

「おちよが心配するのも無理はないんだよ」

ここは、おちよのかたを持たねばならないだろう。

「お前が、空《す》きっ腹《ばら》をかかえた三ちゃんを見かねて呼んだのだとしても、何だかだと鬱《うっ》陶《とう》しいことを言う人が多いんだよ」

「それはわかってますけど」

「気をおつけ。妙な噂がたつと、それが、しつこくついてまわるんだよ」

おみやは不服そうだったが、お若は、湯呑みを長火鉢の猫板《ねこいた》に置いて立ち上がった。

「さ、仕事をしようよ。日高屋さんからの袷は、まだ上がっていないんだろう?」

「ええ」

おちよがうなずいた。

おせつが、鰻の器を集めて台所へはこんで行く。

おみやは、おちよより先に仕事部屋へ入ってきた。針を髪でこすって油気をつけ、赤い糸を通している。当人は気づいていないのだろうが、糸の結び目をつくるにも、縒《よ》りの強い糸を指先ではじくにも、どこか浮き立っているように見える。そんなおみやを、おちよが横目で眺めていた。

仕事はきちんと片づけていたので、お若は何も言わなかったが、おみやは夕暮れ七つの鐘を聞くと、「今日はこれで」と言い出した。ご飯を炊きに帰るつもりのようだった。

その翌日のことだった。

二丁目の糸屋へ使いに行かせたおみやの帰りが遅いので、お若は、少々じれったくなって外へ出た。

「あ、お師匠さん」

仙台堀の方から帰ってくるものと思い、そちらへ走って行こうとしたお若を、おみやの声が反対側から呼びとめた。お若は、足をとめてふりかえった。みみず長屋の木戸の前に、糸の袋を持ったおみやが立っていた。

「何をしているのさ。足りなくなった糸を、急いで買いに行ってもらったことはわかっているだろうに」

「すみません」

おみやは、わるびれずに頭を下げ、木戸の陰へ手を振った。

「それじゃ、またあとで。夕ご飯、つくっておくから」

木戸の向う側は、見ないでもわかった。三次郎が立っているにちがいなかった。お若は、おみやの手から糸の袋を取り上げた。

「すみません。あたしが出てくるのを待っててくれたものですから」

家の中へ入って行くお若のあとについてきながら、おみやは弁解するように言った。

「昨日、三ちゃんがご飯を食べにきた時に、働いた方がいいって言ったんです。そうしたら、明日っから塩売りをするって」

「へええ」

「政吉さんのお世話らしいんですけど。それでね、これをわたしにくれたんです」

お若は、草履を脱ぐついでに、踏石の上でふりかえった。

おみやは、持っていた紙包を開いていた。長い間しまわれていたらしい紙は、あちこちが茶色に変色していた。

「ほら」

簪《かんざし》だった。

「三ちゃんのおっ母《か》さんのものだったんですって」

お若は、黙って簪を眺めた。

見覚えはなかった。まだ所帯をもったばかりの三次郎の父親が、思いがけない手間賃が入った時に、女房の喜ぶ顔見たさに買ってきたものかもしれなかった。

「およさんにも渡さずに、三ちゃんが大事に持っていたものなんですって」

それをわたしにくれたと言いたいのだろう。

注意した方がよいだろうかと、お若は思った。母親のかたみを女にあたえるのはどういう気持からなのか、考えなくともわかる。明日から塩売りに出ると言っているそうだが、三次郎は、拗《す》ねて甘えることしか知らない十六の、子供といってもいい男だった。

が、おみやは、鼻歌をうたいながら仕事部屋へ入って行く。「遅かったじゃないの」と、おちよが刺《とげ》を含んで言ったが、それも気にならないらしい。

「ちょっと、人に会ったものだから」

と、軽く受け流した。

お若は糸をおせつに渡して、裁板《たちいた》の前に坐った。反物《たんもの》をひろげ、日高屋の番頭からあずかってきた寸法を頭に入れて、へらをする。衽《おくみ》と身頃の柄を合わせようと、反物をさらにひろげている時に、三人のお針子の姿が目の端に映った。

おせつは熱心に針を動かしていたが、おちよは、裁板から離れて茶の間へ入って行った。急須《きゆうす》へ湯をそそぐ音がしてきたので、茶を飲みに行ったのだろう。

やきもちをやいていると、お若は思った。

おちよは、なぜか、男に縁がない。縹緻《きりよう》も決してわるくなく、陽気で、針を縫い込んでしまうような、そそっかしいところはあるものの、おちよほど料理のうまい女も少ないだろう。お若や恵比寿床のおまきなど、女の目からみれば、いい女なのである。

が、男に縁がない。嫌われてはいないようなのだが、女房にしようという男はあらわれない。

お若にも内緒にしているが、先月はじめ、恵比寿床の主人が、客の一人をおちよに会わせたらしい。まだ手間取りではあるが、真面目一方の建具屋で、おまきに聞いたところでは、おちよの方が乗気になったそうだ。

それを、建具屋が断ってきた。理由は、はっきりしない。おまきは、おちよが話に乗気となったあまり、ちっとは蓄えがあるから当分の間暮らしに困ることはないと口を滑らせたのが、建具屋の気にさわったのではないかと言う。多分、当っているだろう。

わるい娘《こ》じゃないんだけどねえ。

と、お若は思う。

わるい娘ではないが、もう二十《はたち》だ。

近頃は、「男なんざ、あてにしないで暮らした方が、いっそ気楽」と、ことあるごとに年下のおみややおせつに言っているが、本心からではあるまい。その気持は、お若にもよくわかる。

それにしても、おみやは三次郎なんぞと……。

ふっと、裁板にひろげてある着物の柄が、目の中に飛び込んできた。お若は、柄の合わせ方が間違っていないか、もう一度確かめてみて鋏《はさみ》をとった。

裁《た》った布地を、袖、身頃とまとめてゆき、顔を上げたが、おちよはまだ裁板の前にいない。茶をいれた湯呑みを持って、何を考えるでもなく、ぼんやりと膝を眺めているのかもしれなかった。

お若も、のどが渇いていた。

茶の間へ入って行くと、案の定、おちよは火の気のない長火鉢に寄りかかって、指ぬきをはめた手を眺めていた。

あわてて立ち上がったおちよといれかわりに、お若は、長火鉢の前に坐った。

鉄瓶の湯は、さめている。が、お若は、かまわずに急須へそそいだ。ぬるい茶を飲むようになったのは、綱七とつきあうようになってからだった。綱七は、茶にかぎらず熱いものが苦手で、味噌汁なども、お若にはまずそうに見えるほど、さましてから飲んだ。

「塩っぱい干物をうまいと言ったり、おまきさんの芋の煮っころがしをまずいと言ったり、食べ物には野暮な男だったけれど」

綱七と食べた塩辛い干物が、無性に恋しくなる時がある。

おちよは、建具屋が縁談を断ってきたとおまきに言われた時、「嘘――」と叫んだそうだ。恵比寿床でひきあわされてから、一度、浅草の観音様へお詣《まい》りに行ったことがあるらしい。帰りはわざわざ遠廻りをして、田圃道で手をひいてもらったようだよと、おまきは言っていた。その時の感触が手に残っていれば、「嘘――」と叫びたくもなるだろう。

「それにしても、おみやは……」

茶を飲みながら、お若は、反物を裁つ時にとぎれたままとなっていた考えを蒸し返した。

「三ちゃんは塩売りをすると言っていたそうだけど、長続きするわけがない」

どうせすぐに飽きて、塩店へは政吉に詫びてもらって、商売を放り出す。そのあとは、人に突き当っての強請《ゆす》りたかりだ。母親のかたみをもらったからといって喜んでいると、強請りたかりの始末まで持ち込まれるようになるかもしれなかった。


お若の心配は、現実となった。

おみやの忘れていった風呂敷を、燈油を買いに出たついでに届けてやった時だった。万年町二丁目の、昔は煮〆屋《にしめや》だった仕舞屋《しもたや》の裏にある長屋の戸を、始終往ききをしている気安さで、「ごめんよ」という声と一緒に開けると、目の前を人が走った。土間にいたおみやと三次郎が、あわてて左右にわかれたのだった。

「おや、とんだ邪魔をしちまった」

土間へ入れかけた足をあわてて軒下へ戻して、お若は、風呂敷を振って見せた。

「これを届けにきただけだよ」

「すみません」

我に返ったらしいおみやが、ふと、自分の手許へ目をやった。

そんなことをしなければ、お若は何も気づかずに踵を返していたかもしれない。お若は、その視線につられて彼女の手許を見た。おみやは素早く手を背へまわしたが、間に合わなかった。

おみやの手は、財布を持っていた。三次郎に小遣いを渡していたのだった。

「三ちゃん。お前、塩売りをしているんじゃなかったのかえ」

お若は、思わず、三次郎に尋ねた。三次郎は、目をしばたたいてお若を見た。

「しているよ」

「だったら、お前……」

「またくらあ」

三次郎は、おみやを押しのけて外へ出た。生意気にやぞうを拵《こしら》えた姿は、たちまち長屋の木戸の向う側に消えた。

「およしよ」

お若は三次郎を追って行こうとするおみやの袖を引いた。

「この間っから、お前に言おう、言おうと思っていたんだ。あんな子とつきあっていたら、お前が泣きをみる」

「どうしてですか」

おみやは、顔色を変えてお若に詰め寄った。

「せっかく三ちゃんが、真面目に働き出したっていうのに」

「働き出した男が、何だってお前にお小遣いをせびりにくるんだよ」

「お小遣いをせびりにきたんじゃありません。お金を借りにきたんです」

「似たようなものじゃないか」

「違います」

おみやは、お若を見据えてかぶりを振った。まばたきをしない目に、涙がにじんできた。

「三ちゃん、昨日も今日も、稼ぎがなかったんです」

「どうしてさ」

「お師匠さん、わかってやっておくんなさいな。三ちゃんは、生れてはじめて商売をしたんですよ。いくら、政吉さんに教わったからって、すぐにうまくゆくわけがないじゃありませんか」

おみやの声は、お若が三次郎の商売下手をなじりでもしたように甲高《かんだか》くなった。

「三ちゃんが、無理をするのも当り前でしょう?」

「だから、どうしたってんだよ」

「早くお得意様をつくりたくって、塩をおまけし過ぎちまったんです」

「おまけのし過ぎ?」

「ええ」

うなずいたおみやの頰に、涙がこぼれてきた。

「塩を桝ではかって、その上へ、おまけの塩を一つかみ、のっけてあげるんですって。政吉さんに教わったそうですけど、三ちゃんは、その一つかみが多過ぎたんです」

わからないでもなかった。

政吉は、煙草屋の店を潰《つぶ》して塩売りとなったそうだが、煙草屋をはじめる前にも塩を売り歩いていたことがあるという。桝ではかった塩の上へ、さらに一つかみの塩をのせるといっても、政吉ならその加減がわかっている筈だ。「大まけにまけた」と言って、山盛りのように見せる塩も、ふわりとはかっているのかもしれない。

三次郎はその加減がわからずに、おそらくは塩を桝へ押しつけてはかり、その上に力いっぱい握った一つかみをおまけにしてしまったのだろう。

でも——と、お若は思った。

十六になるまで、毎日のらくらと暮らしていた男が、おみやの一言で心を入れ替えるものだろうか。

「ほんとうに、塩売りに行ったのかねえ」

おみやがお若を見た。

「ごめんよ、悪気で言ったんじゃない。わたしは、お前があんな子に騙《だま》されないように
と、それだけが心配なんだよ」

「三ちゃんが、塩売りで稼げなかったと嘘をついて、わたしにお金を借りにきたって言
いなさるんですか」

「そうじゃないといいと思っているんだよ」

「お師匠さん――」

おみやは、頬へこぼれそうな涙を指先でふきとってお若を見た。

「三ちゃんは、嘘をついてません。でも、もし嘘をついていたとしても、わたし、騙さ
れてやってもいいんです」

「ばかをお言い」

お若の声が高くなって、両隣りと筋向いから女が顔を出した。お若は、愛想笑いをつ
くって三方に挨拶をし、おみやを家の中へ引き入れた。

「ばかなことをお言いでないよ。男に騙されて、何がいいんだよ」

「お師匠さんが、そんなことを言いなすっていいんですか」

「何だって？」

「お師匠さんだって、旦那さんに騙されていたじゃありませんか」

お若は口をつぐんだ。おみやは、声を低くして言った。

「騙されたとわかっても、お師匠さんは、旦那さんと別れようとはしなさらないじゃありませんか」

どうしてです？　――と、おみやは、横を向いているお若の顔をのぞきこんだ。

「ねえ、どうしてです？」

「惚れているからだよ」

胸を張って答えたわけではなかった。なかば捨鉢《すてばち》になって、そう言ったのだった。が、おみやは、お若の言葉にすがりついてきた。

「そうでしょ？　お師匠さんだって、そうなんでしょう？」

「痛いよ。そんなに気を昂《たかぶ》らせないでおくれ」

お若は、腕を摑んでいるおみやの手をふりほどいた。おみやは、お若の言葉など聞いていないようだった。ふと洩らした三次郎への気持を抑えようがなくなったのか、水を飲もうとして背を向けたお若へ、上ずった声で喋りつづけた。

「わたし騙されてもいいんです。おみやにゃすまねえことをした、と三ちゃんがちょっぴりとでも思ってくれれば、それでいいんです」

「お前を騙すようなら、すまないことをしたとは思やしないよ」

お若は、かすれた声で言って、水甕《みずがめ》の柄杓《ひしゃく》を取った。うしろで、おみやがかぶりを振っていた。

「思ってくれます。第一、三ちゃんは、わたしを騙したりやしません」

わたしを騙したりはしない――か。

お若は、唇のまわりについた水滴を、掌《て》でぬぐいながら思った。

綱七が騙したりはしないと、自分に信じ込ませていたのは、いったい幾つの年齢までだっただろう。十八か、十九か、いずれにしても長い間ではなかった。しかも、綱七は騙したりしないと信じたつもりでいながら、騙されていることにどこかで気づいていた。

「帰るよ」

と、お若は言った。

「お前も子供じゃないんだから、これ以上は何も言わないけどね」

何を言ったところで、今のおみやの耳には入るまい。

お若もそうだった。綱七の身内をよく確かめてから所帯を持てという恵比寿床夫婦の言葉には耳も貸さず、綱七の着物を縫い、帯を買って、綱七が江戸へ出てくるのを待ちこがれたものだった。

今でも、待っていないわけではない。薄情な男に恋いこがれる女を描いた絵草紙を読めば、自分のことではないかと思い、絵草紙の安《やす》でな言葉の一つ一つが身にしみてくる。いっそ会いに行こうかと道中図をひろげ、手甲脚絆《てっこうきゃはん》を縫い、笠や合羽《かっぱ》を買い整《ととの》えたこともある。綱七に抱かれる夢を見て、目覚めた床の中で軀の火照《ほて》りをもてあましたこともある。

が、なぜか近頃は、綱七に会ったとたんにその気持が冷える。

今夜は子供を抱いて笑っているのではないかと、嫉妬に悩まされていたのはこの男だったのかと、醒《さ》めた目で見てしまう。夢の中で抱かれ、甘い思いにひたっていたのは、ほんとうにこの男だったのだろうかと、ひそかに首をかしげてしまう。それやこれやを思い出せば、先刻の「惚れているからだよ」という言葉が虚《むな》しかった。

十八年間も綱七を好きだと思っていたのは、お若の勘違いだったのだろうか。それとも近頃の綱七に、微妙な変化があらわれたのだろうか。

お若は、足許の小石を蹴った。気がつけば、道を行く人は、女房や子供が待っている家へ急ぐ男や、孫を連れて湯屋へ行く老人ばかりだった。

帰っても、わたしのうちには誰もいやしない――。

居酒屋で飲んで帰ろうかと思ったが、飲んで陽気に騒いだあとを考えると、気が重くなる。一緒に騒いだ者には待っている人がいて、お若は一人、明りのついていない家に帰ることになるのである。

「お酒を届けさせることにしようか」

それもまた、飲んだあとのだらしなさに嘲笑《わら》いたくなる。二合半の酒に酔って、ご飯を食べるのも肴の皿や小鉢を洗うのも億劫《おっくう》になって、そのまま寝てしまう。そして真夜中にふっと目が覚めれば、うがいをしなかった口の中が苦《にが》く、胸のうちには、それ以上に苦い澱《おり》がたまっているのだ。

一丁目の角を曲がった時、お若は、ふいに中島町の木戸番夫婦を思い出した。

お若の記憶にある父親の面影《おもかげ》は、大分うすらいできたが、どちらかと言えば痩せていて、背が高かったことを覚えている。肩車をされた時、江戸の町はまったく様相を変えて見えたものだった。

笑兵衛は、長身だが、がっしりとした体格をしている。顔立ちも、眉が濃く、口許がひきしまっていて、優男《やさおとこ》だった父親とはまるで違う。

だが、それでも、お若をふりかえって微笑した時の笑兵衛は、父親によく似ていた。父親もあんな風に、目尻に皺をつくって笑った筈だった。

まるで記憶のない母親は、お捨のように太っていたのではあるまいか。そばへ寄ると、何となく台所のにおいがして、それが湯上がりには甘ずっぱいにおいになる。父親と母親が生き返って、親子三人で晩酌をくみかわすような暮らしができるなら、綱七など、のしをつけて女房の許へ戻してやる、多分――。

お若は、踵を返した。

たった今、通ってきた大名屋敷の長い塀の内側は、鬱蒼《うっそう》と茂る木立にかこまれていて、瓦屋根の周辺に夕闇がまつわりついているが、万年町二丁目と平野町の商家が並ぶ道は、まだかすかに昼の明りを残している。

お若は、中島町へ向って足早に歩き出した。

木戸番小屋は、きっと、表の木戸を一枚だけ開けて、暗くなった澪通りを家の中の明りで照らしているだろう。笑兵衛とお捨は、焼芋の壺や、商売物をのせた台に占領されている土間の奥の狭い部屋にいて、「お帰り」と、お若に言ってくれるかもしれなかった。

お若の足は、次第に速くなった。

平野町から油堀を渡って、黒江町を通り、黒江川にかかる坂田橋を渡る。夕闇がひときわ濃い寺院の前を走り、息をはずませて北川町の路地を抜け、中島町へ出た。大島川と一つになって隅田川へ流れ込む、仙台堀からわかれて流れてくる川の音が高くなった。

想像していた通り、木戸番小屋は、一枚だけ戸をはずしたままにしてあって、中から明りがこぼれていた。

お若は、そっと小屋の中をのぞき込んだ。

夕飯の支度ができているのに、笑兵衛は、行燈《あんどん》をひきよせて本を読んでいた。その前に坐っているお捨は、繕《つくろ》い終えたらしい笑兵衛の着物をたたんでいる。

ただいま——と、お若は口の中で言った。笑兵衛もお捨も、万年町で仕立物をしている娘の帰りを待っているようだった。

嵐のあと

強くなった風の音と一緒に廂《ひさし》を打つ雨の音が聞え、おせつに雨戸を閉めさせたとたんに、叩きつけるような降りになった。

「二階の戸も閉めてきます」

と、おせつが階段を駆け上がって行く。

暗くなった部屋の行燈に明りをいれて、お若は目をこすった。

何気なく向い側を見ると、おちよもおみやも難なく針に糸を通している。

向うは白糸で、こちらは黒糸だから――と自分に言訳をして、お若は苦笑いをした。

若い頃は、恵比寿床の中に貼ってある錦絵の文字を、外から読めるほど目がよかったのだが、この頃は針穴がかすんで見える。ことに、仕事で夜更《よふ》かしをした翌日がつらかった。

お若は、もう一度目をこすって、縫針を針山へ戻した。

「早いけど、お茶にしようか」

「ちょっと待っておくんなさいな。わたし、ここまで縫っちまいますから」

おちよは顔も上げずに答えたが、おみやは、袖口で口許を押えていた顔を横へ向けた。生あくびを噛み殺していたのだった。あいかわらず、三次郎が泊りにきているらしい。

「それじゃ、わたしがお湯をわかしておくから、あわてずに縫っておくれよ」

と、お若はおちよに言って立ち上がった。

もう一つ、袖の中であくびをしたらしいおみやが、うっすらと涙をためた目をしばたたいた。

お若は、何も言わずに部屋を出てきたが、手早く反物をたたむ音がした。眠気ざましだろう、おみやが火をおこしに出てくるようだった。

長火鉢の灰に埋めてあった火種を掘りおこし、おみやの持ってきた十能《じゆうのう》にのせていると、二階からおせつも降りてきた。おせつは、「妙なお天気ですねえ」と言いながら、勝手に茶箪笥を開けて、菓子の袋を取り出した。

「さっきまで薄陽《うすび》が射していたのに」

「嵐になるのかもしれないよ。風も強くなってきたし」

「いやですねえ」

おせつが首をすくめ、おみやは、火種を持って台所へ出て行った。

「何ですって」と言うおみやの声が聞えたのは、おちよがこぶしで肩を叩きながら茶の間へ入ってきた時だった。

「おとよさんが、いなくなっちまったって、いったいどういうことなの？」

お若は腰を浮かせた。

低い声が聞えてきた。男の声だった。三次郎がきたにちがいなかった。

お若は台所へ出て行った。おみやは、うちわと炭取りを持ったまま、羽目板の陰にいるらしい三次郎を見つめていた。

「どうしたんだよ、いったい」

お若は、おみやを押しのけるようにして路地へ出た。案の定、三次郎は、身をひるがえして路地を出て行こうとした。

「お待ちよ」

かろうじて袖をつかまえて、お若は力まかせに三次郎を引き戻した。

「おとよさんが、どうしたって」

「小母さんの知ったこっちゃねえや」

「ばかをお言い。おとよさんがいなくなったって言ったようだけど、そんな一大事を、お前とおみやの二人でどう始末しようっていうんだよ」

三次郎は横を向いた。

「詳しく話してごらんな。おとよさんは、葛西屋を出ちまったのかえ？」

黙りこくる肩を揺さぶり、おとよがどうなってもよいのかと脅《おど》し、お若は、ようやく三次郎の口を開かせた。

情けなさがこみあげてきたのだろう、洟《はなみず》をすすりあげながらの話によると、先刻、葛西屋の手代がおとよはきていないかとたずねてきたらしい。きていないと三次郎は答えたが、手代は無遠慮に家の中をのぞき、いないことを確かめようとした。

その無礼さに腹が立ったのと、葛西屋がおとよを探していることを奇妙に思い、三次郎は、手代を家の中へひきずり込んで問いつめた。

手代は、買い物に出かけたおとよがなかなか戻ってこないので、三次郎の家へ寄ったのではないかと思っただけだと、しばらくは強情を張っていたという。が、人に突き当って金を強請《ゆす》りとったこともある三次郎にすごまれて、一昨日からおとよが行方知れずになっていることを打明けた。

「どんなことがあったか知らねえけど」

と、三次郎は呟くように言った。

「姉ちゃんは、俺にも黙ってどこかへ行っちまったんだ。葛西屋なんざ追ん出てやると、俺にひとこと相談してくれたら、友達のうちに何日でもかくまってやったのに」

「そりゃ姉ちゃんにしてみれば、お前に心配をかけたくないから……」

「ちがわい」

横を向いている三次郎の目から、ふいに大粒の涙がしたたり落ちた。

「黙ってどこかへ行っちまったら、よけい心配するじゃねえか。頼りにならねえ弟だとは手前《てめえ》でもわかっているけど」

頼りにならぬ意気地のない弟と承知していても、嫁ぎ先を飛び出すほどの苦しさを一言も打明けてもらえなかったのは口惜しいのだろう。

お若は、もう一度三次郎の軀を揺すった。お前の気持はわかったと言ってやったつもりだった。

「で、おとよさんが頼ってゆきそうなところは探してみたのかえ」

「頼ってゆきそうなところって言ったって……」

三次郎は、困惑しきった目を虚空《くう》に泳がせた。江戸に身よりはなく、姉が親しくしていた人も思い当らぬらしい。

お若は、素早く記憶をたどった。嫁ぐ前のおとよが親しくしていたのは、みみず長屋の一番奥に住んでいた下駄の歯入れ屋の娘だった。

「ちょいと、表口から傘を二本持ってきておくれ」

お若は茶の間にいる二人へ声をかけ、おせつの持ってきたそれをひったくるように受け取ると、一本を三次郎に押しつけた。

歯入れ屋の娘は、黒江町の魚売りに嫁いだ筈だった。二人の子供を生んで見違えるほど太り、昨年、「ねえ、安く縫ってもらえない?」と、亭主にはじめて買ってもらったという反物を持ってきた。

「黒江町まで行ってくるよ。なに、すぐ戻るさ」

歯入れ屋は去年の暮に他界《たかい》したが、女房は娘の魚売り夫婦にひきとられ、孫の相手をしながら暮らしている。おとよが頼ってゆくなら、その家のほかはない。

路地を出たお若は、傘を半開きにして歩き出した。

それでも、強い風に傘を取られそうになる。遠慮なくひろげた三次郎は、おちょこにされた傘を懸命に閉じていた。

その上、風はまわっているのか、傘を前へかたむければうしろから、うしろへまわせば前から雨が吹きつける。万年町を出る前に、お若も三次郎も濡れ鼠《ねずみ》となった。

が、黒江橋の近くにある長屋からは、かつての歯入れ屋の娘の声が、路地にまで響いていた。いたずら盛りの子供を叱りつけているのだった。この雨で外へ遊びに出られなくなった子供が、たたんである夜具から飛び降りて、枕屏風に穴を開けたらしい。

お若が案内を乞《こ》うた時は、娘の叱り方がきつ過ぎると口を出した母親と、孫を甘やかしては困るという娘とで口論《こうろん》がはじまっていた。おとよが頼って行ったようすはない。

それに考えてみれば、四畳半一間に五人が暮らしているところへ、おとよが泊っていられるわけもなかった。

「小母さん、ほかに心当りはないのかよ」

三次郎が苛立たしげに言ったが、ほかに思いつくところはない。もと歯入れ屋の母娘は、口論を中止して、玉の輿《こし》に乗った筈のおとよが行方知れずになったらしい事情をもっと聞きたそうな顔をしていた。お若は、あわてて愛想のよい笑顔を向け、三次郎の袖を引いて踵を返した。

雨も風も激しさを増してきた。

捨鉢になったように三次郎は傘を閉じ、全身を雨に打たせてついてくる。

お若は、おうたの通夜から帰ってきた日を思い出した。

あの日の三次郎も、はじめのうちは拗《す》ねた顔をして歩いていた。それが、深川へ着く頃にはすっかりうちとけて、笑兵衛だけではなく、お若にまで笑顔を向けるようになった。笑顔は、向けられた相手より、浮かべている自分の方が心地よい。三次郎が無口な笑兵衛にまとわりついていたのは、笑兵衛のそばにいる時は、拗ねた顔をせずにすむと気づいたからではなかったか。先日、お若自身が木戸番小屋をたずねて行って、どこまでも滅入《めい》ってゆきそうな気持に歯止めをかけて戻ってきたのを思い出せば、三次郎の気持もよくわかる。

とすれば、おとよも、お捨笑兵衛夫婦の住む中島町澪通りに、実家があるような気になっているかもしれなかった。

「そうだ、澪通りだよ。行ってみよう、三ちゃん」

頭だけを傘の中に入れ、足早になったお若を、三次郎が追い抜いて行った。三次郎も、おとよは木戸番小屋へ行ったと思ったようだった。

黒江町をほとんど駆け抜けて、八幡橋を渡る。黒江川沿いの道を真直ぐに歩いて行って、大島川の土手に突き当れば、そこが中島町の澪通りだった。

木戸番小屋は家並の陰になり、向い側の自身番屋は土手の陰になって見えないが、雨にかすむ道の向うに町木戸が見える。

お若は、一瞬、おとよを探していることを忘れて深い息を吐いた。ひさしぶりに帰る家が、やっと近くなったような気がしたのだった。

「のろいなあ、小母さんは」

先を歩いていた三次郎が言う。

「わるいけど、俺あ、先へ行くぜ」

走り出した三次郎の足許から水しぶきが上がり、地面を蹴っては腰のあたりまで跳ねあがる藁草履《わらぞうり》が、みるみるお若から離れていった。

お若も、懸命にあとを追った。

小母さん——と言う声が聞えて、わずかに傘をずらすと、木戸番小屋へ飛び込んだ筈の三次郎が、その前に立って、小屋の中を指していた。やはり、おとよはお捨笑兵衛夫婦を頼っていたようだった。

お若は、軒下へ飛び込んだ。濡れた裾をしぼると、洗濯でもしたように雫《しずく》がしたたり
「まあ、この雨の中を大変でしたねえ。おとよさんがここにみえたと、ともかくお知らせだけしようと思ったのですが、かえってご迷惑をかけてしまって」

手拭いを持って土間へ降りてきたお捨を、お若は怪訝《けげん》な顔で見つめた。

「おや？」

お捨も、不思議そうに首をかしげた。

「もう一刻ほど前になりましょうかねえ、おとよさんがうちへおみえになって、三次郎さんに会いたいと仰言《おっしゃ》ったので、うちの人が万年町へ出かけたのですけれど」

「こなかったぜ」

おとよに手伝ってもらいながら、濡れ鼠の頭を拭いていた三次郎が言う。お捨は、苦笑してお若を見た。

「ほんとに役に立たないお爺さんですねえ」

お捨のやわらかい笑い声を、三次郎が遮《さえぎ》った。

「どうしたんだよ、姉ちゃん。俺のことでいじめられたのなら、俺あ、江戸を出たっていいんだぜ」

おとよは、手拭いごと三次郎を抱き寄せた。

葛西屋からの使いは一昨日からいなくなったと言い、お捨は一刻ほど前にたずねてきたと言ったが、その間どこにいたのかは、おとよのやつれた顔を見ただけでよくわかった。

顔や手足の汚れは洗い落としたのだろうが、櫛も簪も落としたらしい髪は乱れたままで、髱《たぼ》のあたりには、泥が乾いてこびりついている。着ているのは身幅も丈も大き過ぎるお捨の着物で、土間の隅にある盥《たらい》に、おとよが着ていたにちがいない袷が入っていた。小さくたたまれてはいたが、泥まみれであることは一目瞭然《いちもくりようぜん》だった。

「ごめんね」

と、おとよはかすれた声で言った。

「たった一人の弟を毛嫌いする人のいるところへなんぞ、やっぱりお嫁にいってはいけなかったの」

「どうしてさ。吾兵衛さんは、姉ちゃんに首ったけだったじゃねえか」

おとよは、黙ってかぶりを振った。

「吾兵衛さんが、姉ちゃんを嫌いになったってのか」

「いいの、もう」

おとよは、弟の軀に巻きついていた手拭いを取って、もう一度その髪を拭いた。

「俺あ、よかあねえぜ」

三次郎は、姉の手から手拭いを取った。

「俺のせいで姉ちゃんが追い出されたってえのなら、俺あ、この場で姉ちゃんと縁を切ってやる」

「いいんだってば、もう」

「お姉ちゃんが葛西屋を出てきなすったのは、三次郎さんのせいではないんですよ」

お捨が口をはさみ、おとよがちらとお若を見た。

お若は、小屋の外へ出ようとした。おとよの家出の原因が三次郎ではないというのなら、おおよその見当はついた。吾兵衛が浮気をしたにちがいない。家出の原因を話すのにお若が気になるのなら、それ以外に考えられなかった。

が、おとよは、お若の袖を押えた。

「お師匠さんには、聞いていただいた方がいいんです。わたし、……お師匠さんも出入りしてなさる日高屋さんの手代といい仲になっているって、そう姑に言われたんです」

「そんな、まさか……」

「葛西屋が、支払いのお金に困ったことがあるんです」

おとよは、片頬にひっそりと笑みを浮かべた。

「でも、わたしは、実家からお金を融通《ゆうずう》してもらうことができない嫁だから……」

雨の音が大きくなった。お若は、おとよを慰める言葉が見つからずに出入口をふりかえった。

すりへった敷居に立てられた戸は、今にもはずれそうなほど揺れていたが、それが表から開けられた。

蓑笠をつけた笑兵衛が小屋の中をのぞき、お若と三次郎を見て、口許をほころばせた。強くなった雨音は、廂を叩く音に、笑兵衛の笠を叩くそれが混じったのかもしれなかった。

お若は、笑兵衛に微笑を返して、視線をおとよへ戻そうとした。

が、雨の音を強くしたのは、もう一人いた。笑兵衛のうしろにいて、蓑をつけてはいるが、笠をかぶるかわりに、古びた蛇の目《じゃめ》で、すっぽりと頭を隠している。軀つきで、女だとはすぐにわかった。まさかと思ったが、「こんにちは」と蛇の目から顔を出したのは、やはりおえいだった。

「三ちゃんの家がわからなくなっちまってね」

と、笑兵衛が言った。

「ところが、この降りだ。歩いている人なんざ、いやしねえ。で、閉め忘れていた窓を閉めようとした人に声をかけたのだが、それが、おえいさんだったのさ」

「すみませんねえ、くっついてきちまって」

「いえいえ、さあ、どうぞお入りになって。——誠にあいすみませんが、おとよさんもお若さんも、座敷へお上がり下さいな」

雨の音の中に、お捨のころがるような笑い声が響いた。

「この通り、広いお屋敷ですから、上がっていただかないと、あとからいらした方が、出入口でつかえてしまうんですよ」

三次郎が、自分の足許を見て、それからお若を見た。お若も自分の足許へ目をやって、三次郎を眺めた。着物の裾からはまだ雫がたれていて、二人の足を濡らしている。このまま座敷に上がれば、畳に大きなしみをつくるにちがいなかった。

お捨が、壁に押しつけてある行李《こうり》の中から、女物と男物の着物を取り出した。

「こんなものしかないけれど、風邪をひくよりはいいから」

と言う。笑兵衛はまた外へ出て、戸の陰に隠れたようだった。

寒くなっていたお若は、部屋の隅で手早く着替えた。三次郎も、焼き芋の壺の陰で着替えている。

お捨が濡れた着物を壁にかけてくれて、おえいは、濡れた足をていねいに拭いている。

「もういいかえ？」

笑兵衛の声がして、お捨が土間へ降りて行った。蓑を受け取って、笑兵衛が後手《うしろで》に閉めた戸の前に、雫のしたたるそれを吊す。

灰色ながらも射し込んでいた外の明りが遮られ、閉じ込められたような小屋の中で、屋根を打つ雨の音が、急に大きく聞えるようになった。

おとよは、お若と三次郎の着物の前に坐り、手拭いを当てては雫をしぼっている。酔えば口の軽くなるおえいの前では、日高屋の手代との一件など、決して喋りたくないだろう。三次郎も、おえいには背を向けて坐っていた。

「何だか、わるいところへきちまったようだけどさ」

と、おえいが言った。

「しかたがないじゃないか。笑兵衛さんを長屋へ連れて行ったら、三ちゃんは長屋にいないんだもの」

誰からも返事はない。お捨は微笑しているのだが、おえいの目はおとよを見ていて、おとよは俯《うつむ》きがちに、お若の着物の裾に手拭いを当てていた。

「おみやさんに聞くと、歯入れ屋の娘をたずねて行ったと言うからさ。ぼんやりとでも、わたしはあの娘の嫁ぎ先を知っているから、笑兵衛さんを案内して差し上げたんだよ」

「まあまあ、この雨の中をすみませんでしたねえ」

お捨だった。おとよに代わっておえいに頭を下げながら、お捨は、湯呑みを取りに立って行った。笑兵衛は黙って上がり口に腰をおろしたが、これでは、いつものように仮眠することもできないだろう。

「もう一つ言うとね」

おえいが、おとよの顔をのぞきこんだ。

「雨が強くなる前に、わたしに三次郎って子の住んでいるところを尋ねた男がいてね。三ちゃんに脅された娘の父親だったりした日には大変だから、わたしゃ、その男の素性を聞いてやったんだ」

おとよが顔を上げた。三次郎も、おえいを見た。

「もうわかっただろ。それが、葛西屋の使いだったんだよ」

「おえいさんも、ずいぶん心配していなすってね」

笑兵衛が、とりなすように口をはさんだ。葛西屋の使いは、おとよが行方知れずになったことを、おえいにも話してしまったようだった。

おえいは、ちらとお若を見た。

「心配もするじゃないか。わたしなら、亭主と喧嘩をしてうちを飛び出すかもしれないが、飛び出したのは、親に口答え一つしなかったおとよちゃんなんだよ」

「たまには家を飛び出すのも、いい薬です。——はい、空茶《からちゃ》ですけど、どうぞ召し上がれ」

お捨は話題を変えるつもりだったのかもしれないが、おえいは茶をすすって、ひとりごとのように呟いた。

「亭主なんて、あてにならないものさ」

「何を言ってるのさ。おうたさんのお通夜じゃ、さんざん見せつけていたくせに」

お若は、わざと大声で笑った。つづいてお捨がころがるような声で笑い、笑兵衛も口許をほころばせた。おえいの言葉を冗談にしてしまおうと思ったお若の気持は、木戸番夫婦にだけ通じたようだった。

「所詮は他人どうし、むりに所帯をもたなかったお若ちゃんは利口だよ。いやになったら、いつでも別れられるしさ」

「ずいぶん意地のわるいことを言うんだね」

「意地がわるいんじゃない。人間なんて、お終《しま》いはひとりぼっちだよ」

「ひとりぼっちだなんて寝言は、亭主や子供がいるから言ってられるのさ」

「いいえ」

と、おとよが低い声で言った。

「亭主がいても、やっぱりお終いは……」

「誤解なすっているんですよ」

お捨が口をはさんだが、おとよはかぶりを振った。

「お師匠さんもご存じでしょう？　日高屋さんの徳三郎さんっていう手代さんのことは」

お若は、ふいに向けられたおとよの視線に戸惑いながらうなずいた。

「あの徳三郎さんが、わたしに妙な真似をなさると思われますか？」

「とんでもない」

美男の徳三郎には、日高屋へくる女達が争って着物の見立てを頼む。が、その女達の間でも、徳三郎の身持のかたさは有名であった。

遊芸の師匠や、亭主を亡くした商家の女などが、着物をあつらえたついでに口説《くど》いたという話はいくらでもあるが、徳三郎がうなずいたという噂はまったくない。お若は、徳三郎に浮気をしかけてたしなめられた女が、「あの男は、女のいない茶屋にでも通っているのじゃないかしら」と、口惜しまぎれにとんでもないことを言い出したのも知っている。日高屋の主人も、わるい遊びをすすめるわけではないが、あの通りの石部金吉では――と、苦笑していた。

「姑は、その徳三郎さんと、わたしがどうとかしたっていうんですよ」

「そんなばかな」

「と、吾兵衛が言ってくれれば、姑の無茶は辛抱《しんぼう》するつもりでした。でも、吾兵衛は、ほんとうかって、そうわたしに聞いたんです」

おとよの目から涙があふれてきた。

「掛取《かけと》りにきた徳三郎さんにお茶を出して、世間話をしていた時に、女中が台所へ戻って行ったのはほんとうです。ひさしぶりのお喋りが嬉しくって、帰ろうとする徳三郎さんをわたしがひきとめたのも嘘じゃありません。でも、それだからって、そこで何が出来るっていうんですか」

葛西屋の家の中なのですよ――と、おとよは言った。

「廊下を小僧が通ることもあれば、いつ女中がお茶をいれ替えにくるかわかりません。第一、徳三郎さんが、わたしに迷う筈もないじゃありませんか」

それなのに――と、おとよは袖口で涙を拭った。

「魔がさすってこともある。それが、吾兵衛の返事でした」

「でも――」

お若は首をかしげた。

吾兵衛は、姑がおとよを追い出そうとするたびに、かばいつづけてきたのではなかったか。その吾兵衛が、今になってなぜ、誰が聞いてもおかしいと思う姑の言葉を信じるようになったのだろう。

「かんたんなことさ」

と、おえいが言った。

「吾兵衛さんに女ができたんだよ」

おとよの泣声が響いた。おえいの言う通りなのかもしれなかった。

「亭主なんざ、あてになりゃしないさ」

「そうでしょうかねえ」

お捨の声だった。

「頼りにならないと思うことはありますけどねえ」

「笑兵衛さんは別ですよ」

「いいえ、別であるものですか」

お捨が笑兵衛をふりかえった。笑兵衛は、湯呑みの茶を飲み干して横を向いた。

「何でこんな人と一緒になっちまったのかって、あなた、お互い幾度くらい思ったでしょうね」

笑兵衛は笑っただけで答えなかったが、かわりにおえいがかぶりを振った。

「笑兵衛さんは別——いいえ、こちらのご夫婦は別ですよ」

おえいは、煙草のけむりでも吹き上げるように、天井を向いて深い息を吐いた。

「こちらのご夫婦は別——。みんな、こちらのご夫婦のようになれないから、お若ちゃんが羨《うらやま》しくなるんですよ」

「それが、意地わるだって言うんだよ」

そんなことはない——と、おえいは強情に言い張った。

「自分で稼いで、自分の好きなものを食べて好きなものを着て、自分の好きな時に好きなところへ行って——。そんなことは、独り身でなくっちゃできやしませんよ。ねえ、おとよちゃん」

おとよは、涙で腫れあがったらしい顔を袂で隠していたが、かすかにうなずいた。

「お若ちゃんを見ていると、わたしゃ何だって所帯を持ったのだろうと、つくづくいやになるのさ」

「だったら、別れちまえばいいじゃないの」

「それが、そうはゆかないんだよ」

おえいは、ゆっくりと顔をお若へ向けた。

「あいつがうちへ泊りにくるようになってから五年もたつけれど、追い払うならその時だったんだよ。所帯を持ってからはたったの二月《ふたつき》でも、もう追い出せやしない」

お前にはわからないだろうけれど——と、おえいは言った。手のこんだ惚気《のろけ》を聞かせているのではないかとお若は苦笑したが、おえいはまた天井を向いて太い息を吐いた。

「追い出したあとの仁吉の姿が見えちまうんだよ」

おえいとは思えぬ弱気な口調だった。

「わたしに追い出されたあと、あの男を拾ってくれる女がいるだろうかって、そんなことを考えちまうんだよ」

まるで働かぬ仁吉など、拾ってくれる女のいるわけがない。

「仁吉と所帯を持とうなんぞと考える物好きは、二人といやしないよ。わたしゃ、何だってそのたった一人になっちまったんだろう」

おえいは、両手で顔をおおった。

「わたしに追い出されたら、あの男は野垂死《のたれじに》だよ。そりゃ、すぐに女はつくるだろうさ。が、あっちの女のうちに転がり込んでは追い出され、こっちの女には愛想をつかされて、そのうちに年齢《とし》をとって、誰にも相手にされなくなる。自分でおあしを稼ぐ才覚のない男が女に放り出されりゃ、行末は見えているじゃないか」

ああ、いやだ——。

おえいは、その光景を頭の中から払い落とそうとするようにかぶりを振った。

「つまらねえことを考えなさんな」

笑兵衛が、重い口調で言って立ち上がった。

いったん小降りになった雨が、ふいに桶《おけ》の水をあけるような勢いで降り出して、凪も、すさまじい声でうなりはじめた。

「この凪じゃ、新地は大変だろう」

呟きながら、笑兵衛が表の戸を開けた。

お若は腰を浮かせた。凪の声とばかり思っていたのだが、川の流れの音も混じっていたのだった。木戸番小屋のすぐ目の前で一つになる大島川と仙台堀の枝川は、白い歯をむきだして流れ、雨の中で吠《ほ》えていた。

笑兵衛が蓑をつけ、笠をかぶっていると、向いの自身番屋の戸も開いた。当番らしい差配が、笠の紐を結びながら、「若い衆を集めようか」と、笑兵衛に向って叫んでいる。

「大丈夫だろうとは思うがね」

笑兵衛が答えた。

「もし呼んでもらえるなら、中の一人に、うちのお客様を万年町まで送ってもらいたいんだがね。この降りだというのに、つい、ひきとめちまって」

「いいともさ」

気軽に雨の中へ出て行こうとした差配を、笑兵衛は手を上げてとめた。

「弥太さん、待った。お迎えがきたようだ」

小屋の中をふりかえった笑兵衛は、笠の中で口許をほころばせた。

「おえいさん、仁吉さんだよ」

「え？　ほんとうに？」

と、お若は、自分もおえいと一緒に言ったような気がした。

笠を叩く雨の音がして、蓑から雫をしたたらせている男が軒下へ飛び込んできた。小柄で、痩せていて、間違いなく仁吉であった。

仁吉は、笠を取って笑った。いい男じゃないか——と、お若は思った。

おえいは土間へ駆け降りて、仁吉の笠を受け取っている。おえいがはいた草履の片方はお若のものだったが、まるで気づいていないらしい。

「よくきて下さいましたことねえ」

お捨が嬉しそうに言って、お若もうなずいた。が、上の空だった。

もし綱七が家にいたとして——と思った。綱七は、お若を迎えにきてくれるだろうか。

お若は、濡れている仁吉の着物を手拭いでふいてやっているおえいを見ながら唇を噛んだ。綱七はきてくれぬにちがいなかった。軒下に立って空模様を眺め、お若はわるい時に出かけたものだと思い、この雨は駿府にも降っているのだろうかと、妻や娘を案じる筈だった。

「ゆっくりしてくれと言いたいが、雨がこやみになったら、すぐ帰った方がいい」

と、笑兵衛は仁吉に言って、雨の中へ出て行った。新地橋の上から、川のようすを見るつもりらしい。

「それじゃ、私の蓑をお若さんにお貸ししましょうね」

お捨は、太った軀に似合わぬ身軽なしぐさで土間へ降りて行き、商売物の並ぶ台の間を巧みにすりぬけて、焼芋の壺の向う側にかけてあった蓑を取った。

「お若さんが二人入ってしまうかもしれないけれど、それはご勘弁」

薄暗い土間の隅から、ころがるような笑い声が響いてきた。

「小母さん、俺は？」

と、三次郎が言う。薄暗い隅から、行燈の明りの届いているところへ出てきた白い顔が、穏やかにほころびた。

「三ちゃんは、お姉さんと一緒にうちへお泊りなさいな」

「そんな。——わたしは、三次郎と一緒に長屋へ帰ります」

「お貸しする蓑がないんですよ」

お捨は、笑靨《えくぼ》のできる手を口許に当てて笑った。

「窮屈《きゆうくつ》でしょうけど、お泊りなさいな。それに、——もしもおとよさんの気が変わりなすって、この嵐のあとに葛西屋さんへ帰るということになったら、うちの人でもついて行った方がいいでしょう?」

「そりゃもう……」

あとの言葉は、おとよの口の中で消えた。

「行くか」

と、仁吉が言った。

あれほど激しく降っていたのが嘘のように、雨はやんでいる。空に黒い雲の垂れこめているのには変わりなく、またすぐに降り出すだろうが、それでも、今のうちに行けるところまで行った方がよいにはちがいなかった。お捨や、川のようすを眺めている笑兵衛への礼もそこそこに、三人は木戸番小屋を飛び出した。

仁吉はさすがにてれくさいのか、汁粉《しるこ》を撒《ま》いたような泥道になやまされているおえいとお若をあとにして、足を早めた。

が、二、三間《げん》ほど距離が離れてしまうと、立ち止まって二人のようすを眺めている。おえいは、「亭主なんざいない方が、どれだけよかったか知れやしない」と言っていたことなど忘れたように、ぬかるみに足をとられながら仁吉のそばへ走って行った。

何の遠慮もこだわりもなく仁吉に話しかけるおえいを、お若は笠の陰から眺めた。その笠を大粒の雨が叩いた。

降ってきたと思ったとたんに、雨足が強くなった。雹《ひょう》が混じっているのではないかと思うほどの大粒が、笠を裂かんばかりに降ってくる。風は前からもうしろからも吹きつけて、雨が蓑を通してしみこんできた。

足は、道を流れる泥水にくるぶしまでつかった。嵐がくるたびに深川は出水に悩まされ、泥水の道は歩き慣れているとはいえ、どちらから吹いてくるのかわからない風に笠をあおられ、軀を押されて、歩きにくいことこの上ない。

お若が思わず足をとめると、仁吉がふりかえった。

「大丈夫かえ」

大丈夫――と答えたが、その声は風にちぎれて届かなかったらしい。仁吉は、腕にからみついていたおえいの手をふりほどいて、立往生《たちおうじょう》をしているお若の前まで戻ってきた。

「ほら」

目の前へ差し出された手を、雨が濡らした。

「さあ、早く」

おえいも足をとめて、風に揺れながらお若を見つめていた。

「遠慮をしている時か。川の水があふれでもしたら、一大事だ」

黒江町にさしかかったところで、流れのようすを見にきたのだろう、蓑笠に身をかためた男達が、黒江川の岸に集まってきた。

お若は、仁吉の手を摑んだ。仁吉は、小柄なお若を抱き寄せるようにして歩き出した。

「気をつけてお帰んなせえよ」

いつもなら二人連れを見ればひやかすにちがいない男達が、心配そうに声をかける。

おえいを仁吉の女房、お若をおえいの妹と思ったのかもしれなかった。

「へえ。そちら様もお気をつけなすって」

仁吉も、ていねいな挨拶をして通り過ぎた。お若は、衿首を大粒の雫がつたって落ちてゆくのに気がついた。雨か、人前で男に抱き寄せられている恥ずかしさから汗が出てきたのか、よくわからなかった。

おえいは、二人が近づくのを待っていた。大柄なおえいの足にせかれて、泥水の流れが二つに割れていた。

が、二人が追いつく前に、おえいは、泥水の中の足をひきずるようにして歩き出した。その背が、「仁吉はわたしの亭主だよ」と言っている。お若は、礼を言いながら仁吉を押しのけた。仁吉は苦笑してお若から離れ、しばらく足をとめて、おえいからもお若からも距離を置いた。

蓑笠をつけた男が走って行った。油堀も、かなり増水しているようだった。

「橋は渡れるか」

うしろから、仁吉が叫ぶ。

まだ大丈夫だとお若が言ったが、おえいはそれが聞えなかったように、同じことを大声で答えた。

「それじゃ、早く渡れ」

と、仁吉が言う。

俗に閻魔堂橋《えんまどうばし》と呼ばれている橋を渡れば、道は、平野町から万年町へとつづいてゆく。蓑笠の男が次第にふえてきたのは、仙台堀からの枝川も、危険な状態になっているからだろう。仙台堀の枝川の一つは、万年町一丁目から大名屋敷の裏を通って油堀へ流れ込む。お若の足もおえいの足も、ひとりでに速くなった。

平野町の角を曲がろうとすると、仁吉がおえいを呼びとめた。お若の方へあごをしゃくっているのは、遠廻りをして、お若を家まで送って行こうというのかもしれなかった。

が、おえいは、雨の音に負けぬよう声を張り上げて言った。

「気をつけてお帰り」

仁吉は蓑の中で肩をすくめ、おえいのあとを追って行った。

雨は、幸いに小降りとなった。お若は、人気《ひとけ》のないことを確かめてから、足にまつわりつく下着をたくしあげた。

大名屋敷の長い塀を通り過ぎて万年町に入り、かたく戸を閉ざしている恵比寿床《えびすどこ》と長屋の木戸も通り越す。

自分の家の軒下に飛び込んで、戸を開けようとしたが、心張棒《しんばりぼう》までおりていた。お若は、大声でお針子達の名を呼びながら表の戸を叩いた。

お若の帰りを待ちかねていたらしい足音が、仕事部屋から飛び出してきた。心張棒をはずす音が聞え、お若が笠の紐をといている間に戸が開けられた。おちよの顔がないのは、台所へすすぎの水を取りに行ったからだろう。

「三ちゃんは？」

と、おみやが言った。お若は、上がり口に腰をおろした。

「おとよさんが木戸番小屋にいてね。泊ることになったよ」

「そうですか」

がっかりしたのを隠そうともしない。

去年の嵐の時、独り暮らしのおみやは、綱七がいたにもかかわらず、お若の家から帰ろうとしなかった。風の音が、何よりも怖いのだという。今年は、三次郎を頼りに、嵐の通り過ぎるのを待とうと思っていたのかもしれなかった。

お若は、おちよの持ってきたすすぎを受け取って、「お前達も早くお帰り」と言った。

「仕事場はもう片付けてあるんだろう?」

三人が顔を見合わせてうなずいたところを見ると、帰り仕度もすんでいるらしい。なかなか帰ってこないお若に、何をしているのだろうと苛立っていたにちがいなかった。

「今なら雨も小降りだよ」

兄と暮らしているおせつは、仕事部屋へ飛び込んで行ったが、おちよとおみやは、部屋の入口で足をとめた。

「もし水が出たら、お師匠さんは、どこへ逃げて行かれます?」

嵐の中の一人暮らしは心細いのだろう。お若が近くの寺の名を言うと、二人は、その名を呟きながら仕事部屋へ入って行った。泊っていってもいいんだよと言ったが、おみやがすぐにかぶりを振った。三次郎が帰ってきた場合を考えているのかもしれなかった。

お若が二階で濡れた着物を替えている間にお針子達は帰って行った。そのあとで、雨はまた激しくなった。

お若は、少々の蓄えと着替えだけを風呂敷にくるみ、早々と食事をすませた。

万一の場合を考えて、帯をとかずに床へ入ったが、眠れるわけはない。

去年の秋は綱七もおみやもいた、そう思った。ご飯をよけいに炊いて、三人でおむすびをつくって竹の皮につつみ、風も雨も荒れ狂っていたのに、いつもより賑やかな夜を過ごしたような気がする。

だが、今年は、綱七もおみやもいない。来年の嵐の季節には、なおさら綱七がいてくれるという保証はなく、おみやはことによると、三次郎の子供をみごもっているかもしれぬのである。

亭主なんざいない方がいいと言っていたおえいも、今頃は、亭主のいる有難みを嚙みしめていることだろう。

仁吉と所帯を持ってからというものは、居酒屋で余分な金を置いていってくれる客も、明日の昼めしを一緒に食おうと誘ってくれる客もめっきり減ったそうだから、亭主などいない方がいいとは、まったくの嘘ではなかったのかもしれないが、その亭主がいなければ、この嵐の中を中島町の木戸番小屋から万年町まで、女二人で帰ってこなければならなかった。

風に笠をあおられて立往生をした時に、仁吉が駆け戻ってくれなかったら、お若は泥水に足をとられ、転んでいたかもしれない。おえいにしても、仁吉にすがりついて歩いていたからこそ立往生をせずにすんだのかもしれず、女二人であったならば、おそらく、黒江町で動けなくなっただろう。

おせつには、兄がいる。お若同様に身寄りがなく、お針で食べてゆくよりほかはないのだと言っていたおちよにも、女房になってくれという男ができたという。

おせつの話では、三年前に女房に死なれた男で、十一を頭に四人の子供がいるという。十一の女の子は奉公に出ているが、六つと四つの男の子を九つになる女の子が面倒をみているそうで、男は、すぐにでもおちよにきてもらいたいらしい。が、どうやら、ざるを売り歩いているらしい男の稼ぎより、おちよの稼ぎの方がよいようで、おちよも決心がつきかねているとのことであった。

「でも——」

いずれはその男の女房になるだろう。

おちよは、日頃は陽気なお若が、時折不機嫌な顔を見せるのも、せっかくためた金を着物や簪に費《つい》やしてしまうのも、愛《いと》しい男が他人の亭主で、ずっとそばにいてもらえぬからだと気づいている。お若の二の舞は踏みたくないと、男と四人の子供の面倒をみる気になるにちがいなかった。

お若は、寝返りをうった。

雨も風もやむ気配がない。

遠くで半鐘が鳴っているような気がした。出水を知らせる半鐘であった。

今にこのあたりも——と思ったとたん、なぜか指先がしびれるほどの不安に襲われた。胸の動悸《どうき》も激しくなっている。出水の半鐘など幾度も聞いたことがあるのに、こんなことははじめてだった。

お若は、深呼吸をしながら起き上がった。

金と着替えの包みを肩から腰へななめにくくりつけ、蓑を着る。

万年町の半鐘が鳴ったのは、その時だった。

おそらく、仙台堀の枝川があぶなくなったのだろう。

お若は、手早く笠をかぶって外へ出た。風が、待っていたように雨を叩きつけた。目の前に人がいてもわからない真の闇の中で、風がうなり、増水した川が吠えて、その合間からきれぎれな男の声が聞えてくる。

叫んでいるとだけはわかるが、何を言っているのかは聞きとれなかった。が、去年も浸水をまぬがれた二丁目の横にある寺へ、避難をせよと叫んでいるにちがいなかった。

お若は、しっかりと閉めた戸に背を押しつけて、軀の向きを二丁目へ真直ぐに向けてから道を横切りはじめた。そのまま歩いて行けば、転んで方向の感覚を失わぬかぎり、二丁目の家並に突き当たる筈だった。

すぐ近くで声が聞えた。恵比寿床のおまきの声だった。亭主と子供を真中にして手をつないでいるようだが、どうやら少しずつ曲がってきたらしい。

耳もとで悲鳴があがった。長屋から出てきた親子に、恵比寿床の親子が突き当たったのかもしれなかった。

今度はこっちがあぶない——。

と、お若は思った。

背中にちりちりとする感じが走り、この雨と風の中で、そんなことのあるわけがないのに、長屋の親子の吐く息が触れたような気がした。恵比寿床の親子に突き当られた時に方向がくるったようで、そのまま歩いてくれば、お若にぶつかる筈だった。

長屋の親子を避けるには、あとじさりしなければならないが、暗闇の中でのあとじさりは、それこそ人に突き当りそうで怖かった。早く二丁目へ辿《たど》りつきたい一心で急ぎ足になると、道を川にしている水にその足をすくわれそうになった。

「ここに一人いますから——」

ぶつからないで——と叫ぼうとした時に、光が道を走った。警戒に当っている男達の龕燈《がんどう》が、道を照らしたのだった。

長屋の親子も、恵比寿床の親子も、想像以上の近さにいた。恵比寿床のおまきはお若を見て、どこの寺へ行くのかと声を張り上げて尋ねたが、子供が転びそうになって、お若の返事は上の空で聞いたようだった。

龕燈が、二丁目の横丁を照らした。

そこを通り抜ければ、寺の門前へ出る。

寺の境内は、本堂や庫裏《くり》に向って多少高くなってゆくのか、門やくぐり戸の隙間から流れ込んだ水も、次第に少なくなった。

お若は、長屋の親子を先に上げてやってから、本堂への階段をのぼった。

四隅《よすみ》に燭台《しよくだい》の置かれた本堂は、人と風呂敷包みで埋まっていた。赤子が泣き、仲間がふえて喜ぶ幼い子が大声をあげ、お互いに大事な荷物は相手が持っていると思って避難してきた夫婦が罵《のの》りあって、腹の空いている者は庫裏へこいと言っている住職の声も聞えぬほどだった。

知っている顔はないかと、お若は濡れた裾を拭きながら蹲っている人達を見廻した。

「お師匠さん――」

真中から声がした。

立ち上がると坐るところがなくなってしまうのか、おみやが中腰で手を振っている。無理にでもそばへ行くつもりで、お若は人をかきわけたが、その肩を叩く者がいた。

「こっちへきねえな、おえいもいるぜ」

仁吉であった。

「有難う。けど、おみやとおちよが……」

「あとで呼びゃあいいわな」

仁吉は、中腰のおみやへ、おえいのいるところを指さしてみせた。こっちへこいと言っているのだろう。おえいは、家からはこんできたらしい茣蓙《ござ》の上に坐り、小さな風呂敷包みと酒の徳利《とつくり》をかかえていた。

「さあ——」

きねえ。

お若は、偶然に仁吉の手が自分の手に触《ふ》れたのだと思った。が、そうではなかった。仁吉は、袂の陰でお若の手をにぎり、片頬で笑った。

「明日、水がひいたら、お前《めえ》んとこへ行ってやるぜ」

「うちは……」

「この分じゃ、水は床の上まで上がっちまうかもしれねえ。片付けるにゃ男手がいるだろうが」

「そりゃいるけど」

「だからさ……」

「そこで何を喋っているんだよ」

おえいの声が飛んできた。口許は笑っているが、目は笑っていなかった。

「さ、こっちへおいで。早くうちへ帰れるかどうかは雨次第、大水になった時は一蓮托生《いちれんたくしよう》さ。じたばたしたってはじまらないから、お酒でも飲んでいようよ」

わけもなく、お若は仁吉を見た。おえいを眺めていた仁吉もお若へ視線を戻し、肩をすくめて苦笑した。困ったものだと、お若に言っているようだった。

寺へ避難してくる人の数は、ますますふえてきた。

川からあふれた水が、あっと言う間に出入口の三和土《たたき》へ入ってきて、三寸ほどの高さになったなどと話している声も聞える。下駄が水に浮かび、その水が次第に床の上へ這い上がってゆく光景がお若の脳裡《のうり》をよぎったが、おえいの言う通り、今になって川の水をとめに行けるものでもなかった。

仁吉が本堂を埋めている人をかきわけて、おえいの隣りへ戻って行った。

ちょっと迷ったが、おみやとおちよも、もう立ち上がっている。お若は仁吉のうしろから、横坐りやあぐらの横の隙間を選んで歩きはじめた。

おえいは、お若が自分のそばへこようとしているのを見て、徳利に口をつけた。

酔いつぶれても、介抱してくれる人間がふえたと安心して飲みはじめたのだろうとお若は思ったが、おえいは、すぐに徳利を置いて強引に足を伸ばした。

おえいのうしろには、坐っている人の足を踏んではあやまりながら、ようやく辿りついたおみやとおちよが立っている。おえいは、二人の荷物を受け取ると、自分の荷物に重ねて寄りかかった。

「眠いんだよ、わたしゃ。昨日夜っぴいて、飲めやうたえの大騒ぎにつきあっていたんだもの」
人目もはばからぬ大あくびをして、おえいは目をつむった。
仁吉が、自分の袢纏《はんてん》を脱いでおえいにかけてやる。眠らせてやるつもりらしいが、お
えいが足を縮めぬかぎり、お若の坐る隙間はない。
やむをえず、お若は入口近くへ引き返した。おみやとおちよが腰を浮かせたが、二人
の風呂敷包みは、おえいの腕の下にある。お若は、二人にそこへ坐っているようにと目
で言って腰をおろした。
人が避難してくるたびに吹き込む風を避けて、お若は壁に寄りかかった。
目をつむると、それまで気づかなかった疲れが軀へしみ出してくる。考えてみれば、
連日夜更けまで仕事をしていた上に、この風雨の中を中島町まで往復してきたのだった。
目を閉じているだけのつもりだったが、吹き込んできたつめたい風に目が覚めた。一
瞬、自分がどこにいるかわからず、しばたたいた目の前に仁吉がいた。
お若はあわてて坐りなおし、仁吉は、さめかけた茶を差し出した。庫裏からもらって
きたものの、お若が眠っていたので、起こそうか起こすまいかと迷っていたようだった。
「お前さんも、いそがしいんだね」
と、仁吉は言った。
「おえいも、始終いそがしい、いそがしいと言ってるよ」

「貧乏暇なしってね。おえいさんは違うかもしれないけれど」

お若は、ぬるい茶をすすった。

先刻にくらべて、本堂は静かになっている。大半の人達が、荷物に寄りかかって眠っているのだった。

「俺より稼ぐことは確かだ」

仁吉の低い声が、思いがけず大きく響いた。

「が、だからといって、俺に喧嘩を吹っかけることたあねえ」

「喧嘩をしたの？」

お若は、背筋を伸ばしておえいのいる方を見た。荷物に寄りかかったり、父親に抱かれたりして眠っている人達の向う側に、おえいとおみや達がいる。

おみやとおちよは、それぞれの荷物を並べて積み重ね、前後から寄りかかれるように工夫した人達の仲間に入れてもらい、背をもたせかけて眠っていたが、おえいは、かかえ込んでいる荷物に額をつけてはいるものの、目を覚ましているようだった。

仁吉もおえいを見た。が、声をひそめるでもなく、

「俺の稼ぎのわるいのは、重々承知で一緒になったくせに」

と、肩を揺すって笑った。

お若も低い声で笑った。

「お前だって、おえいさんと一緒になれば、毎日のらくらしているなと怒鳴《どな》られること
は、わかっていたんじゃないのかえ？」
「まあな」
仁吉の笑い声も低くなり、口許にほろ苦い翳《かげり》を残して消えた。
「が、俺だって、働いてはいたんだぜ」
「いつのことさ」
「はじめて所帯をもった時だよ」
お若を見つめていた仁吉の視線と、仁吉へ目をやったお若の視線とが出会い、二人は
意味もなく笑った。
「所帯をもった相手がわるかったのさ。何せ、あいつでなければ髪を結ってもらった気
がしないと言う女が、そこら中にごろごろしてるってえ女髪結でね」
「そりゃ大変だ」
「表向きはご法度《はっと》の商売だが、女の洒落《しゃれ》っ気《け》ってやつは、こわいものなしだ。とにかく、
昼間はあいつの都合がつかねえとなると、夜でもいいからきてくれと言う。朝早く出か
けて、夜の五つ過ぎに戻るなんざ、ざらだった」
「その分、ご祝儀も多かっただろ」
「だからさ」

仁吉は、吐き出すように言った。

「俺の稼ぎを差し出しても、お前さんが遣えば——の一言で終りだったよ」

「いいご身分だと思うけど」

「それは、お前も稼ぎのいい女だからそう思うのさ」

仁吉は、ちらと、おえいをふりかえった。

「汗水たらして稼いだ金を、お前が遣っていいの一言で片付けられちゃ、情けねえどころの騒ぎじゃねえぜ」

「それで、別れたのかえ？」

「愛想をつかされたのよ」

仁吉は苦笑した。

「情けねえから別れるって言い出せるくらいなら、俺にもまだ見込みはあったが、俺あ、拗ねちまったんだ。俺の稼ぎはいらねえってんなら、働くのをやめてやるってね」

「愛想をつかされる筈だよ」

「ごもっとも」

仁吉は、しんみりとした声で言った。

「あいつに追い出されるまでに、躯の方にはすっかり怠け癖がついちまってね。働こうとは思うんだが、躯が動かねえ。明日こそ口入れ屋へ行こうと思っていても、目が覚めると、今日はだるいとか、雨が降っているとか、口入れ屋行きを翌日に引き延ばす口実を考えちまうんだ」

「で、おえいさんにくっついたってわけ？」

「その前に、ちょっとの間、水茶屋の女にくっついたがね」

仁吉の乾いた声が本堂に響いた。おえいにも聞えたのではないかと、お若は腰を浮かせたが、おえいは荷物に顔を伏せたまま、身じろぎもしなかった。

「おえいに調子を合わせて人前で抱き合ったり、もたれかかったり、ばかなことをしていると、近頃はつくづく思うよ。俺だって、もう三十六だぜ」

まともに暮らしていりゃ――と、仁吉は言った。

「肩車した子供を、湯屋へ連れて行っている年齢《とし》じゃねえか」

「おえいさんと別れようってのかえ」

「もう一度、まともな暮らしがしたくなったんだよ」

「わたしに言ったってだめだよ、そんなことは」

「わかってらあ」

仁吉は横を向いた。

「こっちだって女房持ちだぜ。所帯をもつ前は、この女とならいつでも別れられると思っていたが、盃事《さかずきごと》の真似くらいはしているんだ。そう簡単に別れられやしねえ」

お若は、仁吉を見つめた。おえいも同じようなことを口にしていたが、盃事の真似をした以上、世間体がわるくて簡単には別れられないと言っているのか、夫婦の情が湧いたと言っているのか、よくわからなかった。

雨は、こやみになってきたようだった。

心のしみ

嵐の過ぎ去ったあとの空は青い。昨夜の名残りの強い風が、夏を思わせるような丸い雲を滑らせていった。

お若は高々と裾をからげ、たすきをかけた二の腕をむきだしにして豆腐屋の前にある井戸の水を汲んだ。

川からあふれた水は、幸い、床上にまで上がってゆかずにひいた。が、それでも、台所のへっついが水びたしになったし、表口にもいやなにおいが残っている。お若は、手桶《おけ》に汲んだ水を、上がり口へ叩きつけるようにあけては雑巾《ぞうきん》でふいた。

「羽目板のしみはとれたかえ？」

恵比寿床は、豆腐屋の隣りにある。表の戸をはずして井戸の近くへはこび、たわしで洗っていたおまきが、お若に声をかけた。

お若は、水にぬれて赤くなっている手を目の前で振った。

「とてもとても、まだそこまで手がまわらないよ」

た。

「一人だものねえ」

洗っている水がはねたのか、おまきは、たわしを持った方の腕で、鼻のあたりをこすった。

「あとで、下剃《したぞり》の乙吉を手伝いにやるから……」

おまきは、そのあとの言葉を飲み込んで、裾をからげなおしていたお若の脇腹を突ついた。

「ちょいと、あの人……」

声をひそめて、まだ幾人かの男達が警戒に当っている仙台堀の方を指さしてみせる。年齢に似合わぬ地味なつくりだが、どこかに粋な感じの残っている女が、ためらいがちに角を曲がってきたところだった。

「ほら、あの人は」

おまきに言われなくとも、その女が政吉の前の女房だと、お若にもわかっていた。

「何をしにきたんだろう」

「水が出たってんで、心配してようすを見にきたんじゃないのかねえ」

女――おきくは、小さな風呂敷包みをかかえている。おうたの野辺の送りをすませたあと、一の鳥居下の明石屋へ身を寄せたというから、商売に出られぬ政吉を案じて、食べ物を持ってきたのかもしれなかった。

おきくも、お若とおまきに気がついたようだった。

「いつぞやは有難うございました」

と、ていねいに挨拶をして、ふたりの視線に押されたように木戸をくぐった。二人に出会わなければ、路地を眺めて、木戸のうちへ入るのをためらっていたかもしれなかった。

お若は、おまきと顔を見合わせた。

空の手桶を持って木戸の前を通ると、案内を乞うおきくの声が聞えてくる。井戸の水を汲んで、その水をもう一度上がり口に叩きつけて、あとを雑巾でふいた。いやなにおいは、大分薄れたようだった。

お若は外へ出て、羽目板を洗いはじめた。

おきくが木戸から飛び出してきたのは、その時だった。井戸の近くにいたおまきは無論のこと、顔を合わせたお若への挨拶もそこそこに、早足で角を曲がって行った。ちらと見ただけだったが、お若は、おきくが涙で目を赤くしていたと思った。

「ただごとじゃないよ、あれは」

おまきが、たわしを持ったまま駆けてきた。

「裾継の人を看取ったことで、政さんと仲直りをしていたんじゃないのかねえ」

お若は、首をかしげておきくが曲がって行った角を見た。

よほど政吉にひどいことを言われなければ、おきくが目を赤くする筈がない。ことによると——と、お若は思った。

「おきくさんともういっぺん一緒になる気はないかという話が、明石屋の女将さんあたりから出ていたのじゃないかねえ」

おまきも同じことを考えていたようだった。

明石屋の女将、おくらのその言葉を、政吉はおそらく、おきくが頼んだものと誤解していたのだろう。すべてを水に流したといっても、しみとなって心に残るものもあると、政吉は不愉快になっていたにちがいない。そこへ、おきくが食べ物を持って出水の見舞いにきた。「こんなものを受け取れるか」と、政吉が怒ったとしても不思議はなかった。

「折をみて、政さんのご機嫌をとっておくとするかね」

と、おまきが言った。

「ま、羽目板や表の戸についたしみだけは、きれいに洗っておこうよ」

言いながら、お若は、表の戸をはずしにかかった。

ただでさえたてつけのわるくなっていた戸は、水でふくれあがったのか、なかなか敷居からはずれてくれない。見兼《みか》ねたおまきが手を貸してくれたが同じことだった。

「どいてみな」

うしろで男の声がした。

衿首に息がかかったような気がして、お若は身震いをしてふりかえった。腕まくりをした仁吉が立っていた。お若は、昨夜、とうとう仁吉がおえいのそばへ戻らなかったことを思い出した。

「おや。お前は、おえいさんの手伝いをしなくっちゃならないだろうに」

と、おまきが言う。仁吉は、肩を揺すって笑った。

「ゆうべ、約束をしたんだよ。水がひいたら、手伝いに行ってやるって」

おまきがお若の顔を見た。お若は、おまきにかぶりを振ってみせた。

「手伝ってもらえるのは有難いけど、お前がきちまったら、おえいさんが一人になっちまうじゃないか。こっちは、あとでおせつの兄さんにきてもらうから……」

「なに、心配はいらねえさ。おえいのとこにゃ、若いのが手伝いにきてね。俺は、邪魔っけになっちまったんだ」

そんな時に遠慮をすることはないと、お若は言うつもりだったが、その前に、おまきが口をはさんだ。

「若いのって、誰？　また、これができたのかえ？」

仁吉に尋ねることではないとお若は思ったが、親指をたててみせたおまきに、仁吉はすました顔でうなずいた。

「亭主は女をこしらえて、帰ってこねえってことになっているそうだ」

「で、手近なところで、お若ちゃんを女にしたのかえ」

おまきは、たわしを持っている手の甲で口許を隠し、声をあげて笑ったが、お若は顔をしかめた。

「ま、あいつの男は、おまんまの種だからね」

仁吉は、懐からおえいのものらしい紐を取り出すと、器用な手つきでたすきをかけ、尻を端折った。手桶にかけてあった雑巾を取り、呆気《あつけ》にとられているお若の手からたわしを奪い取る。いやがるお若を、「まかせておきなって」と押しのけて、右手のたわしで汚れを落とすそばから、桶の水にひたした左手の雑巾で、浮き上がったそれを洗い流してゆく。馴《な》れたしぐさで、お若より力があるせいか、羽目板はみるみるうちに綺麗になった。

「うまいものだねえ。うちも手伝っておくれよ」

と、おまきが言う。

仁吉は、お若が煮炊きのできるほどには掃除をしておいた台所も、隅々まで洗い直した。灰を寄越《よこ》せの、荒縄を丸めてくれのと言う仁吉を手伝っているような恰好になっていたお若は、茶の間に上がって茶簞笥を開けてみた。茶を飲んで行けと、誘わぬわけにはゆかなかった。

茶簞笥の中には、おちよ達に出してやる駄菓子が何種類か入っていた。古い茶筒に入れておいたので、幸いにしけってはいない。

お若は、床の上にのせておいた七輪を裏の路地へ持ち出した。紙屑《かみくず》を入れ、細く切った薪を入れた上に消炭《けしずみ》をのせる。

人の気配にふりかえると、いつの間にか鉢巻までしていた仁吉がお若を見つめていた。咎《とが》めるような目になったお若に、仁吉は、

「七輪で火をおこす女を見るのは、ひさしぶりなんだよ」

と、てれくさそうに言った。

「たいてい、俺が湯を沸かして、茶がはいったとおえいを呼んでいるんだ」

「当り前じゃないの。おえいさんに食べさせてもらっているんだもの」

「ま、そう言われりゃその通りだが」

薪は少々しめっていたが、それでもくすぶりながら燃えはじめ、消炭を赤くした。お若は、十能《じゆうのう》に消炭を取り、七輪へは薪の数をふやして、座敷へ上がろうとした。

まだ台所の板の間に、仁吉が立っていた。

「そんなところに突っ立っていられると、薄っ気味がわるいと言われそうだな」

お若の胸のうちを察したように仁吉が言った。

鉢巻をとって土間へ降り、お若といれちがいに裏の路地へ出る。尻端折りをおろし、鉢巻にしていた手拭いで、裾についていたらしい汚れをはたき落とした。

お若は、火種のなくなっていた長火鉢に赤くおこっている消炭を入れ、炭をついだ。

「お前《めえ》んとこのさ、ちょいと可愛い顔をした娘、何てったっけね」

と、路地で仁吉が言っている。

「おみやのこと？」

お若は、障子を開け放したままの茶の間から、台所をのぞいて答えた。

裏口も開け放したままで、路地が見える。仁吉は、七輪の薪をくべ直していた。

「おみやってえのかえ？　俺あ、おえいに、あの娘もお若さんのとこのお針だと教わっただけだが」

「で、おみやがどうしたってのさ」

「ちょいと叱言《こごと》を言ってやった方がいいんじゃねえのか。人目にたち過ぎるぜ」

仁吉が、障子から顔を出しているお若を見た。右手で燃えて短くなってゆく薪を七輪の中へ突き落としながら、左手の親指を立てて見せる。

おみやの男といえば、三次郎にちがいなかった。

「娘んとこの羽目板を、肩寄せあって洗っていたと思ったら、俺が水を汲みに出て行った時に、それこそ抱きあうようにして、そこの長屋の木戸をくぐって行ったぜ」

「そう――」

お若は、炭取りを部屋の隅へ押しやりながら顔をしかめた。

二丁目に住んでいるおみやの家からみみず長屋へきたのなら、お若の家の前を通った筈である。先に師匠の家の後始末《あとしまつ》にこいとは言わぬが、あとで手伝いにくるくらいの挨拶をしていってもよいではないか。

「湯が沸いたぜ」

頭の上から声が降ってきた。仁吉が、鉄瓶のつるを手拭いでくるみ、口から白い湯気の出ているのを下げて立っていた。

「すみません、ここへ――」

消炭の火がようやく炭にうつってきた長火鉢をお若が指さして、土俵に上がった相撲取りのように爪先立って腰をおろした仁吉が、そこへ鉄瓶をのせようとした。

その時だった。案内も乞わずに格子戸が開けられた。

おちよでもきたのかと、お若は、微笑を浮かべて顔を上げた。

が、おちよがきたのでも、おせつが手伝いにきたのでもなかった。洗ったばかりの三和土《たたき》に立っていたのは、濃化粧の頰をひきつらせて笑っているおえいだった。

「ずいぶんと仲がいいじゃないか」

と、おえいは言った。表戸ははずして羽目板にたてかけてあるし、風の通りがよいようにと障子も開けてあったので、仁吉が長火鉢に鉄瓶をかけているようすが、外からもよく見えたのだろう。

「おや、お迎えかえ？　もう俺が帰っても、おまんま代を稼ぐのに不都合はねえのかえ？」

仁吉は鼻先で笑ったが、お若は、軽く頭を下げた。

「お蔭で助かったよ。仁吉さんにゃ、一汗《ひとあせ》も二汗もかいてもらっちまったけど」

「役に立つだろう？　うちの人は」

「ああ、羨ましいよ。汗をかかせたお詫びに、つまらないお菓子でお茶をいれるところなんだけど、ちょうどいい、おえいさんも飲んでおゆきよ」

断ればおとなげないと思われると考えたのだろう。おえいは、口許に薄笑いを浮かべて部屋へ上がってきた。

「駄菓子にお茶けじゃいやだ、贅沢は言わないから、ちょいとあったかくしたお豆腐でお酒――と言ったところで、このうちにゃ徳利もないんだろうね」

おえいは、帯の間から財布を抜き取った。仁吉に、酒を買ってきてくれと頼むつもりらしい。

お若は、財布から銭をつまみ出しているおえいと、手を出してそれの渡されるのを待っている仁吉から顔をそむけた。

家の前を、赤ん坊を抱いた女が小走りに通り過ぎて行った。

お若は三和土《たたき》へ駆け降りて、立っていたおえいを押しのけた。

通り過ぎたのは、高々と丸髷を結った女だった。俯いている顔がよく見えなかったが、そんな身なりでこの辺を足早に歩いて行くのは、おとよしかいない。

「何をするんだよ」

目を吊り上げたおえいにはかまわず、お若は、表へ飛び出した。

「おとよちゃん――」

木戸をくぐろうとしていた女の足が止まった。

「どうしたんだよ、いったい」

「お若さん」

本所相生町《ほんじょあいおいちょう》からこらえにこらえてきた涙が、自分の味方をしてくれる人に出会った気のゆるみから、一時にあふれ出たのだろう。その場へ泣きくずれるのではないかとお若が心配したほど、おとよは軀をふるわせて、袂を目へ当てた。

「わたしはもう……」

抱く手に力が入ったのかもしれない。それまでおとなしかった赤ん坊が泣き出して、恵比寿床からおまきが飛び出してきた。

「ほらほら、おっ母さんが泣くからだよ」

お若は赤ん坊を抱き取って、おとよの背を押した。早く木戸の中へ入ってしまえというつもりだったのだが、赤ん坊の泣声に、羽目板の掃除を終えて一休みしていた長屋中が顔を出した。

おとよは、かつて自分が住んでいた家の戸を開けて、中へ飛び込もうとした。その足が止まった。おとよは、息も涙も飲み込んで、家の中を見つめていた。

お若は、おとよを押しのけた。あわてて離れたにちがいないおみやと三次郎が、背を向けている肩を荒い息で波打たせていた。

「おみ……」

金切り声でおみやの名前を呼びそうになったのを、お若はかろうじて抑えた。路地へ上半身をのぞかせている長屋の人達は、おとよの態度で、三次郎の家に女がいたと気づいたにちがいない。

その女がおみやであると、誰もが知っているだろうが、大声でその名を呼んで、あらためて長屋中に知らせることもなかった。

お若は、三次郎の家の腰高障子《こしだかしようじ》を閉めた。

おとよが路地を走り抜けた。

木戸を出て、左へ曲がる。お若の家へ行くつもりのようだった。

「待っとくれよ」

お若は、大声でおとよを呼んだ。抱いている赤ん坊がその声に驚いたのか、また泣き出した。

家にはおえいと仁吉がいると言いたかったのだが、勝手をよく知っているおとよは、裏口から入るつもりか、横手の路地へ駆け込んで行った。

「何かあったのかねえ」

おまきが、心配と好奇心の入りまじった顔つきで、当然のようにお若のあとについてくる。

おとよは、台所の土間に蹲って泣いていた。おえいと仁吉が茶の間から顔をのぞかせていたが、それにも気づかなかったらしい。

お若は、まだ泣声をあげている赤ん坊をあやしながら、おとよの肩を叩いた。二階で事情を聞いてやるほかはなさそうだった。

素直に二階へ上がって行ったおとよは、あとから上がって行ったお若をふりかえるなり頭を下げた。

「お若さん、お願い。わたしをしばらくここに置いて」

「そりゃ、おちよもおみやも一人暮らしをはじめたことだし、わたしの方はいっこうに差支《さしつか》えないけれど」

階段をのぼってくる足音が聞える。おえいが茶をはこんでくるのだろう。

「ほんとうに、それでいいのかえ？　昨日は葛西屋へ帰る気になったんじゃないか」

おえいが、湯呑みを三つのせた盆を持って部屋へ入ってきた。そのうしろから、仁吉も小腰をかがめてついてくる。案外なことに、おえいは子供が好きらしく、ようやく機嫌をなおして小さなこぶしを振りまわしている赤ん坊をお若の手から抱き取って、あやしはじめた。

赤ん坊が、声をあげて笑った。

「ほら、高い高い」

おえいが、赤ん坊を抱いた腕を高く伸ばす。

おとよが、おえいに抱かれて笑っている赤ん坊を見た。

「あの時は――」

「この子がいませんでした」

そう言えば、おとよは一人で木戸番小屋にいた。

「わたしは、死ぬつもりで葛西屋を出たんです」

「何を言ってるんだよ。男の一人や二人と妙な噂をたてられたからって、いちいち死んでいたら、幾つ命があっても足りやしないよ」

おえいだった。

「そんな噂、知らぬ顔をしておいで。そのうちにゃ、姑も根負《こんま》けするよ」

かすかな物音が聞えた。そっと階段を上がってくる足音だった。

お若は、ちらとおとよを見たが、気づいているようすはない。おえいにも、仁吉にも聞えなかったようだった。

「姑が何を言おうとかまわないんです」

と、おとよが言った。

階段の足音は、聞えなくなっている。途中で足をとめて、立ち聞きするつもりらしい。

「今朝、わたしは、お捨さんにつきそってもらって葛西屋へ帰りました」

お捨は、弟のようすを見に行ったおとよが、激しい雨に足を滑らせて転んだと言ったという。

お若は、お捨がおとよをかばって嘘をついている光景を想像した。

打ちどころがわるうございましてねえ、しばらくの間は、歩くこともできなさらなかった――と言いながら、お捨は、あのふっくらと太って品のいい顔に汗をにじませていたかもしれない。また転んでは大変だからとうちへお泊めしたのですが、あの雨でお知らせすることもできなくって、そう言い終えてから、多分、ほっとして微笑しただろう。

あの吸い込まれるような笑顔に、吾兵衛は無論のこと、姑も思わず、「そうだったんですか」とうなずいた筈だ。三次郎の住んでいるみみず長屋は万年町にあるが、万年町へ行った筈の人間が、なぜ本所相生町からは反対の方向の、中島町澪通りで転ぶのかなどと考えもしない。

「お捨さんがおいでになった間は、吾兵衛も姑も黙っていました」

と、おとよも言った。

粗末《そまつ》な身なりをしていても品のいいお捨に、姑は何となく気圧《けお》されていたのかもしれない。お捨の笑顔につられて笑みさえ浮かべ、うちでも一晩中心配していたと答えたそうだ。

が、おとよは、吾兵衛が頬をひきつらせて黙っているのが気にかかった。家を出ている間に何かあった、お捨が帰ったあとで姑の嵐がくる、そう思った。

予感は的中した。

お捨が帰ったとたんに、姑は顔色を変えて「出て行け——」と叫んだ。女髪結に毎朝結ってもらっている白髪が逆立ったと、おとよには見えた。

この恥さらし——と、姑は叫びつづけた。店の者に聞えるからと、吾兵衛が懸命にとめる始末だった。

「なぜそんなことを言われるのか、わかりませんでした」

と、おとよは言った。

「わたしが大川へ飛び込もうとしたことも、この子が気になって飛び込めなかったことも、木戸番のご夫婦しか知らない筈だったんですもの」

が、姑が激昂しているわけは、すぐにわかった。日高屋の手代、徳三郎の名が、吾兵衛の口から出たのである。

昨夜、掛取り《かけと》に出かけた徳三郎も店に帰らず、心配した日高屋が、心当りを探しまわったのだった。

「で、その徳三郎ってえ男とおとよちゃんが、掛取りの金でふところをあったかくして、手に手をとって上方《かみがた》へでも逃げちまったと思ってたのか、お姑さんは」

おえいが言って、おとよがうなずいた。

「それにしたって、おとよちゃんのいたところは中島町の木戸番小屋だってわかったんじゃないか。恥さらしだなんて、怒鳴ることはないだろう」

お若は、自分のことのように唇を尖《とが》らせた。

「おとよちゃんが途中から引き返してきたものの、葛西屋の敷居が高くって戻れなくなり、木戸番小屋へ転がり込んだと思っているのかもしれないよ」

「吾兵衛さんもかえ？　お姑さんはともかく、吾兵衛さんは、そんなにわからない人じゃないだろうに」

「だからさ」

と、おえいが言った。

「吾兵衛さんにゃ、女がいるんだよ」

ね？　――と、おえいは、抱いている赤ん坊をあやす。何がおかしかったのか、赤ん坊は、声をあげて笑った。

「もう、葛西屋には帰りません」

おとよが呟いた。

「徳三郎さんは、ほんとうに転んで足に怪我《けが》をしていたのだそうです。騒がせてすまなかったと、日高屋さんからお詫びの使いがきました。でも、吾兵衛は……」

おとよの言葉がそこで途切れ、階段から、洟《はなみず》をすすりあげたような音が聞えてきた。

「吾兵衛は……、言訳まで似ていると、そう言ったんです」

姉ちゃん——という声がした。階段からだった。立ち聞きをしているのはおまきだとお若は思っていたのだが、いつの間にか三次郎がきていたのだった。

「姉ちゃん」

と、三次郎は、転がり込むように部屋へ入ってきた。

「姉ちゃん、ごめんよ。俺あ、姉ちゃんがそんなにつらい思いをしているとも知らねえで、澪通りから帰ると真直ぐにおみやのところへ行って、あいつを連れてきちまったんだ」

三次郎は、おとよの膝にすがりついた。

「ごめんよ、姉ちゃん。うちへ帰ってきたかったんだろう？　姉ちゃんが住んでいたうちへ帰って、思う存分泣いて、葛西屋のことを忘れたかったんだろう？」

「気にするんじゃないよ」

おとよは、三次郎の肩に手を置いた。今にも、その頭を撫でそうだった。

「お前だって、もう十六だもの。昔のようなつもりで、ふいに帰ってきたわたしがいけなかったんだよ」

「そうじゃねえ」

三次郎の声が高くなった。

「あそこは姉ちゃんのうちだ。いつ姉ちゃんが帰ってきてもいい。姉ちゃんと二人で、いや、姉ちゃんの子と三人で、いつからだってやり直せるんだ」

廊下から泣声が聞えてきた。おみやにちがいなかった。

お若は腰を浮かせたが、おみやをなだめる声も聞えてくる。おまきのようだった。

「おとよちゃんが、うちへくるのはかまわないけれど」

と、お若は、おみやにも聞えるような声で言った。

「もう一度、考え直した方がよくはないかえ？」

「どうしてさ」

おとよより先に、おえいが口をはさむ。お若は、おみやの泣声に耳をふさぐつもりか、おとよの膝に顔を埋めている三次郎をちらと見て口を開いた。

「おとよちゃんは、吾兵衛さんに惚れられてお嫁にいったんじゃないか。おとよちゃんだって、吾兵衛さんが好きだったから、お嫁にいったんだろう？」

「その頃の気持を思い出せってのかえ？　差配さんみたようなことを言うね」

「そうじゃない。好きな男と一緒になれない者にくらべたら、幸せじゃないかって言いたいんだよ」

「そんなこたあない」「いいえ」

おえいとおとよが同時に言った。

「独りの方が気楽なこともあるんだよ」

「わたしは――、所帯を持った者の苦労がなく、好きな人をいつまでも好きでいられるお若さんが羨ましい」

「何を言ってるのさ」

お若は、ひっそりと笑った。ひとりぼっちの心細さに、好きな人への気持が揺らぐこともあるのだ。揺らぐ気持を一人で見つめているのはなお淋しいが、その淋しさをぶつける相手のいない時はどうすればいい。

「でも」

おとよは、かぶりを振った。

「一緒に暮らしている人の気持が離れてしまったら……」

「吾兵衛さんに女がいるってのは、おえいさんが言っているだけじゃないか」

「その通りです」

と、おとよは言った。

「でも、徳三郎さんと言訳まで似ていると言った時の吾兵衛の目は忘れられません」

「そりゃ、吾兵衛さんも気持が昂《たかぶ》っていなさるから……」

「いいえ」

おとよは激しくかぶりを振った。

「あの時の吾兵衛は、徳三郎さんとわたしの間に何かがあったと思い込んでいました。あの時の目が、わたしの気持にしみをつくっちまったんです」

お若は、口を閉じた。泣きながら木戸を出て行ったおきくの姿が、目の前に浮かんでいた。すべてを水に流したとは言っているが、おきくの駆落はまだ、政吉の心のしみとなって残っているようだった。

「ところで」

と、仁吉が言った。

「俺は出て行くぜ」

妙なことを言うとお若は思ったが、おえいは、女どうしの話に飽きた仁吉が、「帰る」と言い出したのだと思ったのかもしれない。

「お待ちよ」

と、赤ん坊をおとよの手に返し、抱いていて疲れたらしい腕をさすりながら立ち上がった。

「一緒に帰るよ」

「どこへ」

仁吉は、片頬を歪《ゆが》めて笑った。

「俺あ、行くあてがないんだぜ」

「何だって？」

「お前に食わせてもらっているのがいやになったんだよ」

おえいの顔色が変わった。

「みんなの前だと思って、きいた風なことを言うじゃないか。新しい女の方がよくなったんだろう」

「あいつとは別れたよ」

「嘘をおつき」

「嘘じゃねえ。この間から考えていたのは、いい人が帰ってこねえで淋しがっているお若さんに食わせてもらうことだ」

おえいがお若を見据えた。

「間違えるなよ。お若さんにゃ、手を出しちゃいねえ。俺あ、お前達の話を聞きながら、昔のことを思い出しているうちに、手前で手前に飽きちまったんだ」

「わたしに飽きたってことじゃないか」

「そうじゃねえ。女に食わせてもらおうとしか考えられねえ俺に飽きたんだ」

あばよ――。

仁吉は、目を見張って大人達を見つめている赤ん坊に手を振った。髪結の女につけられたしみが、これ以上濃くならないうちに、おえいと別れたいのかもしれなかった。

怪《け》我《が》

あわただしく格子戸が開いた。

「ちょいと、お若さん」

亀屋の女将《おかみ》の声だった。

またか——と、お若は、うんざりしながら裁板《たちいた》の上にのせた小町針《こまちばり》を針山へ戻した。日高屋から頼まれた小紋が思いのほか早く仕上がって、日の暮れぬうちに女芸者が着る紋付を裁《た》っておこうと思ったところだった。

「お若さん、いないのかえ?」

「いますよ、一人」

舌打ちをして立ち上がると、おちよが苦笑しながら言った。

「これで、今日の仕事は終りになっちまいますね」

その通りだった。

仁吉がいなくなってからのおえいは、酒びたりになっている。それも、亀屋へ行って客の酒を飲み、その客に八つ当りをするのだった。

亀屋では、おえいにやめてもらいたいようだが、おえいは、たった今からでもやめてやると、うそぶいているらしい。やめろと女将が言ったその時から自分の金で飲む、自分の金で飲めば、わたしだって亀屋の客だというのである。

実際に、腹を立てた女将が「たった今やめろ」と言ったこともあるらしい。おえいは、言葉通り財布を女将に叩きつけて飲んだ。が、暖簾《のれん》をしまうまで飲みつづけ、客にからみつづけたらしい。

板前がつまみ出せば、みんな薄情だと言って泣く。店の前で泣かれては客が寄りつかない。働かせても飲む、やめさせても飲みにくるという始末で、亀屋の女将は、おえいをもてあましているのだった。

そのあおりをうけたのが、お若だった。客にからんでいるおえいを、偶然亀屋の前を通りかかったお若がなだめたことから、亀屋の女将は、何かにつけてお若を呼びにくるのである。

今もおえいが騒ぎをおこしているのだろうが、まだ七つ前だった。昼食を食べそこねた行商人が、ものも言わずにめしを口の中へ押し込んでいることがあるほどで、酒を目あての男達のくる時刻ではない。

「頼むよ。大店《おおだな》の若旦那らしい人の相手をしているうちに、酔っ払っちまったんだよ」

「わかりました。すぐに行きます」

「ありがと。恩に着るよ」

出入口へ出てきたお若を、亀屋の女将は、両手を合わせて拝んだ。が、あまり有難そうな顔はしていない。おえいの面倒は、幼馴染みのお若がみるのは当然だと思っているのだろう。

仙台堀に向って走り出すと、二丁目へ曲がらぬうちに、おえいの声が聞えてきた。かなり酔っているらしく、その声が濁っている。

「お客が面白がっておえいに飲ませちまったこともあるんだけど、近頃は、おえいも酒によわくなってねえ。すぐに、だらしなく酔うようになっちまったんだよ」

年齢《とし》かねえ――と言う女将の声をうしろに聞いて、お若は、亀屋の縄暖簾をくぐった。

「お迎えかえ?」

腰掛けがわりの樽に、裾を乱して坐っていたおえいがお若を見上げた。

「まだ、ちょいと早いよ。わたしゃ、この旦那に話があるんだ」

「すみません、旦那」

お若は、おえいの隣りにいる男に頭を下げて、おえいの手を引いた。

その手を振り払おうと、おえいが軀を揺すった。

「何するんだよ。わたしゃ、この旦那に話があるんだって言っただろう」

「旦那は、おいそがしいんだよ。お前だって、そんなに酔っ払っちまったら、お店の手伝いができないじゃないか」

「うるさいね」

おえいの振りまわした空《から》の徳利が、お若の額に当り、お若は思わずおえいから手を離した。おえいは勝ち誇ったように、膝まで見せてお若を蹴ろうとする。

「ま、もう少し放《ほ》っておきなさい」

と、男が言った。

お若は、あらためて男を見た。

亀屋の女将が、大店の若旦那らしいと言っていたが、それに間違いないだろう。案外に質素な綿紬《めんつむぎ》の着物に羽織を重ねてはいるものの、帯は赤がかった茶色の博多であった。煙草入れの根付《ねつけ》や羽織からのぞく象牙《ぞうげ》の細工物も、安価ではない筈だ。

「ほら、ごらんな。お若ちゃんは、引っ込んでな」

おえいは、男に向き直った。

「ねえ、お名前くらい聞かせてくれたっていいじゃありませんか」

「だからさ、名無しの権兵衛さ」

「もう——」

おえいは軀を揺すり、台に寄りかかって、男をはすかいに見上げた。

「ねえ、女の酔っ払いはお嫌い？」

「嫌いだったら、飲ませたりはしないよ」

「だったら、お名前くらい教えておくんなさったっていいじゃありませんか」

「弱ったねえ」

「わたしゃ、旦那の気《き》っ風《ぷ》に惚れちまったんですよ。ええ、そりゃね、旦那にきれいなおかみさんがおいでになるとは、わかっています。でも、わたしが惚れるのは勝手でしょう？」

「おえいさん……」

「うるさいね」

口をはさんだお若を、おえいは血走った目でねめつけた。

「お前が口を出すところじゃないんだよ」

「でも、旦那がご迷惑だから……」

「どこが、ご迷惑だよ。こんないい女が、旦那の名前を腕に彫《ほ》って、毎晩撫でて寝ようってのに、何が迷惑なんだよ」

「そんな、はじめて会ったお人に……」

「ねえ、旦那。お名前を教えておくんなさいよう」

おえいは、台に寄りかからせていた軀を、突然男に投げかけた。腰掛けの樽ごと倒れそうになったのを、男はかろうじて踏みとどまり、おえいを抱きとめた。

「おえいさん、いい加減におしよ」

「うるさいよ」

「お前はいつか、わたしみたような独り身が、いっそ気楽でいいと言っていたじゃないか。気楽などうし、一緒に飲もうよ」

「真平《まっぴら》ご免だね」

「でも……」

「好きで独り身になるのはいいが、あんな奴に捨てられて、独り身にさせられてたまるかってんだ」

「勝手なことを言ってないで」

「うるさいったら、うるさいんだよ」

おえいは、軀を起こすなりお若に燗《かん》徳利を投げつけた。燗徳利はお若の髪をかすめて飛んで行き、出入口の柱に当って割れた。

お若は、強引におえいを連れ出そうとした。その手を振り払ったおえいは、力まかせにお若を突いた。

亀屋の女将と男が、あわてて駆け寄ったが間に合わなかった。お若は、両手で支えを探しながら腰をついた。

はっきりと、足に徳利のかけらが突き刺さる感じがした。お若は、夢中で軀をかがめ、自分でかけらを引き抜いた。

傷口から、真赤な血があふれ出した。手拭いでその血をとめようと、お若はふところから手拭いを出した。

「大丈夫かえ？」

亀屋の女将が、お若の前へ蹲《うずくま》った。おえいも、さすがに酔いの醒《さ》めた顔つきで、お若を眺めている。

「半さん、医者を呼んでおくれ」

「いや、連れて行った方が早い」

と、男が言った。

「わたしのことで怪我をさせてしまったのだ。用事はあとまわしにして、わたしがこのお人を、医者へお連れするよ」

お若を背負って店から出た男を、おみやの家へ行く途中だったらしい三次郎が、目を見張って眺めていた。

姉弟《きょうだい》

片方の足を投げ出して、へらをすると、肩と手首が痛くなる。それもなぜか、へらを持っていない左の手首まで痛くなった。

お若は、両の手首をかわるがわるさすった。

「お師匠さん、また痛むんですか」

と、茶の間から出てきたおちよが言って、お若のうしろへ坐った。日高屋へ仕立て上がった着物を届けてきて、茶の間で菓子をつまんでいたのだが、そろそろ六つの鐘が鳴る頃なので、今日は新しい反物《たんもの》にとりかからず、お若の肩を揉《も》んで帰るつもりらしい。

「ねえ、お師匠さん、いい話を教えてあげましょうか」

「なに？」

お若より先に、縫いかけの着物をたたんでいたおせつが尋ねた。

「あのね、日高屋の旦那が、お師匠さんの足の怪我を心配しなすっていたんですけどね」

おちよは、もったいぶって言葉を切る。

「そうしたら、そばにいた徳三郎さんが、しばらくお師匠さんの顔を見ないんで淋しいって」

「あら、徳三郎さんが？」

おせつが、頓狂《とんきょう》な声をあげた。美男で有名な手代が、お若に会いたいという意味にもとれることを言ったのが意外だったらしい。

おちよは、意味ありげに笑った。

「そう、あの徳三郎さんが、お師匠さんに会えなくって淋しいんだって。なのに、うちのお師匠さんときたら、そういうことにはまったく鈍《にぶ》いんだから」

「ばかなことを」

お若は、おちよをふりかえって、「もういいよ」と言った。おちよは、首をすくめて自分の裁板《たちいた》の前に戻り、針箱を片付けはじめた。

お若は、おちよのうしろにいるおみやを見た。

おみやは、おちよの軽口に笑いながら帰り支度をしている。今日も、三次郎が迎えにくる約束ができているようだった。

三次郎は、お若の家に身を寄せるというおとよを、強引に長屋へ連れて帰った。そして、それが三次郎の張りあいになったのだろう。休みがちだった塩売りに、朝早くから出かけるようになった。

姉の炊くご飯を食べて塩屋へ行き、天秤棒《てんびんぼう》をしなわせて商売をして、夕暮れには家へ帰ってくる。湯屋まで赤ん坊をおぶって行くこともあるという。

おみやが三次郎の家をたずねる口実《こうじつ》はない。三次郎も、しばらくの間は、おみやの家へ行く暇がないと言っていたそうだ。政吉には、「姉貴と甥っ子をかかえちまってよ」などと、一人前な口をきいていたというから、おみやが嫌いになったのではなく、一家の大黒柱となった以上、女のことはあとまわしにしなければと、気負っていたのかもしれない。

が、おみやにすれば、情けなかったにちがいない。おとよに三次郎を取られたと言って、おみやは泣いた。万年町から引越して行くというのを、お若は幾度ひきとめたことか。針の運びはのろいが、丹念な仕事で日高屋からの信用もできてきたおみやにやめられては、お若も困るのである。

三次郎を呼び出して、たまには会ってやってくれと言うと、三次郎は、嬉しそうな顔をした。得意げな顔と言った方がよいかもしれない。以来、三日に一度の割合で、表口からおみやを迎えにくるようになった。

「それじゃお師匠さん、わたし達は帰らせてもらいます」

おちよとおせつが、ていねいに挨拶をして立ち上がった。何の話か、おちよがおせつの耳許《みみもと》に口を寄せ、おせつは笑いころげながら部屋を出て行った。

その声が外へ出て、遠くなってゆくのを聞いて、お若も腰を上げた。

おみやは、お若の裁板の上を片付けている。掃除は三人が交替でひきうけているが、今日は、おみやの番なのだろう。お若の怪我がなおらぬうちは、掃除の当番が夕飯の支度もしてくれることになっていた。

お若は、足をひきずって部屋を出た。

茶の間へ入ろうと思ったが、格子戸が、一寸ほど開いている。おせつのあとからおちよが出て行ったのかもしれなかった。

板の間に腰をおろして三和土に片方の足をつき、思いきり手を伸ばして閉めようとすると、家の中をのぞき込むような姿勢で通りかかった男と視線が合った。

「お若さん――でしたよね」

と、男が言った。先日、亀屋でおえいにからまれていた男であった。

「あれから、どうなすったかと思って」

「ようすを見にきておくんなすったんですか」

お若は、片方の足で敷居際まで跳《と》んで行こうとした。が、着物の裾が踏石にからんで平衡《へいこう》を失った。

「あぶない」

男が手を出して、お若も思わずその手につかまった。それを、ちょうど木戸から出てきた三次郎が見つめていた。

「この辺に、用事があったものだから」

と、男が言った。片方の足で立っているお若を板の間に坐らせようとすれば、お若を支えている男がそこへ連れてくるほかはない。男は、ごく自然に家の中へ入ってきた。

お若は男を見上げた。亀屋の女将も言っていたが、品のよい男だった。裏通りに用事のある人物とはとうてい思えない。が、男は、もの言いたげな顔つきでお若を見た。

「実は、ついそこの……」「あの、お茶でも……」

男の言葉にお若の言葉が重なって、男は口を閉じた。

お若はあわてて言葉を切って、男の言いかけたそれを待ったが、男は出端《でばな》をくじかれたのか、口許に苦い笑いを浮かべて黙っていた。

「どうぞお上がり下さいまし」

少々間のわるい言葉であったが、男もほっとしたように、「では、遠慮なく」と答えた。

男に支えられたまま茶の間へ入って、おみやに湯を沸かしてくれと頼む。

先刻、木戸を出てきた三次郎は、客がお若をたずねてきたのを見て、自分の家へ引き返したのだろう。おみやを迎えにきた声は聞えず、おみやは、男に愛想よく挨拶をしながら台所へ出て行った。

お若は、茶箪笥の戸棚から茶筒と急須《きゅうす》を取り出した。

その手許を見つめていた男が、ためらいがちに「実は——」と切り出した。

「実は、お尋ねしたいことがあるんです」

上等の茶の葉を買っておけばよかったと、ひそかに後悔していたお若は、茶筒から男へ視線を移した。

「実は——」

と、男は、同じ言葉を繰返した。

「この近くの長屋に、三次郎という若い男がいると聞いてきたのですが」

「ええ、三ちゃんならよく知っていますよ」

三次郎が、またわるい仕事をはじめたのだろうかと、お若は用心しながら答えた。

この男の家の奉公人に突き当り、わざと転んで大怪我をしたと、繃帯《ほうたい》を巻いて強請《ゆす》りに行ったのかもしれない。そういえば先刻、三次郎は、木戸口から男を眺めていた。

が、男は、思いがけないことを言った。

「その三次郎さんの家に近頃、姉《あね》が——いや、姉さんが戻ってはきなさらなかったでしょうか」

お若は、茶筒の蓋《ふた》を閉めるのも忘れて男を見つめた。

「男の子を連れていなすった筈なのですが」

この男が、おとよの夫であった葛西屋吾兵衛であることは間違いなかった。

「姉さんは、三次郎さんのうちに戻ってきなさらなかったのですか？」

男――吾兵衛は、黙っているお若を見て、不安そうに尋ねた。

「さあ」

お若は、首をかしげた。お若の怪我の見舞いをよい口実にして、赤ん坊を取り戻しにきたのかもしれない、そう思った。

「ほんとうに、おとよ――いや、姉さんは戻ってきなさらなかったのですか」

目の前に坐っている男の声が聞えぬわけはないのだが、お若は、聞えなかったふりをして茶筒の蓋を閉めた。

「そうですか」

吾兵衛は、低い声で言った。

「お隠しになるのも、むりはありません。お察しの通り、わたしは、葛西屋の吾兵衛でございます」

でも――と、吾兵衛は言葉をつづけた。

「わたしは、子供を奪い返しにきたわけじゃございません」

「顔でも見にきなすったんですか」

「それもありますが」

吾兵衛は、あらためてお若を見た。

「三次郎さんは、まだ十六か七と聞いております。一所懸命に働いたところで、儲《もう》けはたかが知れておりましょう。子供のいるおとよが働けるわけもなし、どうしているかと心配になりまして。——お若さん、おとよはどんな暮らしをしておりましょうか」

何を言ってやんでえと、お若は、胸のうちで毒づいた。姑の尻馬《しりうま》に乗っておとよにつらく当り、家を飛び出さずにはいられないような仕打ちをしておきながら、今更どんな暮らしをしておりましょうかもないものだと思った。

どんな暮らしをしているかと心配するくらいなら、おとよを姑からかばってやればよかったのだ。かばってやれば、おとよは辛抱し、吾兵衛が万年町へおとよのようすを見にくることもなかった。万年町へこなければ亀屋でおえいにからまれることもなく、女将に呼び出されたお若が、怪我をすることもなかったのである。

それを考えたなら、おとよのようすを見にきたついでにお若を見舞うなど、逆ではないか。お若の怪我を見舞いにきて、そのついでに、おとよの安否《あんぴ》を尋ねてもらいたい。

「亭主に面倒をみてもらえなくなった、気の毒な姉さんですからねえ」

お若の声は、ひとりでに尖った。

「三ちゃんが一所懸命稼いで、仲よく暮らしているんじゃありませんか」

「仲よく——ね」

吾兵衛は苦笑した。

お若は、長火鉢の炭火を掘りおこした。

「赤ちゃんの顔を見に行きなさるんなら、三ちゃんのうちは、その木戸を入って右側の二軒目ですよ」

吾兵衛は、黙ってうなずいた。知っていたらしい。

「ただ、おとよちゃんが赤ちゃんを旦那に会わせてくれるかどうか、わかりませんけれどね」

吾兵衛の苦笑いが濃くなった。

おとよが吾兵衛に会うわけがない。それは吾兵衛もよく承知している筈であった。亀屋に入ったり、お若の家の前を往きつ戻りつしていたのは、おとよに会うなり戸を閉められる光景を想像して、長屋の木戸がくぐりにくかったにちがいない。

おみやが、鉄瓶を下げて入ってきた。

吾兵衛に会釈をして、長火鉢の横に坐る。盆を自分の方へ引き寄せて、急須に熱い湯をそそぐ。三次郎は、まだ迎えにこないようだった。

「自分でも――」

と、吾兵衛が低い声で言った。

「わけがわからないのですよ」

苦笑していた顔から笑みが消えて、苦い表情だけが残っている。

「あの時、どうしてあんなに腹が立ったのか——」

おみやは、ゆっくりと茶をいれていた。少々濃いめにはいった茶を、菓子鉢の駄菓子と一緒に吾兵衛にすすめ、それから長火鉢に炭をついだ。

「或る日、おとよと日高屋の手代があやしいと、母がわたしに言ってきました。中働きの女中も、日高屋の手代に気をつけろと言ってきました。気をつけて見ていると、何となく二人の素振りがあやしいような気がする……」

「そんなばかな」

「まったくです」

吾兵衛の口許に、うっすらと笑みが戻った。

「が、わたしがばかだったとは、おとよに出て行かれてからはじめてわかりました。おとよが、仕立て上がった着物を届けにきた手代と半刻《はんとき》近くも居間にこもっていたの、赤ん坊を置いていそいそと出かけたのと、毎日母と女中から聞かされているうちに、どうかしてしまったのかもしれません」

吾兵衛は、茶碗を持った手を膝に置いた。

「帰ってきてくれなどとは、言えた義理じゃありませんがね」

おみやが、そっと席を立って行った。

吾兵衛は、その後姿を見送ってから口を開いた。

「おふくろの意地わるさは、一朝一夕にはなおらないかもしれません。が、今度のことは、家の中のごたごたは決して耳に入れてくれるなという親父にも聞かせましたよ」

みっともない話ですが——と吾兵衛は言って、茶碗を口許へはこんだ。飲みはせずに、茶碗の底を眺めている。

「さすがに親父は、おふくろを叱りつけました。それで、多少はおふくろも変わるでしょう」

「わたしより、おとよちゃんに言うことじゃありませんか、それは」

お若は、おみやがついでいった炭に灰をかけながら言った。

「さっきも申し上げた通り、おとよちゃんのいる三ちゃんのうちは、木戸を入って右側の二軒目ですよ」

「その木戸の敷居が高くってねえ」

吾兵衛は、ようやく茶を飲んだ。

「が、高いからといって……」

「そうですよ。ここでお茶を飲んでいてもはじまりません」

「お客様のお帰りだよ」と、お若はおみやを呼んだ。少し間をおいてから、おみやの返事が聞えてきた。

吾兵衛は、深々と頭を下げて立ち上がった。

お若にかわって障子を開け、履物《はきもの》を揃えたおみやにも礼を言って外へ出る。話をしているうちに暮六つの鐘が鳴った裏通りの空は、もう星がまたたく藍色《あいいろ》だった。

お若は、おみやの肩を借りて外へ出た。

吾兵衛は、二人をふりかえって頭を下げ、木戸に向って歩きはじめた。思いきって、おとよに会うつもりのようだった。

その吾兵衛の足が止まった。お若は、家の中へ引き返そうとするおみやの肩を揺すり、方向を変えさせて木戸に近づいた。通せんぼをするように、三次郎が木戸の前に立っていた。

「姉ちゃんはいねえよ」

と、三次郎が吾兵衛に言った。吾兵衛の顔を知っていたらしい。

「さっさと帰んな」

「お前が三次郎さんか。おとよが留守なら、待たせてもらうわけにはゆかないかねえ」

三次郎の機嫌をとるような口調だった。

三次郎はにこりともせずにかぶりを振った。

「待っていたら、明日になっちまうぜ。お前《めえ》を泊める布団なんざ、うちにゃねえのよ」

「三ちゃん、お前――」

お若は、足の痛むのも忘れて三次郎に近づこうとした。

三次郎は、吾兵衛がお若の家へ入って行ったことを、おとよへ知らせたにちがいなかった。無論、おとよは会いたくないと言う。が、吾兵衛が何をしにきたかは知りたい。そこで、三次郎は、湯を沸かしているおみやに吾兵衛の話を聞いてくれと頼む。早く家へ帰りたい筈のおみやが、茶をいれたあともつぎ足す必要のない炭をついで、いつまでも茶の間にいた筈であった。

「せっかく旦那が、おとよちゃんを迎えにきてくれなすったのに……」

痛――と、お若は足首を押えて蹲った。傷ついている方をかばうのを、忘れていたのだった。

吾兵衛が、あわててお若を抱き起こした。礼を言って立ち上がったお若を、三次郎のひややかな視線が待っていた。

「この間は、おぶさっていたっけな」

「何を言うの、この子は」

「医者へ連れて行ってもらったあと、お前のうちにこの男が、半刻《はんとき》あまりもいたじゃねえか」

「何を言ってるんだよ、ほんとに」

「茶の間に寝かせてもらってもいいものを、わざわざ二階まで上げてもらったのは、いってえどういうわけなんだ」

「ばかなことを言うんじゃないよ」

お若は、おみやをふりかえった。そこまで三次郎が知っているのは、おみやの告げ口があったからにちがいない。

おみやも、まさかそんなことを三次郎が言い出すとは思っていなかったらしい。黙らせようとしているのか、三次郎へ向ってしきりに手を振ったり、唇に指を当てたりして合図を送っていた。

が、三次郎は言いつのった。

「あの時はまだ、おみやもいれば、おちよさんもいたんだ。手が足りなけりゃ、姉ちゃんや恵比寿床《えびすどこ》を呼びに行ったっていい。なのに、その男を半刻も離さなかったのは、どういうわけなんだ」

お若は答えに詰まった。確かにあの時は、夜具のある二階まで男に背負って行ってもらった。痛みに胸がわるくなってきて、背をさすってもらいもしたのだが、三次郎に言われてみれば、背をさするなど、おみやにもおちよにも出来ることだった。

「それを聞いて、姉ちゃんは怒ってたぞ。姉ちゃんは、ほんのちょっとの間、どこかの手代と一緒にいただけで、あやしいの何のと言われたんじゃねえか」

「わかったよ」

吾兵衛が、おみやをふりかえった。駆け寄ってきたおみやは、吾兵衛にかわってお若の腕の下へ肩を差し入れた。

「出直すことにするよ」

おみやは、顔をあからめて俯《うつむ》いている。三次郎への告げ口が恥ずかしいのだろう。

吾兵衛は、おみやの肩を叩いて歩き出した。不機嫌な顔色ではなかった。

仙台堀に突き当る角《かど》を曲がって、吾兵衛の姿が消えた。お若も、おみやにもたれかかったまま踵《きびす》を返した。

かかとをつかぬよう用心して歩き、格子戸に手をかけようとして、何気なく仙台堀の方を見た。誰かに見られているような気がしたのだった。

吾兵衛が曲がって行ったのとは反対側の角から、白い顔がのぞいていた。おとよであった。

お若は、おとよに手招きをして、戸を開けようとするおみやをとめて、おとよが近づいてくるのを待った。

が、おとよは、なかなか動こうとしない。お若は、大声で呼びながらもう一度手招きをした。

それでもためらった末に、おとよがようやく角を曲がってきた。ねんねこ袢纏《ばんてん》で赤ん坊をおぶっている。首をねじって背中の赤ん坊を見ているが、赤ん坊は、よく眠っているようだった。

「ごめんなさいね」

と、おとよは、お若とは視線を合わせずに話しかけてきた。

「怪我をしたっていうのに、お見舞いにも行かなくって」

いつものように穏やかな笑みを浮かべたが、その口許が、どこかぎごちない。

お若が吾兵衛に背負われて家に帰り、半刻あまりも背をさすってもらったことを、三次郎が尾鰭《おひれ》をつけて話したのかもしれなかった。

「わたしのお見舞いはいいけど、いったいどこに行っていたのさ。吾兵衛さんがお前にあやまりたいって、わざわざここまできなすったんだよ」

「亀屋の女将さんに、ねんねこをくれるって言われたものだから」

おとよは、また首をねじって、眠っている赤ん坊の顔をのぞき込んだ。赤ん坊の寝息の中にある乳のにおいが、お若の前まで漂《ただよ》ってきた。

「吾兵衛がきたとは、三次郎が知らせてくれたんですけど、亀屋の女将さんを待たせてもわるいと思って」

おとよの背に頰をつけて眠っている赤ん坊が、神様にあやされたのだろうか、小さな口をほころばせて笑った。

「あら――」

お若がつられて笑うと、おとよも顔中に笑みをひろげた。ぎごちない笑いではなかった。

おとよの子は去年の暮に生れたというから、間もなく歩き出すだろう。これほど可愛いのがそばにいれば、苦労をしても亭主と暮らしたいとは思わなくなるにちがいない。わたしも綱七の子を生んでおけばよかった――。子供さえいれば、綱七のいない淋しさも我慢できそうな気がする。だが、お若は自分の軀を眺めた。お若の軀は、あの可愛い赤ん坊を生まぬまま、三十五歳の暮を迎えようとしていた。

吾兵衛は――と言うおとよの声が聞えた。

「お若さんをお見舞いがてら、わたしに言訳をしにきたんじゃありませんか」

お若は、おみやの肩をおとよの方へ押して、出入口の柱につかまった。

「おとよちゃん。今、おみやをそっちへやるからね、吾兵衛さんがわたしに何を言って行ったのか、よく聞いてごらん」

お若は、敷居を跳んで家の中へ入った。追いかけてきたおみやの手をふりはらって、上がり口まで片方の足で跳んで行く。

板の間に腰をおろして足をひきずりあげると、跳んできたせいではなく、動悸《どうき》が激しくなってきた。お若は、胸を押えて苦笑した。十七で娘を生んだ女は、娘が同じ年齢で子供を生めば、「お祖母《ばあ》ちゃん」と呼ばれるようになっているのである。

おとよと三次郎への腹立ちは、そこで消えた。お若は仕事場へ這って行った。足の怪我で遅れぎみになってきた日高屋の仕事を、徹夜で片付けてしまうつもりだった。

恵比寿床のおまきが、とんでもない噂を聞かせにきたのは、その数日後のことだった。まだ足をひきずっているお若に脂ののったぶりを焼いてきてくれたおまきは、遠慮なく台所へ上がって行って、棚から皿をおろした。

お針子達の帰ったあとで、お若は根をつめた仕事の疲れに、おみやの買ってきてくれた干物を焼くのすら億劫《おっくう》になって、ぬるい茶を飲んでいたところだった。ついでに漬物も出してくれたらしいおまきに、「お茶でも飲んでゆかない?」と声をかけたのだが、時分《じぶん》どきではあり、すぐに帰って行くだろうと思った。が、おまきは、「それじゃ——」と言って茶の間に入ってきた。

その噂を聞かせたくてたまらなかったのかもしれない。おまきは入ってくるなり、長火鉢の猫板《ねこいた》に肘《ひじ》をついて、

「昨日ね、三ちゃんがさ」

と、炭取りを引き寄せているお若を見た。

「めずらしく髪を結いにきたっていうんだけどさ」

「へええ」

冬は、種火《たねび》を上にのせろという。お若は唇を尖らせて、炭にのせた種火を吹き、おまきは、勝手に茶の葉をかえた。

「うちの宿六や、ちょうど来合わせていた政吉さんに、愚痴《ぐち》をこぼしていったんですと」

「ふうん」

「それが、何て言ったと思う？」

おまきは、お若の顔をのぞき込んだ。

お若は、苦笑してかぶりを振った。が、おおよその見当はついていた。三次郎は、吾兵衛が姉のおとよを悩ませていると、溜息をついて言った筈だった。

「吾兵衛さん、お若ちゃんのところへきたんだって？」

「そんなことを言いに行ったの」

お若の声が高くなった。

おまきは、ちらちらとお若のようすを窺《うかが》いながら鉄瓶に手を伸ばした。ぬるいままで茶をいれるつもりらしかった。

「いつの間にか、仲がよくなったって言うんだけど……」

「吾兵衛さんは、お見舞いにきなすっただけ。それも、おとよちゃんのとこへ、あやまりに行く口実だよ」

「でもさ……」

おまきは、湯呑みに口をつけて、上目遣いにお若を見た。

「おとよちゃんが泣いてるって」

「何を言ってるんだよ。わたしが、おとよちゃんに腹を立てているんだ。赤ん坊のおしめを、いったい誰の浴衣でこしらえたと思ってるんだよ」

「だけど、お前、三ちゃんが疑うのも無理はないんだよ。いつかおえいさんがさ、吾兵衛さんには女がいるって、繰返し言っていたじゃないか」

「わたしが吾兵衛さんの女なら、おとよちゃんに、うちの二階へこいなんて言やあしませんよ」

「そりゃそうだけど」

おまきは、まだ納得しないらしい。

「いくら三次郎にあおられたからって、おとよちゃんまで、やきもちを焼くかねえ。女の勘ってのは、確かなものなんだよ」

「吾兵衛さん恋しさのあまり、勘が狂ったんだろ」

「まさか」

「子供まで連れてうちを飛び出して、その上、妙なやきもちを焼くなってんだ。それでも、わたしと吾兵衛さんの仲があやしいってんなら、亀屋の女将さんを連れて行って、出会った時の顚末《てんまつ》を、残らず話してもらってやるよ」

「わかったよ」

「あんなに可愛い子がいるのにさ」

と、お若は繰返した。

が、おまきは、もう一杯の茶を遠慮なくついで、かぶりを振った。

「子供だって、あてになりゃしないよ」

「え？」

お若は目をしばたたいた。話は、おかしな方向にすすんでゆきそうだった。

「うちのどら息子がね」

おまきは、湯呑みを猫板にのせて、長火鉢へにじり寄ってきた。

「とうとう髪結床《かみゆいどこ》なんざいやだと言い出してさ。昨日の夜は、父子喧嘩で大荒れだよ」

お若は、台所へ這って行こうとした。おまきの話は長くなるにちがいない。が、話は、食事をしながらでも聞ける。もういい加減ぶりの照焼もさめているだろうが、夕飯を食べようと思った。

おまきは、お若の背を叩いて「いいよ」と言った。おみやが洗ってきてくれた棒葱《ぼうねぎ》は、ざるに入ったまま台所の隅に置かれているし、味噌の甕《かめ》の置き場所もおまきは知っている。味噌汁をつくるくらいのことはしてやるというのだろう。

おまきは、七輪をかかえて路地へ出て行った。

「お宅の勝《しょう》ちゃんは、幾つになったんだっけ?」

お世辞のようにお若が尋ねると、おまきは、それを待っていたように喋り出した。

「十五だよ。少し親許を離れた方がいいっていうんで、神田の髪結床にたのんでさ、三年間修業させてもらって、ようやく帰ってきたと思ったら、こうだもの」

「大丈夫だよ。ちょいと親にさからってみたくなっただけだよ」

「それがねえ——」

おまきは、溜息をつきながら手際よく葱を切って、七輪の火にかけた鍋へ放り込んだ。

「親の言うことをきいてくれるのは、親を頼りにしている間だけ。今じゃ、自分一人で育ったように、偉そうな口をきいているよ」

「ふうん」

「いつまでも裏通りで人の頭を結《ゆ》っているようじゃ、しょうがないんだと。自分が髪結床を継いだら、自分の子供も髪結になっちまうから、いつになっても髪結から縁が切れないんだと。まったく、ご立派な口をきいてくれるよ」

「で、どうするっていうのさ」

「質屋に奉公するんだとさ」

「奉公に行くと言ったたって、勝ちゃんは、もう十五だろう?」

奉公に行くという質屋が、どれくらい大きな店なのかよくわからないが、それでも、七つ八つからの子飼いとは、同じに扱ってはもらえないだろう。二十になっても、手代にすらなれないということもある。

「それがさ」

おまきは、味噌の甕をとった。

「神田の髪結床にいる間にね、好きな娘ができちまったんだよ」

ざるでといた味噌のかおりが、茶の間にまでひろがった。

「で、その娘のうちが、質屋だったってわけさ」

「養子にゆくのかえ?」

「当人はそのつもりだろ」

「そのつもりって、勝ちゃんは一人息子じゃないか」

「だからさ。子供なんざ、あてになりゃしない。一所懸命に育てたって、好きな娘ができりゃ、親はどうでもよくなっちまうんだよ」

「大丈夫だよ。まだ十五だもの、また気が変わるよ」

「変わりゃいいけど。奉公に行くってのが、その娘の親戚がやっている店だからね」

はいよ、味噌汁《しょうた》もできたよ——と、おまきは、鍋のつるを前掛でくるんで下げてきた。

「昨日の晩、勝太が親父に殴られて言った台詞《せりふ》がいいじゃないか。六助を養子にすりゃ万事うまくおさまる、俺はそこまで考えているんだってね」

恵比寿床の下剃、六助が安房《あわ》から出てきたのは、八年前のことになる。九歳か十歳だった筈で、しもやけができているように赤い頬が、痛々しくひびわれた子だった。

わずかばかりの田も畑も借りものという農家に生れ、口べらしのために江戸へ出てきたのだが、そんな貧しい暮らしをしていたとは、恵比寿床の常連でも、知っている者は少ないだろう。陽気で、機転がきいて、剃刀《かみそり》の当り具合もやわらかいと客の評判も上々で、確かに息子の勝太に店を継がせるより、六助を養子にした方が、恵比寿床のためにはよいかもしれなかった。

が、おまきやおまきの亭主が、それで納得するわけがない。いや、もうじき自分の店がもてると、それを楽しみに働いている六助にしても、養子の話に喜んでうなずくとは思えなかった。

「恵比寿床も、もう終りさ」

おまきはご飯を盛った茶碗を猫板にのせ、自分もそこへ頬杖をついた。

さめた照焼をあぶりなおしているお若を見ながら、きざんだ漬物を指先でつまみ、口の中へ放り込む。沸いてきた湯の音と、ぶりの脂が火に垂れる音と、おまきの漬物を嚙む音が一つになって響いた。

「つまらないよ、親なんてさ」

「何を言ってるんだよ」

お若は、漬物をご飯にのせて湯をかけた。

「つまらないと言ったって、わたしよりはいいだろ」

「独り暮らしよりいいって言うんだろうけどね、みんな、おんなじだよ」

「おんなじなものかね。おまきさんが足に怪我をしてごらんな。仮に勝ちゃんが質屋の婿になっていったって、びっくりして飛んでくるわね。が、わたしにゃ、そういう人がいないもの」

「おちよちゃんや、おみやちゃんがいるじゃないか」

「おちよだっておみやだって、いつまでも今のままじゃないさ。お嫁にゆくかもしれないし、自分達が若い娘を使って稼いでいるかもしれない。わたしとは離れてゆくよ」

「おんなじことさ」

と、おまきは繰返した。

「お若ちゃんがおちよちゃんやおみやちゃんを頼りにできないのと、おんなじだよ。子供なんざ、あてにならない」

急須を探して、湯をそそぐ。ついでにお若の湯呑みにも、茶をいれてくれた。

「おとよちゃんだって、子供を連れてきたから、吾兵衛さんには会いたくないなんて強気なことを言っているのだろうけど、あの子が大きくなりゃ、ひとりぼっちになっちまうんだから」

「なりゃしないって。子供は、母親にだけはいつまでも甘ったれていたいんだよ」

「そりゃ、子供をもたなかった者の言うことさ」

おまきは、煙草の煙でも吐くように、下唇を突き出して溜息《ためいき》をついた。

「誰もかれも、みんなひとりぼっち、そう考えると、お若ちゃんのように、一人で好きなように生きてきた者の勝ちさ」

「やめとくれよ」

お若は、箸を置いて言った。

「そりゃ、綱七のような男と縁が切れずにいるのは、わたしがわるいんだけど」

針を持ったのは、針で稼がなければ飢えて死んでしまうからだった。針仕事は決して嫌いではないが、もし綱七に女房がいず、駿府で所帯をもとうと言われたなら、喜んで江戸から出て行っただろう。日高屋からのむずかしい仕事を見事に仕上げた時の満足感も、捨てがたいとは思うものの、駿府へ行くことをためらいはしなかった筈だ。綱七の子供を生んで、あちこちで女をつくるにちがいない綱七と喧嘩をして、しまいには愛想をつかして子育てに夢中になったあげく、子供からうるさい母親だと言われてもいい。今の独り暮らしより幸せであるような気がする。

お若は口をつぐみ、おまきは俯いて、長い溜息をついた。

「こんな時に手酌で飲みたいっていう宿六の気もしれないし」

「勝ちゃんが髪結を継がないって言い出して、淋しくってしょうがない時にさ、子供なんざあてにならないっていう、おまきさんの愚痴を聞きたくなかったんだよ」

「だからさ、夫婦なんていったって、ばらばらじゃないか。みんな、ひとりぼっちなんだよ」

「おまきさんの愚痴を聞きたくないのは今だけで……」

「気持の合わない者がそばにいる方が淋しいよ。ああ、もう何もかもいやになった。お若ちゃん、独り身が一番だよ」

おまきは、不服そうに頬をふくらませているお若の肩を叩いて立ち上がった。

お若は、さようならとも言わずに横を向いた。おまきが格子戸を閉める音が聞えてきた。

おまきが気のいい女であることはわかっているが、彼女の愚痴は、翌日まったく変わることがある。庖丁で指を切ったと騒ぐおまきに、亭主が大丈夫かと声をかけただけで、彼への評価が違ってしまうのだ。こんな時に手酌で飲みたい薄情な宿六が、いいとこあるうちの人に変わるのである。おまきに泣かれたりわめいたりするよりも、息子が離れてゆく感慨に一人でひたりたい亭主の気持が、どこかでわかっているからにちがいなかった。

「昨日はわたしも、かっかとしていたからさ」

と、愚痴をこぼした翌日のおまきは笑う。

それで当人は、お若へ愚痴をこぼしたことも悋気《のろけ》を聞かせたことも忘れてしまうのだろうが、お若の中には澱《おり》が残る。おまきに同情し、情けない思いをしているのは自分だけではないと、なぜかほっとしたのを裏切られてしまうのだ。お若が、一番味わいたくない気持だった。そして、ごく最近まで、一度も味わわずにきた気持でもあった。

日高屋半右衛門は、お若の境遇にはまったく触れず、仕立物の出来上がりだけを見て、次々に仕事をくれた。綱七も、駿府に妻子がいることを勘《かん》づかせないほどやさしかった。おまきは始終、惣菜を届けにきてくれたし、幼い勝太はお若になつき、枕を持って泊りにきたこともあった。おちよもおみやも、ついこの間までは住み込みだった。

一年が過ぎれば一つ年齢《とし》をとり、やがては嫁《ゆ》きおくれの陰口すら消えてしまう女になるとわかっていた。その覚悟もしていたつもりだった。

が、どこかで、そのまま年齢をとってゆけると思っていたのではなかろうか。皆、いつまでもお若をかこんでいてくれると思っていたのではないだろうか。

日高屋半右衛門は、佐賀町に住んでいるらしい若いお針にも、むずかしい仕事を出すようになった。お若の腕が衰えたのではない。かつて、お若が十年以上も日高屋へ出入りしていたお針からその仕事を奪い取ったように、ひたすら針を持つ腕を磨き、お若の仕事を横取りしてでも這い上がろうとする娘があらわれたのだ。

綱七は、自分など家の中ではよけい者だと言いながら、娘への江戸土産を探すようになった。おそらく、目尻に嬉しそうな皺を寄せて、絵草紙屋の店先に腰をおろしているにちがいなかった。

おまきが亭主や息子を大事にするのは、当り前のことだった。「小母ちゃんの子にしてね」と言っていた勝太が、お若のことを忘れて若い娘に夢中になるのは、なお当然のことだった。

おちよは、やがて一人立ちするだろうし、おみやは三次郎と所帯をもつかもしれない。

おせつは、お針で一生を終える気はないと言っている。

そして、お若だけが一人残った。

人は、あてにならない――。

「自分だけが頼り……」

そんなことはない。

お若はかぶりを振った。

お若がここまで生きてこられたのは、日高屋がお若の腕を認めてくれたからであり、おまきが世話をやいてくれ、おちよやおみやが仕事を手伝ってくれたからではないか。

「でも、ひとりぼっちだ、わたしは」

お若は、長火鉢の縁に額をつけた。両の目から膝へ、大粒の雫《しずく》がしたたり落ちた。誰を恨《うら》むすべもないのが、なおさらに情けなかった。

お若は、泣声が洩れそうになる唇を強く嚙んだ。自分の泣声を一人で聞くほど惨《みじ》めなものはない。

袂から手拭いを出し、涙をぬぐったついでに洟《はな》をかんだ。ともかく食事をすませて、もう少し仕事をしようと思った。

その目の前に、色白のふっくらとした顔が浮かんだ。そのうしろには、口許のひきしまった色の浅黒い男の顔もあって、二人とも微笑《ほほえ》んでいた。

お若は、涙に濡れている頰を両手でこすった。中島町澪通りの木戸番小屋があったと思った。澪通りの木戸番小屋へ行けば、お捨笑兵衛夫婦に会える。あの夫婦なら、いつも同じ笑顔でお若を迎えてくれるだろう。

明日、澪通りへ行こうと、お若は思った。足はまだ痛むが、この並びにある駕籠屋までなら歩いて行ける。

お若は、つめたくなった茶漬を胃の腑《ふ》へ流し込んだ。明日の仕事を、今晩のうちに少し片付けておくつもりだった。

駕籠を飛ばしてまず日高屋へ行き、仕立物を届けてから中島町へ向うことにした。

半右衛門は、怪我をしているお若がきてくれたことを喜んで、上野池ノ端で袋物問屋を営《いとな》んでいる後家が、わざわざ頼みにきたのだという着物を出してくれた。霰《あられ》の降る浜辺を染め出したもので、表は上半身が霰、裾に網代《あじろ》と石垣模様をあしらって、同色の裏が青海波《せいがいは》という凝《こ》ったものだった。

「お若さんがきてくれなすったので、助かったよ」

と、日高屋は言った。おちよに仕立て方を説明するのでは、こころもとなかったようだった。

反物はあとでおせつに取りにこさせることにして、お若は日高屋を出た。よい日になりそうな気がした。

威勢《いせい》のよいかけ声とともに駕籠が走り出した時、お若は、昼四つ（午前十時頃）の鐘が鳴るのを聞いた。家を出る時、おちよが、「お師匠さん、何をそんなに急いでいなさるんですか」と言っていたが、半右衛門も内心、なぜこんな時刻にきたのだろうと驚いていたのかもしれない。お若は、駕籠の中で苦笑した。

あわてふためいて家を出てきたのは、無論、早く中島町澪通りへ行きたいからだった。早く行かなければ、夜廻りが勤めの笑兵衛は床の中へ入ってしまう。

枕許で話をしても、目を覚まさないだけの鍛練《たんれん》はできていると、笑兵衛もお捨も笑っていたが、やはり、眠っている笑兵衛に遠慮をしながらお捨と話しあうより、夫婦二人の笑顔にはさまれて、他愛《たあい》のない世間話をしたかった。

が、開け放しの木戸番小屋の中に、二人の姿はなかった。

お若は、駕籠屋に酒手《さかて》を渡すのももどかしく、土間の中まで足をひきずって行って、お捨の名を呼んだ。

返事はなかったが、裏の方で水音がした。お若は、外へ走り出ようとして顔をしかめた。頭の芯《しん》に響くほど、傷口が痛んだ。

小屋の横は細い路地で、水捌《みずは》けがわるいせいか、小石が敷かれている。お若は足の痛みをこらえながら、羽目板をつたって裏へまわった。

炭屋との境にある垣根は、人が出入りできるようにこわれていて、その向う側の井戸端にお捨がいた。鍋や釜を洗っているようだった。

「お捨さん。わたし――」

お若は、垣根につかまってお捨を呼んだ。

「あら、お若さん」

お捨が、顔を上げてお若を見た。

ふっくらとした白い頬に、笑みがひろがった。その笑顔を見ただけで、お若は、わけもなく泣きたくなった。

「ごめんなさいねえ、年齢をとると、だんだん耳が遠くなっちまって。土間で呼んで下さったのでしょう？」

お捨は、前掛で手をふきながら腰を上げた。

「ま、どうなすったの、そのおみ足」

「つまらないことで、怪我をしちまったんです」

片方の足で垣根を飛び越えようとするお若を、お捨がとめた。

「やめてちょうだい、転んだらどうするの。見ているわたしの方が、はらはらする」

「大丈夫ですよ、これくらい」

「若い人は、平気で無茶をなさるのねえ」

「若い人だって――」

「わたしから見れば、お若さんは娘みたようなものですよ」

お若は笑い出した。昨夜は、なぜあれほど淋しかったのだろうと思った。

お捨は、すでに洗い終えていたらしい鍋と釜につるべの水をかけた。鍋底磨きの灰が、黒い水をつくって流れていった。

「お待たせしました。さあ、中へ入って、熱いお茶でも飲みましょう」

お捨は、鍋も釜もそのままにして、垣根の破れを通ってきた。

お若の手をとって歩き出す。水を使っていたお捨の手はつめたかったが、ふんわりとやわらかく、赤ん坊のそれのように笑靨《えくぼ》ができる。

「まあ、どうでしょう、私の肩につかまってと言いたかったのに、この路地は私の軀でいっぱいになっちまう」

お捨のころがるような笑いが響いた。

「それじゃあね、私が先を歩きますから、お若さんは、うしろから私の肩につかまって下さいな」

お若は、お捨の肩へ手をかけたついでに、ふっくらと肉づきのよいお捨の背へ頰をつけた。香をたきしめているわけではないのだろうが、よい匂いがした。

「さ、歩きますよ」

お捨が、お若をふりかえる。

「笑兵衛がいればねえ、おぶってもらえたのだけど。ほんとに役に立たない人」

「どちらかへお出かけですか」

と、お若は尋ねた。

「それがねえ」

お捨は、ゆっくりと歩き出しながら答えた。

「おとよさんのおうちへ、吾兵衛さんをお連れしたんですよ」

「え？」

思わずお若は聞き返したが、お捨は、それを別の意味にとったようだ。

「そうですよねえ、お若さんとどこかですれちがっていたかもしれない」

土間に入り、部屋の上がり口にお若を腰かけさせて、お捨はまた外へ出て行った。井戸端の鍋と釜を取りに行ったのだろう。

それを垣根の竹にかけているらしい物音がして、路地を走ってくる音が聞えた。痛
――という声がしたのは隣家の塀のささくれに、手が触《ふ》れたのかもしれない。

お捨は、左手の甲に唾をつけながら土間へ入ってきた。

お若は、お捨が長火鉢の前へ坐るのを待ちかねて口を開いた。

「吾兵衛さん、ここへきなすったんですか」

「ええ。最初にきなすったのは、四日、いえ、五日くらい前になるかしら」

五日前だとすると、吾兵衛がお若の家へきた翌日のことになる。吾兵衛は、葛西屋へおとよを連れて行った笑兵衛を頼る気になったのかもしれなかった。

「その翌《あく》る日にね、笑兵衛が万年町まで行ったんですよ」

お捨は、土間に置いてあった桶の水を柄杓《ひしゃく》で外へはこび、手にかけながら言った。

「おとよさんに、吾兵衛さんの気持をお伝えしたのですけどねえ」

残念そうな口調になったのは、おとよがかたくなな態度をとりつづけていたからにち

がいない。

お若は、商売物の駄菓子を皿にいれているお捨へ、何もいらぬからと手を振った。

「笑兵衛さん、うちへ寄って下さればよかったのに」

「お寄りしたそうですよ。でも、お留守だったんですって」

「ま、何刻頃《なんどき》ですか」

「朝のうちに出かければよいものを、疲れたと言って一眠りしたものだから、昼の八つ半（午後三時頃）近くになっていましたかねえ」

「ああ、その頃は……」

お若はうなずいた。混まぬうちに軀を洗ってこようと、おせつを供にして湯屋へ行っていたのだった。おちよは日高屋へ行っていたし、おみやも糸を買いに行ったと言っていた。笑兵衛は、たまたま誰もいなくなったところへきたのかもしれなかった。

「お若さんは、吾兵衛さんとお親しいの？」

「いえ、親しいだなんて……」

お捨にまで噂が伝わっているのかと、腹立たしさに顔の赤くなってくるのが、お若自身にもよくわかった。

「おえいさんが吾兵衛さんにからんで、そのとばっちりでわたしが怪我をしたものだから、吾兵衛さんが介抱《かいほう》しておくんなすっただけです。それを、三ちゃんったら……」

「その三次郎さんのことなのですけどねえ」

お捨が、やわらかくお若の言葉を遮《さえぎ》った。

「三次郎さんは、せっかく戻ってきたお姉さんを、また吾兵衛さんにとられるような気がしているのかもしれませんよ」

お若は口を閉じた。

それは、お若が一番先に察してやらなければならないことではなかったか。昨夜、お若は、おまきも他人、おちよもおみやも、いずれは自分の許を去ってゆくと、自分の行末ばかりを考えて、心細さに泣いていたのだった。

姉が葛西屋へ嫁ぎ、父が逝《い》って、一人みみず長屋へ取り残された三次郎も、隣りに政吉がいる、木戸を出ればおまきやお若がいると、繰返し自分に言い聞かせていたにちがいない。が、幾度言い聞かせても、不安は消えなかった筈だ。政吉もお若も所詮《しよせん》は他人、好きな女や男ができれば自分などは見向きもされなくなる――と。

そんな時に、およが帰ってきたのである。しかも、三次郎には甥に当る赤ん坊まで連れている。薄暗い長屋が明るくなったような気がして、赤ん坊の泣声もうるさいとは思わなかっただろう。姉と甥とおみやをくわえて、いつまでも賑やかに暮らしたい。そう、三次郎は思った筈だ。

「甘ったれと言ってしまえば、それまでだけど」

と、お捨が言った。

「せめて、三次郎さんが葛西屋さんの近くで暮らせるようにしてあげたら、この一件がこんなにこじれることはなかったような気がして」

「そうでした。わたしも気がつかない女ですねえ」

「お互い様ですよ」

お捨は笑靨のできる手を口許にあて、ころがるような声で笑った。

「うちの笑兵衛なんざ、もっと気がつきません。男の子は甘やかさない方がいい――の一言ですもの」

それでね――と、お捨は言葉をつづけた。

「お若さんが吾兵衛さんとお親しいのなら、三次郎さんが近くに住めるよう、とりはからってやって下さいと、頼んでいただこうと思ったの」

「まあ、いやだ、わたし。三ちゃんが笑兵衛さんに告げ口をしたのかと思った」

今度は、恥ずかしさでお若の頰が赤くなった。

「あら、何を?」

お捨は、ちょっと背をかがめて、戸を開け放したままの外を見た。

「そろそろ笑兵衛が帰ってくる筈なのですけれどもねえ」

三次郎さんがいなすったのかしらと、ひとりごとのように呟いた。ともかく、おとよと吾兵衛と二人きりで話をさせようと考えたらしい。

白髪まじりの男が、笑兵衛さんは寝てしまったかねと言いながら木戸番小屋をのぞき込んだ。

「まあ、おあいにくさま」

お捨が、娘のようなしぐさで笑う。

「弥太右衛門さんのお誘いが遅いものだから、出かけてしまいましたよ」

「寝ずにかえ？」

弥太右衛門と呼ばれた男は、大仰《おおぎょう》に首をすくめた。

「夜中に働く商売が、昼間も出歩いていちゃ、くたびれちまうぜ。頑丈そうに見えても、笑さんだってもう年齢なんだから」

「はいはい、申し伝えます」

お捨は笑いころげ、弥太右衛門は、まぶしそうな目でお捨を見てから、道を横切って行った。向いの自身番に詰めているらしい。かつて政吉が住んでいたという、いろは長屋の差配かもしれなかった。

時がゆっくりと過ぎてゆく。

豆腐屋の子供がおからを届けにきてくれて、女髪結が蠟燭《ろうそく》を買いにきた。

そのあとで、自身番の書役《しょやく》が、大福餅を持ってきてくれた。弥太右衛門の将棋の相手をするのに嫌気がさしたようなことを言いながら、ちらちらとお若を見て行ったのは、弥太右衛門が、木戸番小屋にいい女がきていると言ったのかもしれない。

せっかくだから大福餅を食べようと、お捨が茶の葉を入れ替えた。

鉄瓶の湯を急須にそそぐ。

ふと、お若は耳をすました。女の声が、お捨を呼んでいるような気がした。お捨にもその声が聞えたのだろう、湯をそそぐ手をとめて、顔を上げた。

「誰かしら」

土間へ降りようとして、お若は、足に怪我をしていることを思い出した。

「まあまあ、お若さんはじっとしてらして。私が見てきます」

お捨は、茶をついでおいてくれと言い、太った軀に似合わぬ敏捷《びんしょう》さで、商売物の間をすり抜けて行った。

茶をついだものの、お若もじっとしていられなくなった。

自身番から、弥太右衛門も書役も出て声のする方を眺めている。

お若は土間へ降りた。狭い土間をなお狭くしている床几《しょうぎ》や、蠟燭の箱などにつまずかぬよう注意しながら、軒下へ出る。

お捨は三十五、六と見える女の前に立っていた。女は手をふりまわすなど、興奮した身ぶりで喋っていたが、木戸番小屋の軒下が視野に入ったらしい。

あらためて軒下をのぞいて、「あら、お若ちゃん」と言った。おまきだった。

「どうして、ここにいるのさ。おちよちゃんに聞いたら、日高屋へ行ったたっていうから……ま、そんなことはどうでもいいんだけど、大変なんだよ」

お若の足に気づいたおまきは、お捨の手を引いて走ってきた。

「さっきね、笑兵衛さんが、おとよちゃんとこへ吾兵衛さんを連れてきたんだよ」

おまきは、また手をふりまわした。

「笑兵衛さんが帰って、おとよちゃんと吾兵衛さんが二人きりになってさ、話がうまくまとまりかけたところへ三ちゃんが帰ってきたんだよ」

「三ちゃんは、塩売りに出かけていたんじゃなかったの？」

「赤ん坊のおもちゃを買ってきたんだとさ」

おとよと吾兵衛がどんな話をして、どんな風に仲直りをしたのかは知らないと、おまきは言った。

が、もともと好きあったどうしが一緒になったのだった。わだかまりがとければ、吾兵衛の胸におとよが頰を埋ずめるくらいのことはしたかもしれない。

それを、三次郎が見ていたらしいのである。

「三ちゃんがねえ、出刃《でば》を持ち出しちまったんだよ」

「何だって？」

三次郎は、また姉ちゃんを騙《だま》す気か——とわめいたらしい。

「で、吾兵衛さんに怪我をさせちまったのかえ」

「いえ、それはね、吾兵衛さんがうまくよけてくれなすって」

「よかった」

お若は、胸を撫でおろした。吾兵衛が怪我をしなかったことよりも、三次郎が人を傷つけた男にならずにすんだのが嬉しかった。

「だけど、三ちゃんが出刃を持ったまま飛び出して、行方知れずになっちまったんだよ」

「そんな、まさか……」

「そうなんだよ。どこで吾兵衛さんを狙うかわからないというんで、おとよちゃんが赤ん坊をおみやちゃんにあずけてさ、家へ帰るという吾兵衛さんを追いかけて行ったんだけれど」

おとよもまだ帰ってこないという。

「吾兵衛さんが、おとよちゃんと一緒に三ちゃんを探すなんて言い出しゃしないかと思ってさ。わたしゃ、それが心配なんだよ」

三次郎は、どこに隠れて吾兵衛を見張っているかわからない。江戸の町を歩きまわる吾兵衛におとよが寄り添っていたならば、三次郎は、万年町で暮らすと言っていたおとよに裏切られたと思うかもしれなかった。そして、裏切らせたのは吾兵衛だと、一人暮らしから抜け出したい一心の頭で考えることだろう。

「あんまり大騒ぎをして、人に知られても困るし」

と、おまきは言って、自身番を見た。自分の大声に気がついたのかもしれない。両手で口許をおさえたおまきを見て、軒下に立っていた弥太右衛門と書役は、何も聞えなかったとでもいうように、空を眺めたり、衿首をかいたりしながら中へ入って行った。おまきは、お捨を見た。

「今、うちの亭主とおちよちゃんが相生町を探しているけれど、葛西屋さんの近くに三ちゃんが隠れているとはかぎらないじゃありませんか。政吉さんは商売に出かけちまって、どこにいるのかわからないし、人手が足りないんですよ」

事情をよく知っている笑兵衛にも、三次郎を探してもらいたいらしい。

「それはもう、笑兵衛がいれば、すぐにでも出かけさせるのですが」

帰ってくるかもしれない笑兵衛の姿を探して、お捨は濠通りの左右を見た。

「こんな時に、しょうがない人。おまきさん、わたしにお手伝いさせて下さいな」

「そんな、お捨さんにまで……」

「笑兵衛のようには動けませんが、そのかわり、笑兵衛のように、日暮れに戻らなければならないこともありません。少しはお役に立つかもしれませんよ」

足を怪我しているお若は、当然、店番をひきうけることになる。

お捨は、おまきと一緒に澪通りを駆けて行った。

自身番から弥太右衛門が顔を出して、二人を見送った。お若に胸を叩いて見せたのは、市中見廻りの同心が立ち寄っても、黙っているという意味なのだろう。

お捨は、笑兵衛が戻ってきたならば、本所相生町へくるようにと言いおいて行ったが、昼の八つを過ぎて、その笑兵衛の使いがきた。

笑兵衛は、根岸にいるというのである。使いの男は、政吉の狂歌仲間であった大口太々九に雇われている寮番《りようばん》であった。以前、政吉の女房だという女が養生《ようじよう》していた家を建て直したらしい。

寮番が届けてくれた手紙には、夜廻りの仕事が待っている笑兵衛にかわって、根岸へきてくれという意味のことが書いてあった。

が、お捨は、相生町のどこにいるかわからない。これから寮番が探しに行ったのでは、日が暮れてしまう。

お若は、自身番の弥太右衛門に事情を話し、お捨を見つけてくれるように頼んで、駕籠を呼んでもらった。とりあえず、自分が笑兵衛と交替するつもりだった。

駕籠の脇を、寮番が駆けている。生来《せいらい》が無口な男なのか、口止めをされているのか、何を尋ねても「さあ」と言葉を濁す。それでも、太々九の寮にいるのが、笑兵衛一人でないことだけはわかった。

たのだった。

駕籠が田圃《たんぼ》の中を走りはじめ、やがて見覚えのある松の下を通り過ぎた。根岸へ入った。

駕籠がおろされて、垂れが上げられた。

寮番の姿はない。駕籠脇を走っていた筈だが、やはり途中で息がきれたのだろう。

お若は、先棒《さきぼう》の手をかりて駕籠を降りた。一瞬、違う家に連れてこられたのかと思った。それほど、家はひなびた風情に変わっていた。

多過ぎるくらいの酒手がきいているのか、先棒が、出入口までお若の手をひいていってくれた。

腰高障子を開けると農家を模した広い土間で、手前半分に低い板の間があり、十畳とも十二畳とも見える広い座敷が二つつづいている。

誰もいないのではないかと思ったが、土間の左手にある高い板の間から笑兵衛が顔を出した。

高い方の板の間にはいろりがきられ、周囲には、まだ新しい円座《えんざ》が置かれている。その奥に、楢《なら》の木でつくられている重そうな板戸があった。もう一つ、部屋があるようだった。

「あれ？」

不思議そうな顔をする笑兵衛へ、お若は手短かに事情を説明した。

「とにかく、笑兵衛さんと交替しようと思って」

その声が聞えたのだろう。板戸が開いて、女が白い顔をのぞかせた。おとよだった。

「まあ……」

どうしたの——という言葉は、途中で消えた。お若は息をのんで、板戸の中の薄暗い座敷を見つめた。

腹に繃帯を巻いた男が横たわっていた。髷がとかれ、青い顔をしているので別人のように見えるが、吾兵衛に間違いなかった。

「三ちゃんが？」

お若は、震える声で尋ねた。

「吾兵衛さんが転んだのさ」

と、笑兵衛が答えた。

「三ちゃんが、転んで怪我をしている吾兵衛さんを見つけてくれたんだよ」

「違わい」

座敷の隅から声が聞えた。三次郎の声だった。

「小父さん。俺あ、もう沢山だ。吾兵衛さんは、俺が刺したんだ。かばってもらいたかねえや」

「三次郎。まだわからないの？」

板の間へ飛び出そうとした三次郎に、おとよがしがみついた。

「この通りでね」

笑兵衛が苦笑した。

「三ちゃんの見張りと、吾兵衛さんの看病があるんでね。もう一人いないと、おとよさんが困っちまうんで、お捨を呼んだのだが」

「何とかなりますよ、わたしでも」

お若も、苦笑して答えた。

三次郎はまだ、かばってもらいたくないとわめいている。その頬を、おとよが叩いた。

「それじゃ、どこへでも好きなところへお行きなさいよ。何だったら、笑兵衛さんに自身番へことづけをしてもらいましょうか。ここに、人殺しをしそこなった男がいるって」

三次郎の肩が、わずかに揺れた。人殺しという言葉の強い響きに、おびえたのかもしれなかった。

「さ、早く行きなさいな」

おとよは、三次郎の軀を板の間へ押し出した。

よしなさい――と言うかすかな声は、吾兵衛のものだった。おとよはかぶりを振って、なおも三次郎を押し出そうとした。

「さ、早く。そのかわり、わたしはお前と姉弟《きょうだい》の縁を切りますからね。これから先、何があろうと人を頼らず、何でも一人でやっておくれ」

三次郎は、救いを求めるように笑兵衛を見た。が、笑兵衛は、黙っていろりの灰に火箸で文字を書いていた。

三次郎は、肩をそびやかして叫んだ。

「わかったよ。俺あ、自身番へ名乗って出て、人殺しの罪を負ってやらあ」

おとよを押しのけた三次郎は、土間へ裸足で飛び降りた。お若には、そう見えた。が、三次郎の腕は、笑兵衛にしっかりと摑まれていた。

「もう一度、よく考えてみるんだな」

と、笑兵衛は言った。

「お前は、ほんとうに人殺しになりてえのかえ?」

三次郎が、笑兵衛を見た。笑兵衛は、三次郎の腕を離して微笑した。

「なりたくはねえだろう?」

三次郎は答えない。

「おとよさんも吾兵衛さんも、いや、俺達はみんな、お前を人殺しにしたくねえんだよ」

だから吾兵衛さんは、あぶないのを承知で根岸まできなすったんだ——と、笑兵衛は言った。

三次郎は、おうたの死後、この家が空家となっていると思っていたらしい。かつてもぐり込んだことのある納屋をねぐらにし、当分は用心するにちがいない吾兵衛が気をゆるめるのを待つつもりだったというが、寮番に見咎《みとが》められて、葛西屋吾兵衛の弟だと名乗った。

寮番から葛西屋へ使いが行き、根岸へ駆けつける途中の吾兵衛と、笑兵衛が出会ったのだという。

「年齢《とし》だねえ」

と、笑兵衛は苦笑した。

「もっと早くここへこられればよかったんだが。――おとよさんのうちへ吾兵衛さんを送り届けてさ、あとは二人でどういう風にでも話しあえと、さっさと引っ込んできたまではいいんだが、くたびれちまってね」

一休みするところを探し、笑兵衛は、ちょうど店を開けた亀屋へ飛び込んだ。一合の酒なら中島町へ帰りついた頃にほどよく軀にまわる。すぐに寝床へ入って眠れるだろうと飲みはじめた時に、女の甲高《かんだか》い声が聞えた。店へ出てきたおえいが、三次郎を呼びとめたのだった。

「お待ちよ。どこへ行くんだよ」

その声に、笑兵衛は外へ飛び出した。ふりかえりもせず、いっさんに走って行く三次郎の姿が見えた。

「それで追いかけたのだがね。こっちは酒が入っていて息がきれるし、三次郎の足は早いときている」

途中で見失っちまったと、笑兵衛はなおさら苦い顔になった。

しばらくそのあたりを探していたが、ふと、政吉が狂歌仲間から貸してもらったという根岸の家を思い出した。おうたの野辺の送りの時、三次郎は、その家の納屋にもぐり込んでいる。たった今、走って行った三次郎は、何があったのか知らないが尋常なようすではなかった。失敗をしでかして隠れねばならぬとすれば、一度もぐり込んだことのある所が頭に浮かぶだろう。

笑兵衛は根岸へ行ってみることにした。その途中で、吾兵衛に出会ったのだという。

「笑兵衛さんには、ご迷惑をかけました」

と、おとよが言った。

「わたしは、三次郎がまだ、わたしに叱りつけられれば縮みあがる子供のような気がしていたんです。だから、三次郎が吾兵衛を狙って飛び出してきた時に、押えつければいいと思って――」

吾兵衛を店まで送って行った。三次郎は、その間に根岸の寮にしのび込んでいたのだった。

お若は、三次郎の手に血がにじんでいるのに気がついた。三次郎は、しきりに袖を引張って隠そうとしているが、両の手首に擦傷《かすりきず》があるらしい。

お若の視線に気づいた笑兵衛は、「縛《しば》りつけられていたんだよ」と苦笑した。葛西屋吾兵衛の弟だという三次郎の言葉に不審をいだいた寮番は、吾兵衛を呼びに行く間、家の中を荒らされぬようにと三次郎の両の手をくくり、柱へつないで行ったのだそうだ。おとよと葛西屋へ戻ってきた吾兵衛は、寮番の知らせをうけて根岸へ走った。寮へ帰ってきた時の人数は、途中で出会った笑兵衛も含めて四人になっていた。

真先に家の中へ入った吾兵衛は、板の間に転がっている三次郎に驚いて、あわてて縄を解きに行った。それを、三次郎が待っていた。寮番が相生町へ行っている間に縄を手首からはずしていたのである。

三次郎は、板の間へ駆け上がってきた吾兵衛へ出刃を突き出した。三次郎のように気づいた笑兵衛が吾兵衛を突き飛ばさなかったら、吾兵衛は、三次郎の出刃をまともに受けていただろう。

それからが大変だった。寮番が懇意な医者を呼びに行き、ありたけの金を渡して、吾兵衛の傷を茶碗のかけらが刺さったものにしてもらった。

「笑兵衛さんのお陰です」

おとよが涙ぐんだ。

「笑兵衛さんのお陰で、たった一人の弟を、人殺しにしないですみました」

深々と頭を下げられて、笑兵衛はてれくさくなったのかもしれない。俺は帰るよと言って立ち上がった。

「吾兵衛さんは、眠っているのかな」

笑兵衛と一緒に、お若も吾兵衛の顔をのぞき込んだ。先刻は真青だった吾兵衛の顔は、湯にのぼせているように赤くなっていた。熱が出てきたのかもしれなかった。

「水……」

と、吾兵衛がかすれた声で言った。

「すまないが、水を……」

枕許に吸飲《すいのみ》があった。お若は、吾兵衛ににじり寄ったおとよの手を押えて三次郎を呼んだ。

「お前が飲ませておやり」

三次郎が、上目遣いにお若を見た。お若は、吸飲を取って三次郎に持たせた。

「何をぐずぐずしているんだよ。お前の義兄《にい》さんが、水を飲みたいって言ってるんじゃないか」

三次郎は、どうしたものかと尋ねるように笑兵衛を見た。笑兵衛は横を向き、三次郎は、救いを求めるように姉のおとよへ視線を移した。

おとよは、三次郎の手に自分の手を添えて、吾兵衛の口許へ吸飲を持ってゆこうとした。お若は、もう一度おとよの手を押えて言った。

「三ちゃん、お前、姉ちゃんが好きなんだろう? 吾兵衛さんは、その姉ちゃんが好きになった人なんだよ」

吾兵衛が、薄く目を開いた。

三次郎は、姉に会いに行っても、台所にすら上げてもらえなかったことを思い出していたのかもしれない。かたくなに押し黙って俯いていた。

「お前は姉ちゃんと甥っ子を、塩売りで食べさせているんだろ? 姉ちゃんの内職で食べさせてもらって、姉ちゃんに子守歌をうたってもらっているわけじゃないんだろ? それだけ一人前になった男が、どうして姉ちゃんの好きな男に愛想のいい顔を向けてやれないんだよ」

だって——と、三次郎は言ったように見えた。が、その言葉は口の中で消えて、あとにつづく筈だった不平も、胸のうちで呟いているようだった。

お若は、三次郎と膝を突き合わせた。

「お前も来年は十七だろ? 姉ちゃん母子を養ったり、おみやと所帯をもとうとしたり、もう立派に一人前じゃないか。一人前なら、もっと見栄をお張り。姉ちゃんを吾兵衛さんにとられたのが口惜しくっても、姉ちゃんに甘ったれられなくって淋しくっても、そんなことは平気だって顔をおし。一人前の男が、それくらいの見栄を張れなくってどうするんだよ」

言っているうちに、お若は、自分を叱っているような気がしてきた。

一人暮らしのお若が羨ましいと言ったおえいやおとよや、おまきの言葉に腹を立てたのは誰なのか。

おちよもおみやも、いずれは自分から離れてゆくと、必ず訪れる筈の淋しさに恐れおののいていたのは、いったい誰なのか。

一人暮らしを選んだのは、結局、お若なのだ。独り者のふりをした綱七に、騙されたという言訳はできる。妻子とは別れると言った綱七の嘘を、責めることもできる。が、独り者だという嘘も、妻子とは別れるという嘘も、信じてしまったのは自分なのである。

一人前の女なら、たちのわるい男に騙されたと泣いたりはすまい。たとえ寝床を涙で濡らしても、人前では、色恋沙汰を教える寺子屋へ高い束脩《そくしゆう》をおさめたから、今度は教えてあげると、見栄を張るのではあるまいか。そして、多分、中島町澪通りのお捨も笑兵衛も、人に泣き顔を見せるのは野暮と、世を拗ねたい時にも見栄を張って、ころがるような笑い声を響かせていたにちがいない。

三次郎の視線が、はじめて吾兵衛の方へ動いた。

薄く目を開いていた吾兵衛が、三次郎と目を合わせて微笑する。三次郎は、ためらいがちに膝をすすめ、吾兵衛に吸飲の口をくわえさせた。

「ほら、そんなに傾《かたむ》けては、口の中に水があふれちまうじゃないの」

おとよは、涙に頰を濡らしながら三次郎に叱言《こごと》を言う。吾兵衛は、かすれた声で三次郎に話しかけた。

「うまいよ。なあ」

肩を叩かれて、お若はふりかえった。笑兵衛が、出入口を指さしていた。帰ると言ったつもりらしかったが、その出入口で人の気配がした。お捨とおちよが駆けつけたようだった。

「うるせえのがきたぜ」

肩をすくめた笑兵衛に、お捨の声が言った。

「まあ、あなた、まだ中島町へお帰りにならなかったんですか」

お若は、なぜかほっとして、寮番のいる台所へ出て行った。茶を飲んだあとは、吾兵衛とお捨、それに三次郎を残して、赤ん坊をあずけてきたおとよも、夜廻りの仕事が待っている笑兵衛も、縫いかけの反物があるお若もおちよも、それぞれに帰って行くことになる筈だった。

長い道

おとよは、葛西屋へ戻った。

吾兵衛は、三次郎をひきとるつもりになっていたらしい。が、三次郎は、強情にかぶりを振りつづけた。

これまでのことは水に流してくれと吾兵衛は繰返し詫びていたし、三次郎がその気なら商人としての修業もさせてやると言って、口が酸《す》っぱくなったそうだが、三次郎は気持を変えなかった。

おとよは一度、お若を呼びにきた。三次郎をひきとることに同意してくれた舅夫婦に申訳ないから、三次郎を説得してくれというのである。

「吾兵衛さんに、諦めろとお言いよ」

お若は、笑って答えた。三次郎の中に、台所にすら上げてくれなかった葛西屋への恨みが残っていないことはないだろうが、それよりも三次郎は、一人前の男として見栄を張る気になったにちがいなかった。

「およちゃんもさ、いつまでも葛西屋に気兼ねをするのはおよしよ。三ちゃんが一人で塩売りをすると言うなら、あれがわたしの弟だと威張っておやり」

そうね。今までもきっと、わたしがわるかったのね――。

おとよは、涙ぐんで戻って行った。

しばらくの間、おみやは「わたしより姉さんの方がいいんでしょう」と拗ねていたが、今は、三次郎の好きな夕飯をつくっている。そのまま三次郎が、おみやの家へ泊りこんでしまうこともあるらしい。

お若は、寝不足らしいおみやが、針を動かす手を休めてあくびをしても、間違いをしないかぎり黙っていた。来年の春には恵比寿床の夫婦の世話で、盃事の真似くらいはして所帯をもつのだという。

「これからが長いよ」

と、二人を前にしておまきが言った。おみやも三次郎も、神妙な顔でうなずいていた。これからの長い間には、おみやのあくびの数も少なくなり、そのかわり、他愛もない喧嘩の仲裁に飛んで行くことが多くなるかもしれなかった。

これから――か。

お若は、二人を横目で見ながら呟いた。

今年、綱七はとうとうお若の家へこなかった。

上方をまわっているという知らせはあったが、麴町《こうじまち》で見かけたという噂もある。綱七のことだ。上方をまわるようになったのなら上方でお若のような女を見つけずにはいないだろうし、江戸へきて、麴町の方をまわるようになったのだとすれば、麴町にいる女と深い仲になるだろう。その女達にも、俺は独り身だと言うかもしれないし、薄情な女房とは別れたのだと嘘をついて、女達に同情させようとするかもしれない。

このまま、なしくずしに他人となるだろうと思う一方で、綱七がきたらどうするかと、考えないでもなかった。お前を待っている女なんざこの辺にはいないよと言えたら、胸のつかえがおりるだろうとも思うし、綱七の顔を見たとたんに気持も軀もぐずついて、いいしなをつくってしまいそうでもあった。

が、いずれにしても、訪れた綱七の足はさらに遠のくだろう。お若が啖呵《たんか》をきれば腹を立てるにきまっているし、しなをつくって迎えれば、この女は少々放っておいても大丈夫だと安心するにちがいない。

お若のこれからも長い。しかも、長い道程の先には老いが見えている。どこまで見栄を張って、粋に暮らせるかと、少々気がかりではあった。

おえいが、きんつばを持ってたずねてきたのは、おとよが葛西屋へ帰ってから一月《ひとつき》ほどが過ぎた時だった。

格子戸がためらいがちに開けられたので、たまたま茶の間にいたお若が出て行くと、てれくさそうな顔をしたおえいが立っていた。

「いそがしいかえ？」

と、おえいは言った。

「いや、かまわないよ」

お若は、かぶりを振って答えたが、おせつは風邪をひいたと言って休んでいた。おちよとおみやは日高屋から急ぎの仕事が入って出かけていて、お若は、その仕事が入る前に別の着物を仕立てておかなければならない時であった。

「ちょうど、一休みしようと思っていたところだから」

「それじゃ、上がらせてもらおうかな」

おえいは、いつもに似ず遠慮がちに言い、踏石に下駄を揃えて上がってきた。

「誰もいないのかえ」

「ああ、わたし一人っきりだよ」

お若は、茶の間の障子を開けた。遅れて昼食をとったお若の湯呑みが、長火鉢の猫板に置かれたままになっていた。

おえいは、先に腰をおろしてお若を見上げた。

「取り残されたね」

お若は、おえいが湯呑みのことを言っているのだと思った。

「何だかのどがかわいて、三杯もお茶をおかわりしたからね。まだ飲むかもしれないと、おちよが気をきかせたつもりで片付けなかったんだろ」

おえいには、お若の言っていることがわからなかったらしい。お若が湯呑みを盆の上へおろすのを見て、ようやく意味が通じたらしく、軀を二つに折って笑い出した。

「ばかだね。誰が湯呑みのことなんか言うものか」

お若は、黙って灰の中の火種を掘り出した。

「みんな、片付くところへ片付いたじゃないか。おちよちゃんだって、ざる売りのおかみさんになるんだろ？」

「そう言ってるね」

「お若ちゃん、取り残されちまったじゃないか」

「わたし一人じゃない、おえいさんと二人で――だよ」

「間違えないでおくれ。わたしゃ、お前と取り残されたりはしない。お前とは別、一人ずつ、取り残されたんだよ」

「ま、どっちでもいいけど」

お若は、長火鉢に炭をつぎながら言った。

夢中で針を動かしている時は気がつかないが、一休みしている時は、坐っている膝がつめたくなる。そんな季節になった。寒くなったと言っているうちに年が明けて、暑くなって涼しくなって、また冬がくる。

来年の冬も、おえいときんつばを食べているとはかぎらない。おえいがまた男と暮らすようになり、お若になど見向きもしなくなるかもしれなかった。が、燈《ひ》ともし頃《ごろ》の中島町澪通りに、木戸番小屋の明りがまたたいている間は、お若も精いっぱい見栄を張っていられそうだった。

（完）

解説

燈はともる。僕たちの胸の奥に。

マキノノゾミ

今年（平成九年）の春に大阪の劇場飛天と東京の帝国劇場で上演された『深川しぐれ』の脚本を書かせていただいた。『深川しぐれ』は、言うまでもなく北原亞以子さんの傑作連作短編集『深川澪通り木戸番小屋』中の一篇のタイトルである。越中富山へ行ったきり便りも寄越さぬ絵師の夫を待つおえんという若い女が、歳の離れた木戸番の笑兵衛にそのやるせない思いをぶつけるうちにぬきさしならぬほど笑兵衛に恋焦がれてゆくという物語である。舞台用の脚本はこの『深川しぐれ』を縦糸にして、火消しの勝次の挫折と再生を描いた好篇『深川澪通り木戸番小屋』、花火にとりつかれて勘当された清太郎がその妻おうのとともに夫婦の危機を乗り越えてゆく『両国橋から』などを織り込んで、いろは長屋の住人たちのにぎやかな暮らしぶりとそれを見守る木戸番夫婦の物語へと何とかまとめさせていただいた。舞台は、お捨とおえんの二役を森光子さん、笑兵衛役を山本學さん、清太郎役に段田安則さん、おうの役に中田喜子さん、勝次役には岡本健一君、さらに軽妙で人情味あふれる若い同心・神尾左馬之介役に人気絶頂の東山紀之君が扮するなど、おそろしく豪華な配役と、栗山民也さんの見事な演出の力もあって、好評のうちに幕を下ろした。僕のような駆け出しの劇作家にとっては一生忘れられない好運な大仕事だった。

こんなことを白状すると、北原さんには叱られてしまうかもしれないけれど、実は、原作付きの脚本を書いたのは『深川しぐれ』が初めてである。だから、まず勝手がわからなくて、最初は本当に途方に暮れた。だいいち、短編連作の複数の物語を、どうすれば長尺の一本の物語にまとめられるのかがわからない。……いや、そのこと自体は、本当はそれほど難しくはない。と言うより、不遜であることを承知であけっぴろげて白状すれば、原作がつまらない小説だったならば、むしろ大いに張り切ってそのような作業には取り組めたと思う。劇作家などというのはたいていアマノジャクなのでそんなふうに考えるのである。ここはひとつ俺の力量でとびきり面白い脚本に仕立て直して見せようじゃないか、と。

けれど『深川澪通り木戸番小屋』はそうではなかった。僕は不幸にも（幸福にも）、その原作小説に完全にノックアウトされてしまったのである。僕のような門外漢が言うのもはばかられるのだが、短編小説の生命は、「無駄なく卓越したプロット」、「必要十分かつ濃密なディテイル」、それに最後のページを読み終えた後の爽快感、即ち「結末の鮮やかさ」につきるように思われる。北原さんの『深川澪通り木戸番小屋』には、どの一篇にもそのすべてがあったのである。それらはあまりに完璧だった。完璧ということは、すべてが完全なバランスを保って成立しているということで、こうなればもうヤクザな芝居書きふぜいが手を触れるなどもってのほかである。素晴らしい小説は、小説として読んで楽しめば、もうそれで十分なのである。それだけで僕たちの人生は豊かなものとなるのだから、無理に芝居なんぞに仕立て上げなくたっていいのである。それでひじょうに困ってしまったというわけだ。

けれども一方で、一演劇人であり純粋な一演劇ファンでもある僕は、森光子さんをはじめとする豪華なキャストや栗山さんをはじめとする一流のスタッフの手になるその舞台化を、他の誰よりも見たがっているのである。それはきっと素敵なものになるに違いない。そこでやっと「ええい、小説は小説、舞台は舞台やろが」と割り切って（考えてみれば当たり前なのだが）、ままよ、とばかりに無手勝流で書き上げてしまったのである。「舞台は舞台」と書いたが、もちろん、その作品世界のベースは同じでなくてはならない。北原さんの小説が素敵なのは、何も先に挙げた技術や形式上の完成度のせいばかりではなく、何よりもまずその作品世界が読む者の心を豊かにしてくれる、人間味にあふれたものだからである。その登場人物たちは、みなそれぞれの人生を一所懸命、真剣に生きている。彼等の「懸命に生きる姿」にこそ僕たちは共感し、感動させられるのではないか。だから舞台用の脚本も、どんなに不恰好で、ときに滑稽に見えても、とにかく一所懸命生きる人々の物語であるということだけは外さぬようにと心がけたつもりである。

書き上げた後も、「果たしてこれで良かったのだろうか?」「原作者に叱られやしないだろうか?」と、ずいぶん心配をしたが、舞台を御覧になった北原さんがどうやら気に入って下さったらしい（——とまではゆかなくとも、少なくともさほどお腹立ちではなかったらしい）と人伝に聞いて、やっと胸をなでおろしたという次第である（考証上の誤りについての厳しいご指摘はあり、これに関してはまったく恐縮のきわみでした。この場を借りて深くお詫びいたします）。

さて、シリーズの続編である本作品『深川澪通り燈ともし頃』でも、もちろんその作品世界は揺るがない。その上で、中編二篇からなる本作は、短編連作の第一作とはまた違った趣がある。一作目でお捨や笑兵衛、弥太右衛門といった登場人物たちとすっかり馴染みとなり、その作品世界の魅力にはまってしまった読者は、本作では、腰をすえてじっくりと政吉やお若の物語を追ってゆく楽しさをおぼえることだろう。『藁』の主人公・政吉は一作目の『深川澪通り木戸番小屋』の主人公・火消しの勝次をほうふつとさせる登場人物であるが、ここでは中編の強みを存分に発揮して、火消しよりは馴染みの少ない狂歌師の世界がていねいに描かれている。また『たそがれ』の主人公・お若の仕事や暮らしぶりなども前作以上により一層こまやかなタッチで活写されている。読者である僕たちは、まるでその生活のにおいを嗅ぎ、暑さ寒さを肌で感じ、ものを食む感触をともに味わうような描写にすっかり酔わされてしまう。極上の小説を読む醍醐味とはまさにこういうことなのだと思う。

けれど、このシリーズの本当の魅力は、そういういわば江戸情緒を堪能させてくれる「時代小説」としての巧みさばかりではない。むしろその反対、その内容がきわめて「現代的」であるという点に依っている。例えば次のような主人公の心理描写を読む時、どれほどドキリとするようなリアリティーがそこにあふれていることか。

「――お捨笑兵衛夫婦は無論のこと、弥太右衛門も、他人の足を引っ張ろうなどと考えたこともないにちがいなかった。が、政吉はある。春睡楼を飛び出そうという桝蔵の企てを朝寝に言いつけたし、松風と掻捨に名前の入らない跋文を書かせるという甚八の言葉に暗黙の了解をあたえた。言訳をしようと思えば、できないことはない。桝蔵に与《くみ》するのは朝寝への裏切りとなりかねなかったし、松風も掻捨も、政吉の過去をあげつらって、政吉が春睡楼のまとめ役となることに反対した。仕方がないのだとは思ったが、政吉の笑いはとぎれた――」(『藁』)

自分自身の職場などで政吉と同じような立場に身を置き、まったく似たような経験をしている人は多いのではないだろうか？　他人に自分を認めさせたいという「功名心」と事なかれ的な「ずるさ」と心の底にある「良心」との間で板挟みになる苦しみは、実に、現代に生きる我々のリアルな苦しみである。また、次のような一節、

「──今でも、待っていないわけではない。薄情な男に恋こがれる女を描いた絵草紙を読めば、自分のことではないかと思い、絵草紙の安《やす》でな言葉の一つ一つが身にしみてくる。──（略）──が、なぜか近頃は、綱七に会ったとたんにその気持ちが冷える。今夜は子供を抱いて笑っているのではないかと、嫉妬に悩まされていたのはこの男だったのかと、醒《さ》めた目で見てしまう。夢の中で抱かれ、甘い思いにひたっていたのは、ほんとうにこの男だったのだろうかと、ひそかに首をかしげてしまう──」（『たそがれ』）

立派に自立もし、感情的には割り切って続けてきたはずの不倫の恋愛関係の果てにふと空しさを感じるキャリアウーマンの心情もまさにこのようなものではないだろうか？　絵草紙という小道具をTVのトレンディードラマか何かにかえれば、そのまま、もっとも現代的な女性を描いた物語の一場面となるではないか。

つまり、僕たちは、政吉やお若が悩む姿に、多かれ少なかれ自分たち自身の悩みを投影して読むことになる。そして苦しみ悩み疲れた政吉とともに僕たちが訪れる先が、お捨さんや笑兵衛さんのいる澪通りの木戸番小屋なのだということになる。

そこに行けば「あたたかいご飯」があり、「穏やかな笑い声」がある。笑兵衛さんが「俺

達なんざ藁だよ」と照れるように、お捨さんも笑兵衛さんも決してスーパーマンではなく、困った事が起きれば、一緒になってただおろおろとしてくれるだけなのだが、それでもそこで僕たちが癒されるのは、この夫婦が、根元的な、人としての「まっとうさ」を思い出させてくれるからではないだろうか。彼等は決して声高ではない。やわらかく、実に自然体である。腹を空かせた人には温かい食事を食べさせてあげたいと思うのが人間であり、困った人の声を聞けば、助けに走るのが人間である。そんな当たり前のことを当たり前に考えられるのが、人としての「まっとうさ」というものなのだ、と思い出させてくれるのである。だから、政吉やお若と同様、僕たちも深川澪通りの木戸番夫婦のことを思う時、胸の奥に小さな燈がともるような心持ちがするのである。

「人間には何がいちばん大切なのか」ということが見失われがちな現代である。様々なストレスに囲まれ、日々の生活の中で溺れる現代の僕たちがつかむ「藁」が、この小説なのだといえる。

けれど、それは決して「たいして役に立ちゃしねえ」藁などではないだろう。

（劇作家・脚本家・演出家・俳優）

※講談社文庫版に掲載されたものを再録しています。

深川澪通《ふかがわみおどお》り燈《ひ》ともし頃《ごろ》　朝日文庫

2024年６月30日　第１刷発行

著　者　北原亞以子《きたはらあいこ》

発行者　宇都宮健太朗
発行所　朝日新聞出版
〒104-8011　東京都中央区築地5-3-2
電話　03-5541-8832（編集）
03-5540-7793（販売）
印刷製本　大日本印刷株式会社

定価はカバーに表示してあります

ISBN978-4-02-265154-9
落丁・乱丁の場合は弊社業務部（電話 03-5540-7800）へご連絡ください。
送料弊社負担にてお取り替えいたします。